dbv

Der Autor Wolf Schluchter hat nach einem Facharbeiterabschluss als Mechaniker Politologie, Soziologie und Nationalökonomie studiert. Er hat den Lehrstuhl für sozialwissenschaftliche Umweltfragen an der BTU Cottbus, ist Direktor des Humanökologischen Zentrums und Vorsitzender des Akademischen Senats der BTU.

Seit der Planung des Atomkraftwerks in Wyhl engagiert er sich gegen diese Form der Energieerzeugung. Seine Habilitationsarbeit von 1985 befasst sich mit dem Thema „Die Auseinandersetzung um die Atomtechnologie – Das Atomkarussell und seine sozialen Effekte“.

Schluchter hat zahlreiche Forschungsprojekte zu Bürgerinitiativen, Bürgerbeteiligung, Umweltbewusstsein, Lebensstilen und Risikobewertungen durchgeführt. Er ist ein anerkannter Experte für die Evaluierung von Umweltprojekten.

Der Inhalt des Buches beruht im allgemeinen auf tatsächlichen Vorkommnissen bei der Umsetzung der Atompolitik in der Bundesrepublik Deutschland. Im Stil eines Kriminalromanes, der dem Thema angemessen ist, wird erzählt, wie sich Staat und Energiekonzerne der Durchsetzung ihrer Ziele gewidmet haben, und dabei wird die Konfrontation mit dem Widerstand und der Ablehnung der Atompolitik nachempfunden. Man kann verstehen, dass die Entwicklung einerseits kompliziert abgelaufen ist, andererseits jedoch einem ganz einfachen Strickmuster folgt, dem Opportunismus der Macht.

Angesichts der aktuellen Lage des Atomprogramms, in dem der notwendige Schlusspunkt fehlt – die Entsorgung des Atommülls –, spiegelt das Buch die Machtkonstellationen wider, die hohe Risiken und kurzfristige Interessen gegenüber der heutigen und späteren Generationen in Kauf nehmen und dabei von einer Gläubigkeit an die eigene Vollkommenheit ausgehen, die zunehmend von einer Mehrheit der Bevölkerung in Frage gestellt wird.

Der Kriminalroman wirft die Frage auf, wie lange die Mächtigen in Staat und Wirtschaft noch so weiter wurschteln können, wie sie es augenblicklich tun. Es deutet sich an, dass diese Periode zu Ende gehen könnte, denn viele sagen:

„Genug ist genug“.

Wolf Schluchter

Die unheimliche Logik des Halma

Ein Kriminalroman

dbv

Umschlaggestaltung Reinhard Komar
Deutsche Erstausgabe

Veröffentlicht im dbv Deutscher Buchverlag GmbH,
Oldenburg, Stuttgart, September 2010

Gesamtherstellung dbv, Oldenburg
Printed in Germany
ISBN 978 3 86622 101 7

Wolf Schluchter · Die unheimliche Logik des Halma

Halma, griechisch *Sprung*, ist ein seit dem Altertum bekanntes Brettspiel für zwei oder vier Spieler. Mit 2 x 11 oder 4 x 13 Steinen gilt es, über die 281 Felder des rechteckigen Spielfeldes den gegnerischen Eckhof möglichst schnell zu besetzen.

Ein Halmabrett sieht zu Beginn des Spiels außerordentlich aufgeräumt aus. Die Spielfiguren werden im Eckhof in Eiformation aufgestellt und die Gegenspieler meinen, einander zu kennen. Das heißt Farben, Spielregeln, Vorgehensweise. Dabei bedarf es besonderer Aufbaukünste der eigenen Figuren, um die ebenfalls losziehenden Figuren des Gegners zu möglichst vielen Sprüngen zu benutzen, ohne dabei die eigenen Figuren in gleicher Weise benutzen zu lassen.

Nehmen vier Personen an einer Spielrunde teil, wird die Sache aufregender. Dann stehen die Figuren des anderen Gegnerpaares für das eigene springerische Fortkommen entweder bereit oder verbarrikadieren den Weg. Im Prinzip existiert zwischen den beiden Gegnerpaaren zu Beginn des Spiels kein parteiliches Interesse.

Die Fronten können sich aber im Verlauf der Partie auf unausgesprochene Weise verschieben.

In der Hochphase eines Halmaspiels sieht das Brett außerordentlich durcheinander aus. Bis zu einem Moment, dass man der Meinung sein könnte, nichts würde sich mehr bewegen lassen. Im Versuch eines jeden Spielers, die eigene Mannschaft frontal zum Gegner über das vom zweiten Spielpaar von den Flanken her verminte Mittelfeld des Brettes zu treiben, werden Bündnisse geschlossen, die nur von begrenzter Dauer sind. Wehe dem, der jetzt keinen klaren Kopf hat. Manche Menschen behaupten in dieser Situation, das Schachspiel sei eindeutiger.

Prolog

Der Motor der Zlin 142 röhrte gewaltig, als Rolf Matt den Gashebel nach vorne schob, um kurz vor dem Start noch eine Abbremsprobe durchzuführen und die automatische Propellerverstellung zu überprüfen. Die Klappen an den Tragflächen standen in Startstellung, die Instrumente signalisierten ordnungsgemäße Funktionen der überwachten Teile des Flugzeugs. Es konnte losgehen.

Rolf Matt hatte am Tag zuvor den wichtigsten Teil seiner Habilitationsschrift in Soziologie abgeschlossen und war nun ziemlich ausgebrannt. Es war ein harter Endspurt gewesen, die Mühen von drei Jahren Arbeit unter Dach und Fach zu bekommen, und dieser Flug sollte Belohnung sein und Entspannung bringen. Sein Freund, Ulf Mixas, hatte ihn gefragt, wie er das Vakuum, das nach solchen Arbeiten im Kopf entsteht, wieder zu füllen gedenke und daraus war diese Aktion hervorgegangen. Der Einfachheit halber hatte er ihn gleich zum Flugplatz begleitet und saß nun neben ihm in der Kabine. Wegen der Vorschrift und zur Sicherheit hatten beide Fallschirme angelegt. Ihre Bauch- und Schultergurte waren bis zum äußersten festgezurrt und bewirkten zwischen Körper und Maschine eine enge Verbindung. „Ist doch eigentlich verrückt, wie sich Menschen an eine Maschine fesseln und dem auch noch voll vertrauen", kommentierte Rolf Matt über die Bordsprechanlage und rückte seine Kopfhörer zurecht.

Von der Flugsicherung war bereits die Startfreigabe zu einem etwa einstündigen Flug erteilt worden. Die Freigabe schloss auch ein Kunstflugprogramm ein, das sich die beiden gönnen wollten. Für Ulf Mixas war es das erste Mal.

Die Maschine hob nach 300 Metern vom Boden ab und begann zügig zu steigen. Es war ein schöner Herbsttag und fast wolkenlos.

In viertausend Fuß über der Erde hatte das Flugzeug eine Höhe erreicht, aus der Rolf Matt das Kunstflugprogramm einleitete. Am Boden hatte er seinen Freund über alle Vorgänge instruiert, die während des Fluges ablaufen würden, denn frühere Erfahrungen mit Passagieren hatten ihm gezeigt, wie schnell Uninformiertheit in Angst umschlagen kann, wenn ungewohnte Situationen eintreten.

Mixas zückte seinen Fotoapparat und stellte fest, dass ihm die Fesselung an den Sitz kaum Bewegungsfreiheit erlaubte. Er begann trotzdem mit seiner Fotoserie.

Matt drückte den Steuerknüppel nach vorne, worauf sich der Bug der Kunstflugmaschine sofort nach unten senkte. Für den Kunstflug hatten sie sich auf ein Gebiet festgelegt, in dem keine größeren Ortschaften lagen und das von mehreren markanten topografischen Merkmalen eingegrenzt war. Vor ihnen lag eine spitze Bergkuppe mit einer kleinen Burg und in vielleicht fünf Kilometer Entfernung direkt hinter ihnen ein einzelnes Dorf mit einem großen und gut erkennbaren Weiher. Das Flugzeug folgte einer Linie zwischen diesen beiden Punkten, die durch einen Waldsaum markiert wurde, an dem eine Eisenbahnlinie vorbeiführte.

Die Maschine hatte beträchtlich Fahrt aufgenommen, als Matt bei 180 Stundenkilometern und voller Motorleistung abfing und hochzog. In einem weiten Bogen stieg die Maschine in den Himmel, der immer blauer und dunkler wurde. Die Sonne kreuzte die Maschine, die nun in der Rückenlage am oberen Teil des Loops angekommen war. Aufmerksam peilte Matt nach rechts und links, um sich über die Lage der Maschine zum Horizont zu vergewissern. Er ließ nun den Steuerknüppel leicht nach, um einem Abknicken des Loops entgegenzuwirken. Sein Begleiter brach in Begeisterungsschreie aus und machte ununterbrochen Fotoaufnahmen. Die Maschine befand sich nun im Sturzflug zur Erde, als Matt den Steuerknüppel wieder zu sich zog, um den Loop abzufangen.

Es war am Boden ausgemacht worden, dass das Programm etwa zehn Minuten dauern sollte, zunächst alle Figuren links herum und danach rechts herum geflogen würden, also insgesamt zwanzig Minuten reinen Kunstflug.

Zum Entzücken seines Passagiers hatte Matt schon eine gerissene Rolle um die Längsachse des Flugzeugs begonnen. Die Erde begann sich zu drehen und plötzlich war alles wieder ganz normal, oben und unten stimmte wieder.

Nach einigen Auf- und Abschwüngen, die halbe Rollen, halbe Loops nach oben und unten, Steig- und Sturzflüge miteinander verbanden, um das Flugzeug möglichst schnell in die entgegengesetzte Flugrichtung zu bringen, setzte Matt zu einem Turn an, der Figur, die ihm den größten Genuss bereitete.

Die Zlin stieg in gerader Linie senkrecht in den Himmel und verlor immer mehr Fahrt. Mit großer Konzentration kontrollierte Matt den Flugweg, indem er das Ende der linken Tragfläche in einen bestimmten Bezug zum Horizont, der Linie zwischen Erde und Himmel setzte. Damit vermeidet man eine schräge und schlecht kontrollierbare Fluglage, hatte er zuvor Mixas erklärt. Als das Flugzeug fast bewegungslos in der Luft stand, trat er heftig das rechte Seitenruder und die Maschine begann sich langsam um ihre eigene Achse zu drehen. Das war der Moment. Das Gefühl fast schwerelos und völlig von den Banalitäten der Erde abgehoben zu sein, war faszinierend. Raum und Zeit fielen für einen kurzen Augenblick völlig zusammen. Es war ein Gefühl des Zusammenwachsens von Mensch und Maschine, des Herauskatapultierens aus der Schwerkraft, der völligen Überwindung von Naturkräften mit Hilfe eines Apparates, der bei sachgerechter Bedienung exakt der Hand des Menschen folgte. Das Flugzeug befand sich nun im senkrechten

Sturzflug zur Erde, beschleunigte sehr schnell und wurde nach etwa 200 Metern Höhenverlust von Matt hart abgefangen. Die Körper wurden dabei schwer. Der Beschleunigungsmesser zeigte an, dass sie gerade mit dem dreifachen ihres Gewichtes in die Sitze gepresst wurden. Mixas begann es für einen kurzen Moment schwarz vor den Augen zu werden, was ihm zuvor schon angekündigt worden war.

„Das war zunächst einmal links herum", sagte Matt über die Bord-Sprechanlage und erkundigte sich nach dem Wohlbefinden seines Freundes. „Fantastisch, und jetzt das ganze noch mal nach der anderen Seite", war die begeisterte Antwort.

Während des Kunstflugs hatten sie knapp 50 Meter Höhe verloren. Sie machten sich auf, wieder aufzusteigen. Mixas hatte seinen Film verknipst und wechselte ihn gegen einen neuen aus. Rolf Matt dachte an seine Habilitationsarbeit, die er doch nicht so einfach verdrängen konnte, wie er sich das vorgestellt hatte. Gerade in den letzten Tagen bei der Durchsicht der Papiere, die er in seiner Arbeit analysiert hatte, war ihm aufgefallen, wie aktuell und zutreffend seine Schlussfolgerungen waren. Und das trug nicht zu seinem Wohlbefinden bei.

So ähnlich, wie man sich bei einem Kunstflug fühle, müsste es doch auch den Menschen gehen, die in einem Atomkraftwerk arbeiten, zog er eine Verbindung zwischen seiner Arbeit und der augenblicklichen Aktion. Man beherrscht die Technik und empfindet dabei ein Gefühl von Sicherheit, verbunden mit einer leichten Ahnung von Risiko und Gefahr, die unbedingt notwendig ist, um nicht leichtsinnig zu werden.

Die Maschine hatte wieder die Ausgangshöhe für einen weiteren Durchgang des Kunstfluges erreicht. Matt schaltete den Kraftstoffhahn auf den rechten Tragflächentank um und fragte Ulf Mixas, ob er bereit sei. Der hatte inzwischen den Film gewechselt und hätte sich am liebsten eine Zigarette angesteckt und seinen Walkman angeschaltet, wenn diese Gegenstände nicht am Boden geblieben wären. Denn nichts sei unangenehmer hatte Matt erklärt, als Gegenstände, die sich während eines Loops in der Kabine selbständig machen.

Das Kunstflugprogramm lief flüssig ab. Eine Figur folgte unmittelbar auf die andere, wie vorprogrammiert, kommentierte Mixas über die Bordsprechanlage. Matt freute sich über die Begeisterung seines Freundes. Über Funk wurden sie von der Luftverkehrskontrolle aufgefordert, Obacht auf ein Militärflugzeug zu geben, das ihren Luftraum kreuzte. Sie hörten auch die gleiche Aufforderung, die an die Militärpiloten gerichtet war. Es ist gute Sicht, also werden wir uns gegenseitig bemerken, sagte Matt zu seinem Freund, indem er das Kunstflugprogramm abbrach. „Wir machen nachher weiter, wenn die anderen weg sind", erläuterte er seinen Entschluss und bemerkte im gleichen Augenblick das angekündigte Flugzeug etwa 300 Meter tiefer. Eine harmlose Begegnung. Matt ging aber durch den Kopf, ob die anderen Piloten wohl seine Maschine ebenfalls bemerkt hatten. Im Gegensatz zu ihm waren es professionelle Flieger, die wahrscheinlich ihren Autopiloten eingeschaltet hatten und einen Flug vollkommen routinemäßig abwickelten. Als Freizeitpilot war er darauf angewiesen, alle seine Handlungen eigens zu bedenken, und das unterschied ihn von den Professionellen, die hochtrainiert und selbstsicher ihre Routineverfahren durchführen.

„Im Prinzip brauchen sie sich eigentlich nur auf ihre Instrumente und die Flugsicherung verlassen, was um sie herum passiert, ist nur für Notfälle interessant", teilte er Ulf Mixas mit und kündigte die Abschlussfigur an, einen Turn.

Die Flüssigkeit des Programms war durch die Störung dahin und Matt empfand ein gewisses Unwohlsein, die Figur aus dem Zusammenhang gerissen zu fliegen. Die Maschine befand sich wieder im senkrechten Steigflug und verlor wie zuvor rapide an Geschwindigkeit. Matt beobachtete den Fahrtmesser und die Lage des Flugzeugs zum Horizont, wobei er feststellte, dass die linke Tragfläche tiefer als die rechte zum Horizont lag. Also ein schräger Steigflug, den er durch leichtes Drücken des rechten Seitenruderpedals korrigieren wollte. Dafür war jedoch die Maschine schon zu langsam, was durch schrilles Klingeln der Überziehwarnglocke auch akustisch betont wurde. Heftig trat er das rechte Seitenruderpedal bis zum Anschlag durch, um gerade noch rechtzeitig die Drehung des Flugzeuges um die Hochachse einzuleiten. Das Flugzeug stand fast still und wollte sich kaum drehen. In diesem unsteuerbaren Zustand gab es einen Ruck, als die Maschine über die rechte Tragfläche abkippte, eine Vierteldrehung vollzog und in die Rückenfluglage kam. Es folgten zwei Trudelbewegungen, die Matt durch Gegensteuern mit dem Seitenruder und leichtem Anziehen des Steuerknüppels beendete. Er fing die Zlin aus dem senkrechten Sturzflug ab und blickte Ulf Mixas etwas betroffen von der Seite an.

„Gut, dass wir hoch genug sind, sonst stünden wir morgen in der Zeitung", lächelte er seinen Freund etwas krampfhaft an. Dieser erwiderte, dass er aus dieser Flugfigur wohl die besten Fotos aufgenommen und gar nicht bemerkt habe, dass der Flugzustand unbeabsichtigt war. „Vertrauen ist gut, Kontrolle ist besser, sagte Lenin", bemerkte Matt trocken. Es war ihm etwas mulmig, weil er sich bei einem Fehler ertappt hatte, der eigentlich nicht passieren durfte. Vielleicht ist auch das für Profis nur Routine, dachte er. In einer weiten Kurve setzten sie zur Landung an und beendeten den Flug, indem sie direkt an der gelben Querlinie der Landebahn aufsetzten.

Später, als sie im Gras des Flugplatzes lagen und eine Zigarette rauchten, sprachen sie über die Anspannung eines solchen Kunstfluges. Sie erzählten sich gegenseitig von den Gefühlen, die sie dabei empfunden hatten. Matt kommentierte freimütig den Fehler, den er gemacht hatte. Es war Irritation und mangelnde Konzentration auf das Geschehen, sagte er.

„Mir geht dabei meine Habilitationsschrift nicht aus dem Kopf. Es gibt da Ähnlichkeiten zu unserem Flug. Du startest und gehst natürlich davon aus, dass alles gut geht. Der Grund, weshalb Du überhaupt startest, ist, dass Du Dir etwas davon versprichst. Man hat also etwas davon. So sind auch die Atomwissenschaftler und die Politiker vorgegangen, als sie das Atomenergieprogramm in Gang gesetzt haben. Der Glaube an die eigene Potenz, alle Eventualitäten zu beherrschen, hat dabei Skepsis und Vorsicht nicht nur überwogen, sondern gar nicht aufkommen lassen. Und nun stellt sich heraus, dass die Entwicklung der Atomenergie wie ein Flug ist. Man startet und fliegt und geht davon aus, dass alles gut geht. Sonst würde man das ja auch gar nicht tun, es sei denn, man hat ganz andere Absichten dabei, etwa militärische. Leider weiß man im Atomsektor heute noch nicht, wie und wo die Landung stattfinden soll. Das ist der Unterschied zu unserem Flug, habe ich vorher gedacht. Wir liegen jetzt hier im Gras und freuen uns über unser Erlebnis. Wie soll aber aus einem Atomkraftwerk wieder eine Wiese werden und wer weiß, wo nach 25.000 Jahren Halbwertszeit für Plutonium die Reise des Atommülls beendet ist?"

Klare Sachen

Er stieg gerade aus dem alten Volkswagen, den er von seiner Agentur für diesen Auftrag zugeteilt bekommen hatte, als er das erste an einer Scheune aufgehängte Transparent sah. Es besagte ganz schlicht „Kein Atomkraftwerk in Wyhl". Es gab viele solcher oder ähnlicher Transparente in Sasbach, wie er gleich danach, bei den ersten Schritten an einem ziemlich freundlichen Frühlingstag durch den Ort feststellen konnte.

Eigentlich hatte ihn sein Chef, Eigentümer einer kleineren Presseagentur in Mannheim, bei der er gelegentlich Artikel absetzen konnte, eher zufällig mit diesem Job betraut. Der andere freie Mitarbeiter, von dem bekannt war, dass er der aktuellen Politik ziemlich kritisch gegenüberstand und aus seiner Skepsis für technische Neuerungen kein Hehl machte, war nicht in Frage gekommen, weil er kurz zuvor bei einer Demonstration gegen Fahrpreiserhöhungen in Mannheim teilgenommen hatte und – weil er nicht rechtzeitig vor der Polizei das Weite gesucht hatte, nun eine Anzeige wegen Landfriedensbruch am Hals hatte.

„Ich brauche jemand für Recherchen zu einem Hintergrundartikel, die vielleicht ein bißchen schwierig sind. Jedenfalls sagt das der Kunde und er legt Wert darauf, dass ich jemanden in Marsch setze, der nicht von vornherein gegen die Atomkraft eingestellt ist. Dir ist das doch eigentlich egal", hatte der Chef kurz den Auftrag umrissen und das vorgesehene Honorar genannt. Üppig war es nicht, aber nachdem der Auftrag fünf Tage dauern sollte, Spesen extra verrechnet wurden und hinterher ein zusätzliches Zeilenhonorar winkte, würde das Geld für die Monatsmiete, einige

Gaststättenbesuche mit seiner Freundin und etliche Biere reichen, die er in einer der wenigen Kneipen Mannheims, die rund um die Uhr geöffnet hatten und hauptsächlich von Pennern und Nutten aufgesucht wurden, gerne konsumierte. Er liebte die Atmosphäre, die einerseits so unkompliziert und eindeutig war, andererseits voller menschlicher Schicksale, die sich aus manchen sehr komplizierten Ereignissen ergaben. Als Taxifahrer war er akzeptiert und vertraut mit Leuten, von denen er beim Einsteigen ins Auto nicht wusste, wie das Aussteigen aussehen würde. Hier war immer alles ziemlich gleich und strahlte die Sicherheit eines Friedhofs und die Ungewissheit einer Karnevalsveranstaltung aus. Überraschungen waren selten und wenn sie vorkamen, war dies ein besonderes Erlebnis. Ein solches war der Bericht eines Arbeitslosen, der ein paar Tage zuvor davon erzählte, wie er von einer ortsansässigen Reinigungsfirma als Hilfskraft für Reinigungsarbeiten in einer Atomanlage in Karlsruhe angeheuert worden war. Es sei ordentlich Geld gezahlt worden für das Wegwischen von Flüssigkeiten in einer Anlage in der hochradioaktive Stoffe bearbeitet werden. „Da hat die Firma Böskurz uns sechs Leute hineingeschickt und wir mussten nach fünf Minuten wieder raus, dann eine Stunde Pause und viel Milch trinken, neues Dosimeter drangemacht und wieder hinein, und das fünf mal. Es war gutverdientes Geld“, war der Kommentar. Der Zuhörer war davon nicht sonderlich beeindruckt, denn immerhin gibt es ein nicht geringes Gesundheitsrisiko beim Kontakt mit solchen gefährlichen Stoffen, war sein Gedanke.

Frau Dr. Bergdorf bremste wie jeden Morgen heftig ihren Renault R 4 ab, bevor sie vorsichtig in den für sie reservierten Parkplatz vor dem Bürogebäude einbog. Sie liebte Heftigkeit und Vorsicht und ihre Mitarbeiter machten sich manchmal über das Auto lustig, das gar nicht zu ihrem Stil zu passen schien.

Sie bezeichnete sich gerne selbst als Tochter von Karl Marx und Coco Chanel, liebte teure und ausgefallene

Mode, schmückte sich bei besonderen Gelegenheiten gerne mit kleinen schwarzen oder burgunderroten Hütchen, drapiert mit kleinen schwarzen Schleiern, die, je nachdem wie der Betrachter es sehen wollte, Geschichten einer femme fatale oder einer sehr zerbrechlichen jungen Frau erzählten. Das Auto war im Grunde die einzige Fortsetzung ihrer Studienzeit in Heidelberg, die sie ein Jahr zuvor mit einer Doktorarbeit über Managementideologien in Risikounternehmen beendet hatte. Sie hatte ihr Studium 1967 begonnen und gleich zu Anfang einen Studenten kennengelernt, der wegen des Vietnamkrieges, der Unfähigkeit der Älteren, sich mit dem Faschismus auseinander zusetzen und den fossilen Strukturen der Universität, die eine von ihm nötig gefundene Auseinandersetzung mit der Geschichte und der Gegenwart unmöglich machten, gerade in den Sozialistischen Deutschen Studentenbund eingetreten war und nun im Allgemeinen Studentenausschuss ein Amt bekleidete.

Ein Schlüssel für ihre jetzige Tätigkeit bei der Atomvereinigung lag wahrscheinlich in dieser Beziehung, überlegte sie sich manchmal, hatte doch ihr Freund, nach dem Abschluss des Studiums und geraumer Zeit eines Berufsverbotes urplötzlich eine Stelle in einem Forschungsinstitut angeboten bekommen, das für die Bundesregierung sozialwissenschaftliche Untersuchungen zu Fragen des politischen Extremismus durchführte. Sie hatte erlebt, wie fasziniert er von diesem Institut war, aber auch angewidert über die dort bearbeiteten Themen und erinnerte sich an Erzählungen, wie solche Forschungen ablaufen, ohne dass die davon betroffenen Menschen etwas darüber erfahren oder bemerken. Eine ganz interessante und spannende Sache, wenn man genügend Distanz dazu hat, sagte sie sich, als ihr einige Monate nach ihrem Studienabschluss von ihrem jetzigen Arbeitgeber ein Brief ins Haus flatterte, der sich auf ihre Arbeitsuche über die Zentrale Arbeitsvermittlung bezog. Er enthielt das Angebot, als Direktionsassistentin einzutreten.

Das Einstellungsgespräch mit einer ganzen Anzahl von Herren, die sehr beschäftigt schienen und deshalb dauernd abgerufen wurden, um anschließend wieder hereinzukommen, dauerte seine Zeit. Offensichtlich war alles sehr wichtig. Im Gespräch hatte Anne Bergdorf den Eindruck, dass es dabei weniger um ihre Sachkenntnis über Atomfragen ging, sondern vor allem, ob sie in die Firma passte. Gespannt wartete sie auf die Frage nach ihrer Einstellung zur Atomenergie, die auch tatsächlich, kurz vor dem Ende des charmant geführten Gesprächs gestellt wurde. Hätte sie zuvor nicht mit ihrem Freund über das Arbeitsangebot gesprochen, wahrscheinlich wäre sie ihr ganz selbstverständlich vorgekommen, als normales Recht eines Arbeitgebers, die Meinung zu seinem Produkt oder Betrieb zu erfahren, dachte sie im Nachhinein. Der Herr, der sich als Justitiar und Personalchef vorgestellt hatte, sagte nämlich beiläufig: „Die Kernenergie und was wir hier machen ist ja umstritten. Besonders bei der jüngeren Generation. Würden Sie sich denn neutral verhalten, wenn Sie in eine solche Auseinandersetzung gerieten?"

Da Anne den Job wollte und Auseinandersetzungen mit der Atomenergie nicht ihr Thema waren, konnte sie ohne Zögern zustimmen. Aber sie war da, die Frage. Offensichtlich war der Eindruck gut, den sie bei der Atomvereinigung hinterließ und ihre Einstellung zur Probe erfolgte schon nach zwei Wochen. Vielleicht lag es aber auch einfach daran, dass sie sofort abkömmlich war oder dringend jemand für die Aufgabe gebraucht wurde, der bestimmte Qualifikationen und eine angemessene Erscheinung mitbrachte. Vielleicht hatte sie den Herren ja auch persönlich gefallen, war ein Gedanke, der nicht unangenehm war.

Beim Wegzug von Heidelberg, mit dem sie auch gleich die anstehende Trennung von ihrem Freund erledigte, machte der Wohnungsvermieter beim Abschied die kurze Bemerkung, es habe sich kurz vorher jemand nach ihr erkundigt. In der Aufbruchstimmung maß sie dem keine große Bedeutung bei. Sie verband das mit dem Fragebogen, den sie wegen der Einstellung auszufüllen hatte und der ziemlich direkt und persönlich formuliert war. Es ging dabei um ihre Einstellung zu Hochtechnologien, um familiäre und persönliche Verhältnisse, aber auch zu politischen Einstellungen und Kontakten zu Leuten, die sich möglicherweise als Atomkritiker generieren. Erinnerlich war ihr auch eine Frage zu ostdeutschen Bekannten oder Stellen.

Das Telefon brummte schon zum sechsten Mal, als sich der Staatssekretär etwas unwirsch von seinem Gesprächspartner abwandte, um zum Hörer zu greifen. Angesichts der Bedeutung seines Besuchers hatte er seiner Vorzimmerdame Anweisung gegeben, während der Besprechung keine Anrufe durchzustellen.

„Steeb", sagte er und erfuhr, dass ihn sein Minister sprechen wolle. „Wie weit sind denn unsere Battelliten-Leute im Kaiserstuhl gediehen? Ich werde gerade vom baden-württembergischen Ministerpräsidenten gefragt, was zu tun sei, wenn die Leute dort anfangen, ihre CDU-Parteibücher zu verbrennen. An sich ist das ja nicht schlecht, wenn die Leute von ihren CDU-Landesfürsten Abstand nehmen. Gut für die SPD. Wir sollten aber genau verfolgen, ob das Auswirkungen auf unser Programm hat", hörte er die sonore Stimme seines Chefs. „Die Untersuchung ist schon ganz gut vorangekommen. Wir haben jetzt vier Kräche um verschiedene Standorte analysiert, allerdings haben die Befragungen vor Ort noch nicht stattgefunden. Das ist auf Schwierigkeiten gestoßen, weil sich die Leute weigern, Auskünfte für das Forschungsministerium zu geben."

„Das hat mir der schwäbische Ministerpräsident auch schon gesagt. Das war auch schon in der Presse. So geht das nicht. Wir machen hier keine Theoriediskussion, sondern bezahlen für harte Ware. So geben Sie das mal an die Battelliten weiter. Ich sage dem Stuttgarter Ministerpräsidenten jetzt, dass er von uns in vier Wochen einen Bericht bekommt. Sonst springt uns der Mann ja noch ab", wurde das Gespräch mit einem vertraulich kühlen Lachen beendet, „und denken Sie daran, dass das Atom-Projekt unter der Schirmherrschaft des Bundeskanzlers steht. Sie wissen wie er ist, äußerst überzeugt vom Atom und da gibt es kein Vertun."

Steeb wandte sich wieder seinem Besucher zu. „Wir haben gerade von der Akzeptanzkrise gesprochen. Sie sind daran nicht ganz unschuldig, weil die Leute, die Sie an die Front schicken, vielleicht gute Techniker, aber keine Verkäufer sind. Vielleicht sollten Sie denen mal ein paar Rhetorikseminare verpassen."

„Das läuft schon alles," entgegnete der Besucher, „wir haben erst vor kurzem ein Treffen mit amerikanischen Experten für Kommunikation in Genf gehabt, bei dem ein Konzept entwickelt worden ist. Es geht ja vor allem darum, den lautesten Schreiern bei unseren Veranstaltungen den Wind aus den Segeln zu nehmen. Man muss sie bloßstellen als Agitatoren, die eigentlich etwas ganz anderes wollen. Damit sind in Amerika ganz gute Erfahrungen gemacht worden. Allerdings können wir das nicht öffentlich machen, wir sollten dafür eine etwas neutralere Institution einbeziehen, am besten die Bundeszentrale für Politische Bildung oder eine der kirchlichen Akademien. Die Finanzierung können wir zum Teil übernehmen, aber die Hauptsache sollte schon aus einem Titel der Bundesregierung kommen, etwa aus dem Etat für Öffentlichkeitsarbeit." „Herr Keuten, Sie haben ein riesengroßes Budget aus Bonn erhalten und aus Ihren Energieauftraggebern werden Sie auch nicht schlecht bedient, also lassen Sie die Armutsbemerkungen." Der Staatssekretär lächelte süffisant. „Ich werde dazu aber mal ein Meinungsbild in unserem Haus herstellen. Wie könnten denn dabei auch die sogenannten Wissenschaftler der Gegner einbezogen werden? Am besten ist doch, wir kooptieren sie einfach, wir können doch davon ausgehen, dass sich die Mehrheit der Gegner durch sinnvolle Argumente überzeugen lässt. Wir müssen mit ihnen zu einem Dialog kommen. Fünf Millionen können wir dafür schon springen lassen. Bei uns heißt der Arbeitstitel dazu ‚Bürgerdialog Kernenergie' und die Devise ist, macht die Gegner breit und fördert die Unentschlossenen. Wir wollen die Auseinandersetzung versachlichen, die Emotionen müssen heraus. Das ist auch die Meinung der Gewerkschaften, ÖTV und Bau, Steine, Erden, mit deren Spitzen ich letzte Woche geredet habe. Sie wissen, dass in meiner Partei auch gegenteilige Stimmen laut werden, aber es geht dabei vor allem um das Arbeitsplatzargument. Positive Argumentation ist besser als staatliche Macht gegen Hunderttausende in Bewegung zu setzen, es wäre einfach unklug. Ansetzen müssen wir auch bei den innerparteilichen Gegnern, wie etwa dem SPD-Abgeordneten Roland Hochnest, der sich unverbesserlich gibt. Dem sollte man nicht nochmals eine Kandidatur ermöglichen."

Auf der Fahrt von Bonn nach Hannover, zu der Dr. Pauser ausnahmsweise seinen eigenen Mercedes benutzte, ging ihm durch den Kopf, dass er eigentlich ziemlich arrogant behandelt worden war. Er ärgerte sich über das Gehabe des Staatssekretärs, der doch vor allem den Posten der Unterstützung durch die Deutsche Wirtschaftsvereinigung zu verdanken hatte. Er musste aber zugeben, dass das Atomprogramm durch das Forschungsministerium bisher zielstrebig betrieben wurde. Vielleicht erlaubt sich Steeb solche Töne, weil er sich gegen seine eigene Partei absichern will. Ein wenig mehr Respekt sollte der Staatsekretär schon aufbringen. Dafür würde wohl ein Telefongespräch mit dem Vorstand des Industriellenverbandes, der sich direkt mit dem Kanzleramt in Verbindung setzen würde, der einfachste Weg sein.

Angenehmer waren seine Gedanken an die bevorstehende Einladung einiger befreundeter Ehepaare, bei der er als Hobbykoch zu brillieren gedachte. Doch zunächst hätte er noch einige Einkäufe zu tätigen.

Die Einladung war ihm sehr wichtig, denn er erwartete Gäste aus wichtigen Bereichen von Politik und Wissenschaft. Was Herr Dr. Leipzig-Kietz über sein Gespräch mit dem Bundeskanzler zu erzählen hätte war sicher auch für die anderen, Professor Zopp und seinen Kollegen Keuten sowie für einen wichtigen Verbindungsmann in das Ministerium, Smith-Shore, von größerem Interesse. Und wichtig sei dabei, dass man ungestört wäre. Als Kenner der sich öfter wechselnden Durchsetzungsstrategie zunächst als Referatsleiter für Nuklearen Brennstoffkreislauf und dann aufgestiegen zum Leiter der Abteilung für Energie, Rohstoffe und Technologie im Wissenschaftsministerium war Smith-Shore wirklich unentbehrlich, aber man durfte auch sein Dilemma als Bundesbeamter mit einer Verbindlichkeit zum öffentlichen Wohl und zur Wahrhaftigkeit nicht vergessen. Aber die Phalanx aus Industrie und Bundesregierung würde die Loyalität schon absichern, da waren sich die Herren schon früher einig geworden.

Nach einem Aperitiv der besseren Sorte kamen die Herren schnell zur Sache. Es wurde eine kleine Tagesordnung aufgestellt, „natürlich vertraulich und nichts Schriftliches", betonte der Gastgeber. Im Laufe des Abends sollte die Situation erörtert werden wegen der fehlenden Schließung des Atombrennstoffkreislaufs, die ein Weiterlaufen der Atomkraftwerke gefährde und vor allem die Frage, wohin Geld investiert werden solle, um die wenigen Eingeweihten noch enger zusammenzuschließen. Erfreut reagierten die Herren auf die Mitteilung von Leipzig-Kietz, dass für politische Einflussnahmen nun etliches Geld verfügbar sei, „ein gutes Treffen war das in Sankt Margarethen am Bodensee, wo ich zusammen mit meinem Aufpasser Weinrauch eine von unserem großen Industrieunternehmen Si-Mens-Sana gespendete Million übernommen habe. Wie immer in meinem speziellen Holzköfferchen", lachte er. Eine nennenswerte Apanage, das würde einigen Politikern gut gefallen, die nicht sowieso schon zu den Lobbyisten der Energiekonzerne gehörten.

Es war höchste Zeit Entscheidungen vorzubereiten, um mit dem Atommüll fertig zu werden, denn die Auseinandersetzungen um die Atomkraftwerke verlagerten sich zunehmend auf die Frage, wohin damit.

Mit etwas Verspätung kam der letzte Gast zum Gastmahl, wie das Treffen vom Gastgeber genannt wurde. Er löste eine kurze Überraschung aus, denn eigentlich hatte man ihn nicht erwartet. Professor Mantelle war Vorstandsmitglied eines der ganz großen Energiekonzerne und hatte großen Einfluss in der Szene als eine Leitfigur des Zentralverbandes der Atomlobby. Die Begrüßung war herzlich und sofort mit der Frage verbunden, was es Neues gäbe. Die Auskunft löste Erregung aus, denn es war politisch etwas schief gelaufen.

Der Technologieminister Matthäuser, eigentlich ein Verbündeter, hatte kalte Füße bekommen. Mit der französischen Entsorgungsfirma COGEMA existierte ein Vertrag für die Aufarbeitung der Atombrennstäbe und nun war ein Unfall passiert, durch den radioaktives Abwasser in den Atlantik gelangte und nun von Atomkraftgegnern mit großer Öffentlichkeitswirkung skandalisiert wurde. Was tun? Man kam auf die Notwendigkeit zu sprechen, die Technologie für die Eigenentsorgung voranzutreiben, wegen mehr Unabhängigkeit von fremden Einflüssen. Die Technologie sei fast vollständig erprobt, das Ende der Entsorgung aber nicht geklärt, denn wohin mit dem Atommüll, war das Problem. „In das Salzbergwerk Asse können wir keinen hochradioaktiven Abfall mehr einlagern. Es gibt jetzt schon Bedenken aus Kreisen der Geologie wegen dem Atommüll, der jetzt schon hingeschafft worden ist", gab Zopp zu bedenken „und die Bürgerinitiativen mobilisieren gegen die Asse und behaupten, dass das Bergwerk am Absaufen ist."

„Lasst sie agitieren, das wird sich totlaufen, wenn wir strikt unseren Weg weiter gehen. Wir haben die Unterstützung der Unternehmerverbände und der ganzen Energiewirtschaft und darum werden auch skeptische Politiker nicht herumkommen. Die Sachzwänge werden es richten", fügte Kopp hinzu, wurde jedoch gleich von Keuten etwas gedeckelt. „Wir müssen auch aufpassen, dass absolute Geheimhaltung aller Entsorgungspläne gewährleistet ist. Und wir müssen besonders aufpassen, dass keinerlei Information über den Stand unserer Technikentwicklung in die Öffentlichkeit kommt. Wir hatten ja vor kurzem einen Störfall in einer heißen Zelle der Wiederaufbereitungsanlage, bei dem eine etliche Menge heißer Salpetersäure und Hexafluorsäure ausgetreten ist. Für die Reinigung mussten wir eine externe Firma hinzuziehen und einer der Leute plaudert etwas darüber aus, weil er befürchtet, Strahlung abbekommen zu haben.“ Er behaupte auch, dass das Team mehrere Mal hintereinander mit jeweils einem frischen Dosimeter in die Anlage geschickt worden sei. Da alle Dosimeter bei der Gesellschaft für Strahlenforschung in München ausgewertet würden, müsse sofort Vorsorge getroffen werden, dass von dort nichts nach außen dringe. Die Herren wüssten ja, was der Begriff Jahresdosismenge bedeute.

Ein weiteres Problem sei aufgetreten, weil bekannt geworden sei, dass sich etliche Kilo Plutonium in den Abfallfässern in der Asse befänden, und dies natürlich sofort von den Atomgegnern ausgeschlachtet würde. „Wir haben das Glück, dass es keine Dokumentation dazu gibt und dass die Fässer nicht gekennzeichnet sind. Man wird dazu also nichts nachweisen können. Es bleiben eben Gerüchte, dass die Bundeswehr und Si-Mens-Sana und andere hier ihr Material losgeworden sind“, kommentierte Pauser und erregte eine gewisse Heiterkeit mit der Bemerkung, „alles ist dort, wo die Sonne nie hinkommt,“ und da passte ein Glas Champagner gut dazu.

Die Gesellschaft begab sich zu Tisch. Es gab zuerst ein Carpaccio von der St. Jakobsmuschel, dann Wachteln mit Weintrauben und Pilzen und zum Abschluss ein Zitronensorbet mit Champagner. Die Tafelrunde unterhielt sich amüsiert über die neuesten politischen Zoten des Bundeskanzlers und einiger seiner Ministerialen und Leipzig-Kietz konnte dazu viel beitragen als intimer Kenner der inneren politischen Verhältnisse.

Bei der Verabschiedung einigte man sich auf ein baldiges Wiedersehen in gleicher Zusammensetzung.

Mit der Übergabe eines Konzeptpapieres zu den nächsten Planungen der Öffentlichkeitsarbeit verabschiedete sich der Generalsekretär der Atomvereinigung, Dr. Pauser. „Wir gehen davon aus, dass dies alles eine konzertierte Aktion sein muss und nebenbei möchte ich Sie noch bitten, dem Ministerpräsidenten Dr. Almuth in Hannover den Rücken zu stärken und ihm nochmals klarzumachen, welche Verantwortung er beim Entsorgungskonzept für Gorleben hat. Er ist zwar auf der anderen Parteischiene, aber ihm muss immer bewusst sein, dass es um mehr als um Parteiinteressen geht. Unser Programm steht und fällt mit ihm." Einer der Versammlungsteilnehmer fragte erstaunt, wie nun Gorleben als Standort in Spiel kommen würde, der Ort sei doch noch nie vorher genannt worden. „Wir werden Sie später darüber informieren“, war die Antwort, „zunächst haben Sie den Namen aber noch nie gehört, klar? Nur als vorläufiger Hinweis: Es war Almuth selbst, der Gorleben ins Spiel gebracht hat. Er ist davon überzeugt, dass dort nur wenig Widerstand zu erwarten ist wegen der Abgeschiedenheit zur Demarkation nach Osten und dem ländlichen Charakter der Bevölkerung. Weiteres dann später.“

Eilig verließ der Organisationsleiter des Deaktivierungs- und WiederaufbereitungsKonsortiums den Fahrstuhl. Dieser war nur für interne Mitarbeiter zugänglich und brachte ihn direkt in den zwölften Stock, so dass er nicht die Sicherheitsschleuse für Normalbesucher im ersten Stock des Bürogebäudes in der Nähe des Hannover Hauptbahnhofes passieren musste. Er war verspätet, denn sein Intercity aus Hamburg hatte wegen einer Oberleitungsstörung Umwege machen müssen. Die Bundesbahn ist auch nicht das Wahre, hatte er zum Zugbegleiter gesagt und damit seine Beschwerde zum Ausdruck bringen wollen. Es gefiel ihm gar nicht, dass der Herr mit der Mütze ihn nicht so behandelte, wie er es bei Jahresabonnenten der 1. Klasse erwarten durfte.

In diesen Fragen war Herr Klarstein sehr empfindlich. Er war gewohnt, dass man ihm zuhörte. Als Führungskraft, was er auch durch seine Kleidung verdeutlichte, erwartete er Respekt. Unter Boss ging nichts. Jeder muss wissen, wo sein Platz ist und wie er sich zu verhalten hat, war eine seiner Leitlinien, die für den Zugbegleiter anscheinend Böhmischen Dörfern glich. Dieser gab zwar zum Ausdruck, den Ärger des Fahrgastes zu verstehen, es gäbe jedoch sicher auch bei seiner Tätigkeit oft Dinge, die nicht planmäßig verliefen. Man versuche eben das Beste.

Solchermaßen eingestimmt grüßte Klarstein seine Sekretärin ziemlich barsch und übergab ihr seinen Attaché-Koffer mit vergoldeten Spezialbeschlägen, die diesem Gegenstand das Aussehen eines kleinen Tresors gaben. Es gehörte zum Ritual, das er zu seinen angenehmen Gewohnheiten rechnete, und so war die Sekretärin gar nicht erstaunt über das herrische Auftreten ihres Chefs. Es hatte für sie einfach keine Bedeutung. Immer wenn ihr Vorgesetzter ungehalten oder im Stress war, trat sein Schmiss auf der linken Wange deutlich hervor, was Klarstein wusste. Und es störte ihn. Die Sekretärin war selbstbewusst genug, um sich darüber eher zu amüsieren, und sie hatte auch keine Lust, das zu verbergen. In den Augen Klarsteins wurde das für ihn nicht unbedeutende Statussymbol seiner Studentenzeit durch ein solch amüsiertes Verhalten abgewertet. Immerhin hatte er zur elitären Studentenverbindung Teutonia gehört, zu der er noch enge Verbindung hielt und als Alter Herr gerne an Verbindungsfesten teilnahm. Das waren eben andere Studenten als die heutigen Berufsprotestierer, dachte er oft. Und das bewog ihn, den jungen Verbindungsbrüdern berufliche Chancen in seinem Verband einzuräumen, so wie dies seine Vorgänger auch ihm hatten angedeihen lassen. Stolz war er auf den Kampfruf seiner Verbindung, weshalb er diesen in seinem Arbeitszimmer anbringen ließ: Teutonia sei's Panier.

In straffer Haltung und mit raschem Schritt verschwand er in seinem Direktionszimmer, das seiner Stellung gemäß ausgestattet war. Am Fenster stand der große Teakholzschreibtisch, dahinter ein Vitra-Ledersessel mit extrabreiter Sitzfläche, gepolsterten Armlehnen und einer kopfhohen Lehne, den er sich nach einigem Hin und Her bestellen ließ, als er die Werbeserie dafür in einem Trendmagazin verfolgt hatte. Auf Sitzmöbeln dieser Firma hatten für die Photos schon viele berühmte Leute posiert. Anspruch auf eine solche Möblierung dieser Güte hatten nur Abteilungsdirektoren. Die gegenüberliegende Wand war mit einem Originalölgemälde geschmückt, das er sich bei einem Vertragsmaler des Hauses selbst bestellt hatte. Auch dies gehörte zu den Privilegien der Abteilungsdirektoren.

Zunächst legte er sich seinen Terminator-Management-Kalender zurecht, schlug den aktuellen Tag auf und griff zum Telefon, um seiner Sekretärin den ersten Auftrag zu erteilen. Sie solle mit den Vorstandsmitgliedern und dem Justitiar so rasch als möglich einen Besprechungstermin anberaumen, jedenfalls nicht später als am frühen Abend.

„Sagen Sie ihnen einfach, es gehe um den Ministerpräsidenten", sagte er, „das wird die Herren elektrisieren."

Der Kerl ist dabei den Schwanz einzuziehen, dachte er dabei. Zuerst den Standort Gorleben ins Spiel bringen und morgen will er eine Pressekonferenz veranstalten, um öffentlich hinauszuposaunen, dass unser Projekt in Gorleben politisch nicht durchsetzbar sei. Die Teilgenehmigungen zurückziehen, das hätte er sich so gedacht. Bei der Vorarbeit, die sie geleistet hatten.

Und er dachte dabei an die kürzliche Besprechung mit dem Bundesminister Matthäuser, bei dem auch der Lobbyist Leipzig-Kietz und einige andere Ministerialen zugange waren, auch der im Ministerium für die einschlägige Abteilung zustände Leiter Smith-Shore war darunter.

Der wichtigste Gesprächsgegenstand war dabei das Problem der Grenznähe von Gorleben, weil befürchtet wurde, dass sich die DDR aus ihrem eigenen Endlager für Atommüll gleich gegenüber dem gegenseitigen Elbufer bergwerksmäßig in das geplante West-Endlager einbuddeln könnte. Im Ergebnis wurde dann festgestellt, dass die geringe Widerstandshöffigkeit der Bevölkerung doch das entscheidende Kriterium sein müsse, nicht geologische oder raumplanerische Umstände.

Einige Stunden später referierte Klarstein in einer kleinen sogenannten Aktionskonferenz über den Stand der Entwicklung. „Ich hatte vorher ein Telefongespräch mit Staatssekretär Steeb vom Forschungsministerium. Er ist sauer, dass wir nicht stärker auf Almuth eingewirkt haben. Er ist der Meinung, dass der Kulminationspunkt der Auseinandersetzung um unser Entsorgungsprojekt in Gorleben schon überschritten ist. Hat allerdings versichert, dass das Projekt politisch durchgesetzt wird. Er stellt sich auf den Standpunkt, dass man ja beim Einsatz von Machtmitteln differenzieren könne. Die Parole heißt ganz klar Zurückweichen geht nicht."

Analog zum Vorgehen der Bundesregierung, fuhr er mit seinem Lagebericht fort, hätte Almuth die Auseinandersetzung entzerren müssen, viele Detailschritte organisieren müssen, das Prinzip teile und herrsche habe nicht nur in der Antike funktioniert. Nun, da er das nicht durchgesetzt habe, sei mit einer starken Emotionalisierung der Gegner zu rechnen, die sich ermutigt sähen. Er teile diese Meinung. Almuth seien doch alle Absprachen und Richtlinien bekannt gewesen. Verständlicherweise sei die Bundesregierung nun sauer. Er auch. Es wären doch genügend alternative Standorte für die Entsorgung nachgewiesen worden, um den Herrn Ministerpräsidenten bei der Durchsetzung des Endlagers politisch zu entlasten. Finanzielle Mittel seien auch verfügbar gewesen und damit hätte sich doch die öffentliche Meinung bewegen lassen, Angebote wie Schwimmbäder, Gemeindehallen und ähnliches kämen ja auch den Entscheidungsträgern vor Ort nicht gerade schädlich vor, und wenn er schon an die Antike dachte, setzte er noch hinzu, „vergessen Sie niemals die Wirkung von Brot und Spielen für die Machtstrukturen."

Er unterstrich dies durch eine unmißverständlich strenge Miene, denn er war fest davon überzeugt, dass zu einer starken Rhetorik auch ein entsprechendes Mienenspiel gehörte.

Wolle der Herr sie jetzt bloßstellen oder hängen lassen? Assessor von Rosen, der Justitiar, ergriff als erster das Wort.

Er machte darauf aufmerksam, dass man umgekehrt den Ministerpräsidenten nicht angreifen könne, ohne ihn bloßzustellen. Man müsse jetzt alle Schritte vor allem unter dem öffentlichkeitswirksamen Aspekt betrachten. Der Arbeitskreis Kernenergie solle gleich aufgefordert werden, eine Anzeigenserie zu starten. Etwa in dem Stil, die Leute, die sich als Naturschützer von Gorleben aufschwingen, liegen erstens falsch und gefährden zweitens Zehntausende von Arbeitsplätzen. Das würde auch die Gewerkschaften dazu bringen, eindeutig für Almuth Stellung zu beziehen, auch wenn sie nicht seine Parteifreunde wären. Dann sollte unmittelbar mit den Parteispitzen im Land Kontakt aufgenommen werden, damit auch sie auf ihn einwirken. Vielleicht wäre eine Option als Anreiz günstig, ihn nach seiner Amtszeit in den Verwaltungsrat aufzunehmen, um seine Zukunft zu sichern. Denn seine politische Karriere könne er wohl abschreiben, wie der Ministerpräsident wohl ahne, fasste von Rosen seine strategischen Vorstellungen zusammen. Zumindest könne man ihm diese Option anbieten, auch wenn das später anders zu entscheiden wäre. Immerhin habe der Ministerpräsident das ganze Konzept ins Wanken gebracht und die Frage sei aufgeworfen, wer für das Scheitern des Projektes verantwortlich gemacht werden könne, im Falle eines Falles. Denn die Lösung des Endlagerungsproblems sei das Schlüsselprojekt für den gesamten Weitergang der Atompolitik.

Wenn der Ministerpräsident dann noch nicht spure, müsste ihm klargemacht werden, dass er sich auch einigen persönlichen Enthüllungen ausgesetzt sehen könne. Doch darüber wolle er in diesem Kreis zur Zeit noch nicht reden. Man sei aber munitioniert. Nach einer längeren Debatte über die verschiedenen Möglichkeiten, des Problems Herr zu werden, trennte sich die Runde mit der Verabredung, sich gegenseitig in den nächsten Tagen über die bis dahin abgelaufenen Aktivitäten zu unterrichten und wenn nötig, sie zu koordinieren. Vertraulichkeit gelte wie in solchen Fällen sowieso als vereinbart.

Binnenfeinde

Als Frau Dr. Bergdorf ihr Arbeitszimmer betrat, stand die Durchgangstüre zum Besprechungszimmer des Generalsekretärs offen. Auf der Seite ihres Zimmers hatte die Türe einen einfachen weißen Mattlackanstrich, auf der anderen Seite, zum Besprechungszimmer hin, war sie mit Lederpolstern beschlagen um zu verhindern, dass vertrauliche Gespräche nach außen dringen könnten. Sie hatte sich darüber schon häufiger belustigt, denn eigentlich vermittelte dieser Schallschutz nur den Gesprächsteilnehmern eine vertrauliche Gesprächssituation. Als Assistentin des Generalsekretärs hatte sie ohnehin Zugang zu allen geschäftlichen Informationen, mehr noch, ihre wesentliche Aufgabe bestand in der Betreuung der Mitglieder der Atomvereinigung, im Protokollieren der Gespräche und dem Schreiben von Papieren, die in diesen Gesprächen entstanden. Nur selten wurde sie zu einer dieser Konferenzen nicht hinzugezogen. Dann zum Beispiel, wenn sicherheitstechnische Fragen behandelt wurden, so wie einige Tage vorher als am Abend einige drahtige Herren zu Gast waren. Von diesen wusste sie nur, dass sie Sicherheitsdiensten angehörten, die wahrscheinlich mit Überwachungsaufgaben in Atomkraftwerken betraut waren.

Als sie sich während dieser Besprechung eine Information von ihrem Chef holen wollte, verstummten die Gespräche kurz, sie hörte nur noch ein Wort, das wie „Binnenfeind“ klang. Sie konnte damit nichts rechtes anfangen, überlegte aber, dass damit wohl Leute gemeint sein könnten, die innerhalb der Atomvereinigung oder angeschlossener Mitgliedsfirmen feindliche Absichten verfolgten. Es war nur ein Gedankenblitz, und sie fragte sich selbst, ob sie vielleicht auch in diese Kategorie eingeordnet werden könnte.

Anlass dafür waren einige Feststellungen, die sie gemacht hatte. Beispielsweise durfte sie Fotokopien nicht selbst anfertigen. Das war die Aufgabe des Wachmannes, der in einem Glaskasten in der Eingangshalle des Gebäudes saß, umgeben mit drei Fernsehmonitoren, was ihr übertrieben erschien. Immerhin konnte man damit nicht nur den Parkplatz und die Eingangstüre überwachen, sondern hatte auch einen Blick auf die vorbeiführende Straße und den Vorplatz.

Am ersten Arbeitstag war ihr gesagt worden, dass ihre Arbeitszeit viel zu kostbar sei, um sie am Fotokopierer zu verschwenden, und das fand sie einleuchtend. Allerdings merkte sie bald, dass schnell benötigte Kopien manchmal länger auf sich warten ließen, besonders solche, die einen Vertraulichkeitsvermerk trugen. Manchmal hatte sie deshalb das Gefühl, dass trotz des liberalen Umgangs der Mitarbeiter untereinander und der entspannten Büroatmosphäre Kontrolle stattfand. Da sie nichts zu verbergen hatte, machte sie sich darüber jedoch wenig Kopfzerbrechen.

Als sie in den Konferenzraum hineinschaute, waren dort fünf Leute versammelt, die sich über einige Kartenblätter beugten. Beim Nähertreten erkannte sie die Art einer Karte sofort. Es war eine Fliegerkarte, wie sie von einem Bekannten benutzt wurde, der sie ab und zu mit einer ausgeliehenen Piper zum Weekend-Ausflug mitnahm. Die anderen schienen normale topografische Karten zu sein, auf denen eine bestimmte Stelle mit einem dicken roten Kreis umrandet war. „Guten Tag, Fräulein Doktor“, begrüßte sie ihr Chef. Dr. Pauser benutzte immer diese Anrede. Sie hatte nie darauf bestanden, von ihm als Frau angesprochen zu werden, obwohl ihr das weit angemessener vorgekommen wäre. Für sie gehörte es zum Kapitel „diskreter Charme der Bourgeoisie”, gegen den anzutreten sich nicht lohne.

Vielleicht fand es der Generalsekretär kapriziöser, sie so zu bezeichnen, und das war ihr nicht unrecht, konnte sie doch darauf jederzeit kapriziös reagieren, was wiederum ihrem Chef zu gefallen schien. „Eigentlich ist das keine Sache für Sie“, fuhr er fort, „ich möchte Ihnen aber trotzdem die Herren vom Innenministerium vorstellen. Vielleicht begegnen sie sich ja zukünftig häufiger. Wir sind nämlich von den ReibachWerkenEssen gebeten worden, eine Mitgliederkonferenz abzuhalten, bei der es um die Möglichkeit von Anschlägen auf unsere Kernkraftwerke geht. Die sind mal wieder auf etwas Neues gekommen. Es werden Aktionen für möglich gehalten, die durch Leute mit Zutritt zum Kraftwerk angezettelt werden, also durch eigene Mitarbeiter, die ein Hühnchen zu rupfen haben oder durchdrehen. Es wird auch befürchtet, dass durch solche Leute Tips nach außen gelangen, wie man Atomkraftwerke lahm legen kann. Und sie meinen, dass sich inzwischen eine Szene entwickelt hat, die viel bedeutender zuschlagen könnte, als es von der RealenAntiFraktion vorgemacht wird.” Wie sie wisse, gäbe es doch einige verletzliche Stellen im Atomkraftwerk, an denen Terroristen Attentate verüben könnten, wenn sie im Besitz entsprechender Informationen wären. Sie habe letztens ja selbst die einzelnen Atomkraftbetreiber über den vertraulichen Informationsweg informiert, dass eine Sprengstoffexplosion im Kühlwasserauslauf das gesamte Druckgefüge des Atomkraftwerks durcheinander bringen könne, kein Problem für gute Taucher übrigens und dass durchaus mit einem Raketenangriff aus einem Sportflugzeug gerechnet werden müsse und sie kenne sich ja gut mit der Fliegerei aus, wegen ihrer Ausflüge mit der Piper. Erstaunlich, dachte Frau Bergdorf, wie genau das Privatleben der Mitarbeiter unter die Lupe genommen wird.

Pauser lieferte dafür sofort die Bestätigung. Das ganze gehe darauf zurück, dass in Übrigheim im Rahmen einer Routineüberprüfung jemand aufgefallen sei, der hohe Spielschulden hatte und offenbar in Kreisen verkehrte, mit denen die Atommanager ungern in Verbindung gebracht würden. Witzigerweise wäre das nur aufgefallen, weil zwischen der Spielbank in Bad Gürkheim und dem Landeskriminalamt eine enge Zusammenarbeit bestünde. So hätte man erfahren, dass sich einige Leute in diesem Klub auffallend für das Kraftwerk Übrigheim interessieren.

„Und nun beraten wir gerade, wie wir die Konferenz vorbereiten sollen. Das ganze ist vertraulich, wie immer. Ich habe aber noch eine Bitte an Sie, kommen Sie in einer Stunde zu mir."

Die Herren beugten sich wieder über die ausgebreiteten Karten und setzten ihre Besprechung fort. Einer vom Innenministerium, der sich von den anderen durch eine locker getragene Armani-Jacke und durch weite, bequeme Flanellhosen unterschied und das Äußere eines erfolgreichen Tennisspielers hatte, erkundigte sich beiläufig beim Geschäftsführer der Atomvereinigung nach dem Status der Assistentin. Für ihn war das ein normaler Reflex bei Gesprächen mit Leuten, die er nicht kannte und denen Interna anvertraut wurden. Seine Findigkeit bei der Entlarvung eines Informanten, der einem Nachrichtenmagazin Einzelheiten über die Überwachungsmaßnahmen gegen einen ins Zwielicht gekommenen Atommanager gegeben hatte, brachte ihm die Position des Beauftragten für Informationsbetreuung ein, wie er inoffiziell bezeichnet wurde. Offiziell war seine Dienstbezeichnung Datenschutzbeauftragter. Und bei ihm lief immer ein automatisches Prüfprogramm im Kopf ab, wenn es sich um vertrauliche Verschlusssachen handelte, die vor der Öffentlichkeit zu schützen waren. Sein lockeres Auftreten war Ausdruck seines Selbstbewusstseins, das er sich als Gruppenführer bei der Grenzschutzgruppe Neun erworben hatte und das er in einer dreijährigen Fortbildung zum Sicherheitsexperten noch verfeinern konnte. Aus dieser Zeit stammte sein schnodderiger Umgangston, der ihm bei seiner ernsten Aufgabe schon oft nützlich war und bei seinen Gesprächspartnern die Hemmungen gegenüber einem Sicherheitsagenten verringerten. „Sie haben reizende Damen im Haus. Könnte ich von uns nicht sagen. Wenn sie so zuverlässig wie apart ist, kann man Ihnen nur gratulieren und gleich einmal mit ihr ausgehen", feixte er in etwas anzüglicher Art, wie Pauser fand. Deshalb erwiderte dieser pikiert, dass die Mitarbeiter in jeder Hinsicht hochklassig seien, wenn er wisse, was er meine. „Na ja, sie wissen ja, wie emotional heute alle auf das Atom reagieren", sagte die Armani-Jacke in beschwichtigendem Ton.

„Sicherheit ist eben mein Geschäft und es wäre doch auch für Sie unangenehm, wenn sich die Öffentlichkeit Gedanken machen würde, die eigentlich unsere Aufgabe sind und die niemanden etwas angehen. Sie wissen ja, wie derzeitig die Fragen der äußeren Bedrohung emotional von den Atomdilettis hochgespielt werden. Ich würde Ihnen am liebsten immer sagen, avanti dilettanti", meinte der Sicherheitsagent. „Herr Ramboch, keine Sorge, unsere Leute sind alle zuverlässig. Ich sage Ihnen mal ganz formal, dass wir genauso wenig wie Sie wichtige Dinge dem Zufall überlassen. Bei Einstellungen nehmen wir sogar noch eigene Recherchen vor, die über den Standard der Normalüberprüfung hinausgehen. Das machen wir ganz diskret, weil wir unseren Leuten trauen und nicht misstrauen wollen. Vielleicht unterscheiden wir uns dabei ein bisschen von Ihnen. Frau Dr. Bergdorf ist eine ausgezeichnete Mitarbeiterin und erfreut sich bei den Mitgliedern unseres Verwaltungsrates großer Beliebtheit. Sie ist wirklich ein Organisationstalent. Wir kennen zum Beispiel einen wunden Punkt von früher, wie Sie vielleicht sagen würden. Ein Freund, der ziemlich heftig gegen die Atompolitik anstänkerte. Nicht schlecht hat er den Kollegen in Darmstadt damit zu schaffen gemacht. Wir wissen aber auch, dass Frau Bergdorf längst andere persönliche Interessen hat. Wäre ja auch bei einer meiner Mitarbeiterinnen nicht anders zu erwarten. Also wir sind da ganz klar, lassen Sie Ihre Sorgen darüber Zuhause."

Pünktlich nach einer Stunde klopfte Frau Bergdorf an die Türe und stellte fest, dass der Konferenzraum mittlerweile leer war. Auch die Papiere waren verschwunden, auf die sie gerne noch einen Blick geworfen hätte. Die Geheimniskrämerei hatte sie neugierig gemacht, weil sie ungewohnt war.

Außerdem konnte sie davon ausgehen, dass sie die erwähnte Sicherheitskonferenz zu organisieren hätte und Vorinformationen sicher nützlich seien für die Vorbereitung. Während der vergangenen Stunde hatte sie drei Telefongespräche geführt, eines davon mit einem Direktor der KiloWatt-Union, mit dem sie sich bei Konferenzen schon näher unterhalten hatte und der sie zu mögen schien. Jedenfalls hatte er sie das letzte Mal abends zum Essen eingeladen.

Es war ein angenehmer Abend gewesen, an dem ihr Gastgeber viel von seinen geschäftlichen Sorgen, aber auch von seiner Familie erzählte. Besonders besorgt schien er wegen seiner Tochter zu sein, die in Darmstadt studierte und sich dort einem Arbeitskreis von Kernkraftgegnern angeschlossen hatte. Dort wurde gerade eine Broschüre über die Risiken des Atomkraftwerks Bibisheim vorbereitet und das Vorgehen der Betreiber bei der Genehmigung für einen weiteren Kernkraftwerksblock, Block C.

Er hatte sich Einblick in einen Teil des Manuskriptes verschafft und fand die darin besprochenen Probleme fachlich richtig dargestellt. Überhaupt nicht einverstanden war er aber über die Unterstellung, dass diese Risiken unbeherrschbar seien und wirklich wütend wurde er über den Vergleich der Atomindustrie mit einem Verbrechersyndikat. Daraus ergab sich eine heftige Auseinandersetzung, in deren Verlauf seine Tochter das Gespräch abbrach und das Haus mit der Bemerkung verließ, sie wolle erst wiederkommen, wenn er seine Arbeit endlich kritisch sehen würde und ihm klar geworden wäre, was er eigentlich mit seiner Arbeit bewirke und er endlich mit seiner Rechthaberei aufhöre.

„Wie soll ich mich dazu verhalten, ich verstehe meine Tochter nicht mehr. Sie kennt mich doch und weiß, dass ich mir meiner Verantwortung bewusst bin. Wir bei der KiloWattUnion bauen doch keinen Murks, das könnten wir uns doch nie erlauben. Natürlich gibt es immer ein gewisses Risiko, aber das gilt doch noch viel mehr, wenn meine Tochter mit dem Fahrrad durch die Stadt fährt. Sie gehören zur gleichen Generation wie meine Tochter, wissen aber auch von der Atomvereinigung, dass es sich bei uns nicht um Gangster handelt. Ganz im Gegenteil. Wir achten ja nicht einmal auf die Kosten, wenn es um zusätzliche Sicherheit geht. Könnten Sie bitte einmal mit meiner Tochter reden? Meine Familie ist mir sehr wichtig."

Dass der Direktor dabei seine Hand auf ihren Arm legte und eine leichte Streichelbewegung machte, fand sie etwas unpassend und stillos. Sie entzog sie aber nicht, weil sie sowieso damit gerechnet hatte.

„Ich kann Sie gerne einmal besuchen, wenn Ihre Tochter Zuhause ist. Ich würde aber jetzt gerne gehen", brach sie ab und bedankte sich für den Abend. Zwar schien ihr die Reaktion doch etwas zu erschrocken, doch war sie zufrieden, als sie ihr Gastgebers mit dem Dienstwagen zu ihrem kleinen Zweizimmer-Appartement brachte. Gerne hätte er sich noch weiter unterhalten und in seiner Frage, ob sie ihm noch einen Kaffee anbieten würde, schwang sein persönliches Interesse mit. Frau Bergdorf lachte und sagte, „wenn Sie wissen, was ich meine", und stieg aus dem Auto.

Am nächsten Tag rief der Direktor an und wollte sich vergewissern, dass sie seine Geste nicht falsch verstanden habe, er wolle ihr nicht zu nahe treten. Es würde ihn aber freuen, wenn er sie nach der nächsten Konferenz wieder ausführen könne. Sie gefiele ihm sehr.

Im weiteren Verlauf des Telefonats berichtete er von Vorbereitungen und dem Ablauf einer Informationsveranstaltung beim diesjährigen Kirchentag, bei der einige Mitarbeiter und er selbst die Sicht der Kernkraftindustrie dargestellt hatten. Sie waren von der Veranstaltungsleitung dazu nicht nur eingeladen, sondern geradezu hinzitiert worden. Die Kirche stellte sich wohl vor, im Streit um Atomkraftwerke ein neues Arbeitsgebiet als Vermittler aufbauen zu können. Vielleicht war es aber auch eine Reaktion auf die stärker werdenden Protestpotentiale in der Kirche, wie er das in einer Meldung über eine Untersuchung des Sozialforschungsinstituts Bröggs aus München zur Vorbereitung auf den Tisch bekommen hatte.

Er werde heftig bei dem Gedanken, dass noch mehr Laien in ein Gebiet hineinreden wollten, von dem sie keine Ahnung hätten, schloss er sein Lamento und wurde philosophisch. Wahrscheinlich habe das mit der christlichen Urangst zu tun, meinte er, und dabei sei es doch gerade ein erklärtes Ziel, beste Technik zu liefern, um der Angst vor Energiemangel und Not entgegenzuarbeiten.

„Sie sind doch Politologin, weshalb ich gerne Ihre Meinung zu Gedanken hören würde, die bei uns gestern in einer Strategiebesprechung von einem Psychologieprofessor vorgetragen wurden. Ich glaube, dass man damit etwas anfangen kann.

Die Gegenbewegung war ein Reflex auf neue Werte, die vor allem in der jungen Generation eine Rolle spielen. Die ältere Generation musste noch Entbehrungen in Kauf nehmen, rauchende Schlote bedeuteten da noch Existenzsicherung. Das ist heute ganz umgekehrt. Rauchende Schlote werden als Bedrohung empfunden, gerade von den jungen Leuten, die Existenzbedrohung nicht kennen. Und die Gegenbewegung wird ja gerade von jungen Leuten getragen, was am besten bewiesen wird durch Großdemonstrationen, die meistens in den Semesterferien stattfinden. Die jungen Leute sind saturiert, der Wohlstand ist selbstverständlich. Wenn man sich nicht um Grundsätzliches kümmern muss, hat man Zeit für so sensible Sachen wie Atomkraftwerke.

Das zweite war, dass die junge Generation vom Gedanken nach Emanzipation getragen wird. Es gibt einen tiefen Abbau von Religiosität, man lebt hier und heute. Hedonismus ist Trumpf. Und Gedanken für das, was nach dem Tod kommt, sind nicht so wichtig. Ist man religiös, lassen sich in der Erwartung auf ein Leben nach dem Tode diesseitige Misslichkeiten leichter ertragen. Ängste können leichter bewältigt werden. Heute sieht man die Dinge viel materialistischer und nicht mehr idealistisch. Diese Lücke müssen wir in unserer Argumentation ausfüllen. Wir sollten den Idealismus so darstellen, dass er zwar zu einem schönen Leben führt, nicht aber zu technischem Fortschritt. Dafür steht unsere Überzeugung, Steinzeit nein danke. Den Materialismus muss man so nutzen, dass jeder ein besseres Leben führen kann, wenn es der ganzen Gesellschaft gut geht. Dazu ist eine gesicherte Energiebasis notwendig. Niemand will und kann darauf verzichten. Wenn die jungen Leute etwas gegen rauchende Schlote haben, weil sie die Luft verschmutzen, ist doch Atomenergie die Lösung. Atomkraftwerke haben nun mal keine rauchenden Schlote. Geradezu Garantien für mehr Umweltschutz bieten sie. Deshalb ist die Aussage ganz klar, Atomkraft, ja bitte, rauchende Schlote, nein danke. Problematisch ist dabei nur, dass etliche Kraftwerksbetreiber beide Sorten betreiben, weshalb wiederum eine komplementäre Argumentation notwendig ist: Nichts ist von Dauer, alles ist im Übergang und deshalb sind alle Technologien Übergangslösungen, bis etwas besseres zur Verfügung steht. Solange muss aber alles bleiben wie es ist, andernfalls gehen die Lichter zwar nicht aus, aber Energie steht für ein gutes Leben dann nicht mehr zur Verfügung. Das kann niemand wollen."

Frau Bergdorf war etwas überrascht. Eine merkwürdige Mischung von Lamento und Public Relations kam hier zusammen. Geht den Herren einmal etwas unter die Haut, suchen sie sofort nach Erklärungen für ihre Daseinsberechtigung, dachte sie belustigt. Sie kannte zwar Strategiedebatten bei der Atomvereinigung, hatte aber dabei immer den Eindruck gehabt, dass sich die Teilnehmer eher um technische und wirtschaftliche Fragen kümmerten. Und nun plötzlich Ethik und Gesellschaftspolitik in einer Vorstandsetage, fast wie im Seminar am Institut für Politische Wissenschaft der Universität Heidelberg.

„Herr Ehrenfried, fragen Sie doch dazu einfach einmal Ihre Tochter und die Politiker. Ich glaube, dass die Themen offen behandelt werden sollten. Es gibt ja tatsächlich keinen Königsweg, alles hat Vorteile und Nachteile, über die sich die Leute klar werden sollten. Je geheimnisvoller verfahren wird, desto misstrauischer werden sie. Aber das ist nur meine persönliche Meinung."

„Das mag richtig sein" warf der Direktor ein, „hat aber einen Haken. Im Grunde betreiben bei den Gegnern einige wenige Mäusefängerei und bedienen sich der Ängste vieler Leute. Diese Mäusefänger spielen sich gerne auf, sie finden sich sehr wichtig und das macht auch die Debatte mit ihnen so ärgerlich. Sie haben starke Berührungsängste mit der Technik und technischer Argumentation. Aber weil sie trotzdem diese Argumentation für ihre Zwecke benutzen, kommt es nicht zum eigentlichen Kern der Auseinandersetzung. Es geht doch um die politische Frage, wie es weiter geht und unter welchen Bedingungen. Hier haben auch die Politiker völlig versagt.

Was die Parteien machen, ist kleinkarierter Parteienstreit, bei dem um die eigentlichen Probleme herumlaviert wird. Eine unwürdige Schacherei! Wer Verantwortung für die Zukunft hat, kommt doch um die Kernenergie gar nicht herum. Früher hatten die Politiker ein feines Gespür dafür, was zu tun ist. Heute suchen sie nur ihre Pfründe und wollen bei den Wählern nicht anecken. Es ist doch unmöglich, wenn ein führender Politiker nichts anderes zu sagen hat als technologisch ist das Projekt Gorleben machbar, politisch ist es aber nicht durchsetzbar. Das trifft uns schwer. Es geht offensichtlich um einen Kuhhandel, bei dem jeder versucht, soviel als möglich für sich herauszuholen. So können wir aber nicht arbeiten. Die Bürgerinitiativen in Gorleben haben klar erkannt, worum es geht. Die Politiker nicht, denn die lassen zwar Schächte niederbringen, aber einfahren gibt es für sie nicht. Die Bürgerinitiativen haben sich von Anfang an auf die richtige Stelle gesetzt, auf das Bohrloch, und das macht die Sache noch schwieriger."

Frau Bergdorf dachte, dass sie diese Frage einmal mit ihrem Freund erörtern sollte. Ehrenfried sagte sie, dass sie gerne bereit wäre, einmal eine Liste mit Literatur zusammenzustellen, in der diese Fragen beleuchtet würden. „Wir haben dazu ein großes Archiv, wie Sie wissen, das vor allem sogenannte graue Literatur enthält. Wir werten ja systematisch alle Flugblätter und Zeitungen der Atomkraftgegner aus. Für die weitere Diskussion könnte das nützlich sein." Dann rief sie ihren alten Freund aus Heidelberg an, der sich nach ihrer Beschäftigung erkundigte und erfuhr, dass sie nun mit hochsensiblen Tätigkeiten befasst war. Man sollte sich einmal wieder sehen, folgte die Abmachung.

Als sie dann das Zimmer ihres Vorgesetzten betrat, war sie immer noch mit dem Ehrenfried-Telefongespräch beschäftigt und berichtete kurz darüber. Dr. Pauser lachte, was sein joviales Gesicht noch stärker als sonst zur Geltung brachte.

Er meinte, „manchmal haben die Herren ganz eigene Anwandlungen. Sie sollten darüber vielleicht einmal eine Expertise anfertigen, sozusagen ein Statuspapier, das wir ihnen dann zur Orientierung zuschicken können. Meine Bitte an Sie geht in eine ganz ähnliche Richtung. Wir brauchen nämlich mehr Hintergrundinformationen zu den Vorgängen in Wyhl. Da läuft gerade eine Untersuchung des Battelliten-Instituts für das Forschungsministerium. Uns kommt es vor, als ob die lieben Wissenschaftler dort zu viel theoretisieren. Wir brauchen aber harte Fakten, wie wir weiter vorgehen müssen. Sie haben vielleicht gelesen, dass auch die Polizei dort nicht so funktioniert wie sie soll. Die Polizeiführer wollen einfach nicht richtig durchgreifen lassen, weil sie selbst dort wohnen. Da besetzen die Bauern und ihre Verstärkung von Studenten einfach illegal den Bauplatz und die Polizei lässt sich auch noch vertreiben.. Wir können doch nicht gleich den Bundesgrenzschutz dorthin schicken. Die Landesregierung hat jetzt zwar Umgruppierungen bei der Polizei eingeleitet. Die Mannschaften kommen nun hauptsächlich aus dem Ausbildungsapparat der Bereitschaftspolizei. Aber nützt das? Wir müssen von einer anderen Schiene kommen und selbst stärker einsteigen. Finden Sie heraus, wer die eigentlichen Drahtzieher dort sind, damit wir ihnen juristisch eins auf die Mütze geben können. Mal sehen wie sie reagieren, wenn ihnen plötzlich Schadenersatzforderungen von einigen Hunderttausend Mark auf den Tisch flattern."

Ein ungutes Gefühl beschlich Frau Bergdorf. „Eigentlich ist das doch nicht unsere Aufgabe. Der Verfassungsschutz und die Polizei haben doch sicher genaue Informationen. Ich weiß nicht recht, wie ich diese Aufgabe angehen soll", meinte sie skeptisch.

Mit einer unwirschen Handbewegung wies Dr. Pauser den Einwand zurück. Es gehe um ein Stimmungsbild, mit dem die dortigen Verantwortlichen zu konfrontieren seien. Man wolle ihnen ein bisschen Beine machen. Es käme nicht darauf an, Ermittlungen nach Polizeiart durchzuführen. Eindrücke wären wichtig, wer von den Gegnern angreifbar sei und wer nicht.

„Sie können morgen abreisen und eine Woche bleiben. Behalten Sie die Sache aber für sich. Wir wollen offiziell gar nicht in Erscheinung treten. Das würde im Augenblick nur falsch verstanden werden, bei Freund und Feind."

Manchmal leiden die Atomfreaks wirklich unter Paranoia. Besser wäre doch, man setzte sich mit den Gegnern offensiv auseinander und nicht so klandestin. Frau Bergdorf, erinnerte sich an diesen Ausdruck, den ihr Freund für Studentenaktivitäten öfter gebraucht hatte, wenn die Gruppe beschlossen hatte, vor der Aktion den Mund zu halten.

Es ist doch nicht schlimm, auch kritische Punkte offen zu behandeln, sollen doch die Gegner einmal sagen, wie sie sich tragfähige Alternativen vorstellen, dachte Frau Bergdorf, als sie mit dem hausinternen Reisedienst sprach, um ihre Fahrt in den Kaiserstuhl vorzubereiten. Sie beschloss, in zwei Tagen abzureisen. Dann hätte sie noch genug Zeit, um im Archiv die Zeitungen und Flugblätter der Platzbesetzer durchzulesen.

Ihr dämmerte, dass die Mission trotz der beruhigenden Worte ihres Chefs brisant war. Allein der Gedanke, womöglich Leute denunzieren zu müssen, die ihr sympathisch sein mochten, war ungemütlich. Sie wusste auch, dass ihr früherer Freund zu den aktiven Atomgegnern gehörte.

Sie dachte an ein Gespräch mit Vertretern des Deaktivierungs- und WiederaufbereitungsKonsortiums vor einiger Zeit, das bei ihr Zweifel an ihrem Job geweckt hatte.

Sie sagte sich aber, dass Zweifel noch bei weitem nicht ausreichen würden, den Job aufzugeben. Sie war ja mit ihren Arbeitsbedingungen ganz zufrieden, das Gehalt stimmte und die Arbeitsaufgaben waren interessant. Auch war vieles neu und spannend, obwohl es eigentümlich war, nicht unbeschwert mit Freunden und Bekannten über die Arbeit reden zu können.

Einige Male schon war sie gefragt worden, wie sie sich für ihre Arbeit im Falle eines Atomunfalls rechtfertigen wolle. Sie hatte darauf geantwortet, dass es doch besser sei, sie mache diese Arbeit als andere, denen nur an ihrer Karriere gelegen sei. Sie setze sich im übrigen dafür ein, allen von Atomkraftwerken Betroffenen eine reelle Chance zur Mitsprache zu verschaffen und vertrete diesen Standpunkt auch gegenüber ihrem Arbeitgeber. Aber die Ausführungen der Konsortiums-Vertreter bei einer Besprechung im Hause der Atomvereinigung waren ihr doch etwas an die Nieren gegangen. Sie musste nämlich erkennen, dass systematisch Pläne für den Kampf gegen Atomgegner oder Saboteure entwickelt werden. Einmal gab es das Konzept EVA, das Akronym für Einwirkungen von Außen und ein anderes namens EVI, Einwirkungen von Innen. Beides waren keineswegs technische Ansätze, sondern vor allem sicherheitspolitische, die auf die Aufhebung persönlicher Freiheiten und demokratischer Rechte abhoben. Politiktheoretisch war sie insofern auch eine Gegnerin.

Neuland

Den Anfang der Besprechung hatte der Justitiar des Deaktivierungs- und WiederaufbereitungsKonsortiums, Assessor von Rosen, gemacht. Er hatte anscheinend ein neues Toupet, denn er griff häufig wie zur Kontrolle an seinen Haaransatz. Er hatte, wie immer bei solchen Gelegenheiten, eine wichtige Miene aufgelegt, hatte einige Aktendeckel korrekt vor sich hingerückt und herumgeblickt, um zu prüfen, ob er Aufmerksamkeit erwarten konnte.

Charakteristisch und unverwechselbar war seine leicht näselnde Stimme, die ein wenig arrogant klang und seinem aristokratischen Anspruch geschuldet war.

Er hatte, neben der üblichen Tagesordnung, den Vorschlag gemacht, auch die aktuelle Lage in Gorleben zu behandeln, da die Gegner dort immer aktiver und störender würden, was nun auch zu Problemen in den dortigen Parteien geführt hätte. Die Polizeieinsätze hätten bewirkt, dass einige Gemeinderäte nun zur Gegnerseite überlaufen wollten.

„Ich bin von unserem Organisationsleiter gebeten worden, zunächst einmal ein paar Worte über unsere Gegner zu sagen. Danach sollten wir über Erfahrungen mit den vor fünf Monaten eingeleiteten Maßnahmen sprechen und Schlussfolgerungen für das weitere Vorgehen ziehen", war seine Eröffnung gewesen.

Sein Beitrag hatte sich dann auf drei Gruppen von Gegnern erstreckt. Menschen, die Angst vor neuen Technologien hätten, wobei das Hiroshima-Syndrom und das Seveso-Unglück eine wichtige Rolle spielten.

Bei einer weiteren Gruppe handele es sich um Profi-Gegner, die überregional operierten, wie Reisekader politischer Organisationen. Sie würden Etikettenschwindel betreiben, weil sie durch ihr wissenschaftliches Ansehen den Kredit in der Bevölkerung ausnützten. Meistens verträten diese Profis aber ganz andere Disziplinen und hätten von der Atomtechnologie keine Ahnung. Sie erweckten aber den Anschein, mitreden zu können. Sie hielten sich für sehr wichtig und seien vor allem in Forschungseinrichtungen tätig, die von Bürgerinitiativen mit Gegengutachten betraut würden.

Eine weitere Gruppe repräsentiere echte Polit-Gegner, die eigentlich den gesellschaftlichen Umsturz zum Ziele hätten und die Emotionen der unkundigen Bevölkerung schürten. Was ihnen normalerweise öffentlichkeitswirksam nicht möglich sei, würden sie auf diese Weise propagieren. Solche Gegner wären nicht ansprechbar oder zu überzeugen. Man müsse sie vor allem mit dem Verfassungsschutz und der Polizei bekämpfen. Ganz besonders wäre darauf zu achten, dass sie keinen Zugang zu internen Informationen erhielten oder sich womöglich in die eigenen Reihen einschleichen könnten. Hier sei auch an das bewährte Instrument der Berufsverbote zu denken, einstmals vom Bundeskanzler Brandt dankenswerter Weise geschaffen, wenn auch in anderen Absichten. „Der Feind meines Feindes ist mein Verbündeter und Freund“, sollte nicht vergessen werden.

Dies war ein Bereich, den Frau Bergdorf noch nicht kannte. Sie hatte unsicher ihre Augen zu ihrem Chef wandern lassen, wie um zu fragen, ob sie diese Ausführungen allesamt mitprotokollieren solle. Anscheinend waren die Herren in dieser Sitzung vor allem von Ideologie bewegt. Ihrem Verständnis nach hatte sie eine interessante Aufgabe, die jedoch nach ihrem Verständnis nicht das Austüfteln und Organisieren eines ideologischen Krieges mit strategischen Zielen und taktischen Finessen betraf. Dies war jedoch der weitere Gesprächsgegenstand.

Dr. Pauser hatte mit einer Handbewegung signalisiert, Daumen nach oben, dass auch dieses Gespräch wie üblich zu behandeln sei. Also "business as usual" hatte Frau Bergdorf das Signal interpretiert und ihre Notizen fortgesetzt.

Der nächste Beitrag kam vom Regionalbeauftragten des Konsortiums, einem typischen Yuppie, der von seinem Äußeren gut in eine Lifestyle-Zeitungsredaktion oder Werbeagentur gepasst hätte Volvo, Saab oder Citroen, hatte Frau Bergdorf insgeheim geschätzt. Jedenfalls ohne Spoiler und wahrscheinlich Roth-Händle-Raucher, filterlos. Es war ihr schon aufgefallen, dass sein Zigarettenkonsum ziemlich groß sein musste, denn vor ihm waren gleich zwei Packungen ausgelegt, daneben ein Gasfeuerzeug mit einer Umhüllung aus Leder, anscheinend von Aigner. Kein unsympathischer Mensch und bei weitem nicht so grau, wie die meisten der anderen Besprechungsteilnehmer, hatte sie ihre Betrachtung vervollständigt. Eigentlich hätte ein Schnauzbart ganz gut zu ihm gepasst, jedenfalls würde sie sich daran nicht stören.

„Wir stellen ja seit Monaten genaue Recherchen und Beobachtungen vor Ort an“, war sein Einstieg gewesen. „Das machen wir sowohl verdeckt als auch offen. Unsere verdeckten Mitarbeiter machen im Grunde Fallstudien zu einzelnen Vorkommnissen. Sie interessieren sich für die Anzahl der Demonstrationsteilnehmer, die angemeldet waren, aber auch dafür, wie viele wirklich gekommen sind. Daraus ergibt sich ein erster Anhaltspunkt für die Verankerung und den Realitätssinn der Bürgerinitiativen. Dabei werden natürlich besonders die Berufsdemonstranten gezählt, die von außerhalb kommen. Unsere eigenen Archive und der Verfassungsschutz sind dabei nützliche Hilfsmittel.

Unsere Leute achten weiter auf Leserbriefe in den örtlichen Zeitungen. Solche Briefe werden meistens von Leuten geschrieben, die im Ort etwas zu sagen haben, von uns also als gegnerische Multiplikatoren betrachtet werden müssen. Diese Schreiberei soll von uns möglichst rasch gekontert werden, sonst setzt sich das fest. Wir machen das ja häufig über unsere Kontakte zu den Zeitungsredaktionen, die aber zunehmend zurückhaltender werden. Es geht ihnen um ihre Abonnenten, die sich manchmal von der Zeitung verabschieden, wenn sie unzufrieden sind. Hier müssen wir mit einer verstärkten Kampagne bezahlter Anzeigen antworten, damit bei den Verlagsleitungen der Rubel rollt und die Redaktionen entsprechend instruiert werden.

Wir beobachten über unsere Kontakte auch genau, wie die finanzielle Situation der Bürgerinitiativen aussieht.“ Hier kam eine Zwischenfrage, wie das bewerkstelligt würde. Locker entgegnete der Yuppi, „man hat eben seine Hausbanken. Gehen einige höhere Spenden auf das Konto ein, ist das nicht so dramatisch, wie beim Eingang sehr vieler kleinerer Spenden, die auf eher aktive Unterstützung, beispielsweise bei Demonstrationen schließen lassen und auf gelungene Propaganda der Initiativen hinweisen. Darauf antworten wir dann mit überregionalen Pressemitteilungen und Anzeigen. Vor Ort bieten wir dazu Veranstaltungen in unserem Informationszentrum an, das übrigens in letzter Zeit öfter von auswärtigen Schulklassen besucht wird. Seit wir einen Teil der Buskosten übernehmen. Und dann besuchen unsere Leute natürlich alle Veranstaltungen der Initiativen. Sie stellen dort auch die Referenten fest und möglichst auch die Agitatoren im Publikum. Selbstverständlich werden die Autokennzeichen dokumentiert.”

Sein Kollege hatte hinzugefügt, dass die Einheimischen ruhig bemerken sollten, dass man präsent sei und sie beobachte, so etwas nenne man offene Beobachtung im Gegensatz zur verdeckten.

„So werden sie etwas zurückhaltender in der Zusammenarbeit mit den auswärtigen Aufwieglern, wenn sie merken, dass Beobachtung stattfindet und geängstigt werden sie durch unsere Kenntnisse aus den verdeckten Maßnahmen.”

Der Yuppi war mit seinem Bericht fortgefahren.
„Wir schicken inzwischen auch manchmal nachts Autos

über die Dörfer. Rundumobservation, wirkungsvoller Einsatz von Autoscheinwerfern in den Bauerhöfen, eine kleine schnelle Runde über die Privatgrundstücke. Ganz hilfreich ist dabei auch die Zusammenarbeit mit der Polizei, die sich besonders für die politischen Radikalinskis interessiert und dann von sich aus manchmal Personenüberprüfungen vornimmt. Wir haben uns da ganz kurzgeschlossen."

Frau Bergdorf fühlte sich fast wie in einer Generalstabsbesprechung. Ohne besondere Begeisterung protokollierte sie die Informationen. Aber sie fand den Typ intelligent und attraktiv. Das wäre bei Gelegenheit jemand, mit dem ein Meeting eine passable Alltagsbereicherung wäre, hatte sie noch für sich festgehalten. Und sicher würde man durch ihn viel erfahren können.

Auf der Spielwiese – Halma I

Über das Wochenende hatte sich Frau Bergdorf nun mit den verschiedenen Publikationen der Gegner des Atomkraftwerks Wyhl beschäftigt, wobei ihre Lektüre durch die archivarische Vorarbeit sehr erleichtert wurde. Den einzelnen Dokumenten, die chronologisch geordnet waren, lag ein Register bei, mit dem leicht Querverbindungen zwischen den einzelnen Texten hergestellt werden konnten. Beispielsweise waren unter dem Stichwort „Meinungsführer" Personen katalogisiert, die entweder eigene Artikel geschrieben hatten oder darin besonders hervorgehoben waren. Das Stichwort selbst war weiter untergliedert nach der Zuordnung „Örtliche Meinungsführer" und „Politische Agitatoren".

Sie fragte sich zunächst, welche Kriterien die Archivare einer solchen Unterscheidung zugrunde gelegt hatten, merkte aber schnell, dass es bei der ersten Gruppe um die örtliche Bevölkerung ging, bei der zweiten um Leute, die sich zu bestimmten Gelegenheiten im Kaiserstuhlgebiet aufhielten. Ein erstaunlicher Informationsstand, Bewunderung.

Der örtlichen Bevölkerung wurde unterstellt, dass sie aus rein persönlichen Interessen in Gegnerschaft zum Atomkraftwerk standen, während die politischen Agitatoren auf der Welle dieser Gegnerschaft vor allem Anhänger in der Bevölkerung gewinnen wollten. Vielleicht haben diese auch nur ihr eigenes Interesse im Sinn und schieben dazu den Revolutionär vor, kam ihr in den Sinn, während sie die Liste von Personen durchging, mit denen sie in den nächsten Tagen sprechen wollte. Für die Auswahl hatte sie keine konkreten Anweisungen ihres Chefs erhalten. Freie Spielwiese.

Er hatte sich von ihr mit dem Wunsch nach Erfolg und einigen interessanten Ergebnissen verabschiedet. Die Reiseabteilung hatte für sie schon bei einer Autovermietung einen Opel Ascona bestellt, den sie gleich nach ihrer Ankunft am Bahnhof in Freiburg in Empfang nehmen würde. Über die Wahl des Autos war sie zufrieden. Aus einer der Besetzerzeitungen hatte sie entnommen, dass auswärtige Sozialforscher gleich wieder vor die Türe gesetzt werden sollten, wenn sie zu Interviews in die Häuser kämen. Also würde sie vorsichtig sein müssen. Ganz offensichtlich hatte das Battelliten-Untersuchungsteam Fehler gemacht und Misstrauen bei den Kaiserstühlern erzeugt. Als Sozialwissenschaftlerin wollte sie sich solche Fehler nicht leisten. Was schief gelaufen war interessierte sie jedoch nicht nur aus beruflichem Interesse, sondern es gehörte, wenn sie den Auftrag von Dr. Pauser richtig deutete, auch zur Sache, die sie in Erfahrung bringen sollte.

Sie fuhr nach Wyhl. Als Domizil war das Haus Wegenstein vorgesehen, ein kleinerer solider Gasthof, in dem die Reiseabteilung für sie ein Zimmer gebucht hatte. Es stellte sich als gutbürgerliches Doppelzimmer heraus, das über einen separaten Zugang zum Hof des Anwesens erreichbar war.

Das Bett, das sie sofort ausprobierte, war für ihren Geschmack etwas zu weich, wirklich störend fand sie aber das Kruzifix über dem Kopfende des Bettes.

Auf die Auswahl ihrer Unterkunft hatte sie keinen Einfluss genommen, weil ihr die Reiseabteilung erklärte, sie würde schon die angemessene Wahl treffen. Eigentlich wäre sie lieber in Oberbergen abgestiegen, wo sie das Hotel „Schwarzer Adler" von einem früheren Wochenende mit ihrem damaligen Freund kannte, der trotz seines politischen Engagements ab und zu einen kulinarischen Ausflug schätzte. Ihr war das immer sehr gelegen gekommen.

Vermutlich hatte die Reiseabteilung, die ansonsten großzügige Arrangements für die Mitarbeiter organisierte, eine solche Alternative nicht wegen der höheren Kosten vermieden. Sie sollte wohl direkt an der Basis residieren. Jedenfalls war daran nichts zu ändern trotz ihrer Bereitschaft, das Aufgeld selbst zu tragen, wie sie nach der Prüfung ihrer Unterkunft dachte.

Andererseits war die Familie Wegenstein sehr freundlich und würde ihr auch mit Auskünften helfen können – und Frau Bergdorf hatte durchaus etwas übrig für Menschen, die bodenständig und praktisch waren.

Sie beschloss, ihren Aufenthalt im Kaiserstuhl mit einem Essen im „Schwarzen Adler“ zu beginnen. Neben Jeans, einer Hose aus dunkelbraunem Nappaleder samt passender Blusen hatte sie ein Seidenkleid eingepackt, das sie selbst entworfen und von der Schneiderin ihrer Mutter hatte anfertigen lassen. Es war ein helles Kleid mit einem dezenten Muster, das je nach Anlass streng oder lässig gewickelt werden konnte. Sie wusste, wie vorteilhaft es zu ihren leicht rötlichen schulterlangen Haaren und zu ihrem schlanken, jugendlichen Körper passte. Sie zog dieses Kleid an, wählte die etwas strengere Trageweise und machte sich auf den Weg nach Oberbergen.

Im „Schwarzen Adler”, in dem ihr der letzte freie Tisch zugewiesen worden war, hatte sie gerade als Vorspeise ein Lachsschäumchen gelöffelt, als ihre Aufmerksamkeit auf eine Herrenrunde am Ende des Gastraumes gelenkt wurde. Die sechs Männer, offensichtlich Geschäftsleute, unterhielten sich sehr angeregt. Sie machten den Eindruck, als ob sie etwas zu feiern hätten, vielleicht einen günstigen Geschäftsabschluss. Einer von ihnen sah häufig zu ihr herüber, was ihr bewusst wurde, als sie auf den nächsten Gang wartete und solange das Restaurant ein wenig unter die Lupe nahm.

Sie hatte den Eindruck, dass sie den Mann schon einmal gesehen haben musste, konnte ihn aber nicht einordnen. Auch seine Blicke signalisierten Erkennen und als sie mit der Rinderlende zu Madagaskarpfeffer fertig war, kam der

Mann zu ihrem Tisch und fragte, ob sie bei der Atomvereinigung beschäftigt sei. Er glaube, sie dort schon einmal getroffen zu haben. Ob sie ihn an seinen Tisch begleiten wolle?

„Es sind alles mehr oder weniger Kollegen, die mit dem Bau des Kernkraftwerkes hier zu tun haben. Wir kommen von der EnergieVerbreitungSüd und zwei der Herren sind Landtagsabgeordnete aus der Gegend", kennzeichnete er kurz die Herrenrunde.

Nach der förmlichen Vorstellung und der Frage nach ihrer Anwesenheit im Kaiserstuhl, erzählten die Männer vom Grund ihrer aufgeräumten Stimmung. Es deutete sich ein Weg an, wie die EnergieVerbreitungSüd zukünftig eng mit den Landtagsabgeordneten der Freien Demokraten und der Christlich Demokratischen Union zusammenarbeiten könnten. Sie hatten am Nachmittag besprochen, wie der illegale Widerstand wieder auf das parlamentarische Gleis gebracht werden könnte. Dabei spielten öffentliche Anhörungen der Bürger und die Vorbereitungen für einen überparteilichen Ausschuss eine große Rolle. Von diesem Ausschuss versprachen sie sich eine deutliche Beruhigung der Gemüter in der Region, vor allem aber auch eine Isolierung der linken Agitatoren von der Bevölkerung, die mit diesen eigentlich nicht viel am Hut hätte. Man müsse ein Forum schaffen, bei dem sich Gegner und Befürworter wieder an einen Tisch setzen könnten, war ihre Vorstellung. Dabei sollten die Landtagsabgeordneten als Veranstalter und Vermittler auftreten und helfen.

Frau Bergdorf machte die Herren darauf aufmerksam, dass ihr über ähnliche Absichten letzthin von einem Direktor der KiloWattUnion berichtet worden sei. Vielleicht könnten sich die Herren darüber einmal austauschen, schlug sie vor. Eine gute Idee, war die Reaktion, in diesem Sinne würde ja auch schon ein Bürgerdialog Kernenergie durch das Forschungsministerium vorbereitet. Etwa 6 Millionen Mark seien dafür bereitgestellt, die auch an Gegner ausgezahlt würden, wenn sie sich zur Neutralität der Diskussionsveranstaltungen verpflichteten. Das sei die spezielle Initiative des Ministers Matthäuser und dazu stünden die Erkenntnisse des Battelliten-Teams zur Verfügung. Man plane also strategisch weit in die Zukunft. „Von Clausewitz lernen heißt siegen lernen. Wenn man den Gegner nicht frontal erledigen kann, macht man einen Zangenangriff", witzelte einer der FDP-Abgeordneten und dazu wurde gelacht.

Zu späterer Stunde, als die Gespräche eher zwischen den einzelnen Personen am Tisch verliefen, fragte Frau Bergdorf die beiden Politiker nach ihrer Einschätzung des Konfliktes im Kaiserstuhl. Der FDP Politiker bemängelte ein Versagen der Bonner Bundestagsfraktionen.

„Sie haben es einfach nicht geschafft, dem Bürger die Vorteile der Atomenergie zu vermitteln. Bei der Bundestagsfraktion der FDP hat es am Anfang große Euphorie gegeben über diese neue Energiegewinnung. Allerdings waren die Erwartungen übertrieben. Es gab auch einfach Desinteresse an Fragen nach den Effekten dieser Energiegewinnung. Alle Fragen sind nur technologisch gestellt worden, worauf natürlich die Experten der Energieunternehmen und die Ministerialbürokratie immer positive Antworten gefunden haben. Abgeordnete haben nicht den effektiven Sachverstand und so haben die anderen einen deutlichen Informationsvorsprung. Ich bin zwar für die Atomenergie, aber jetzt sind wir in der Schwierigkeit, den Bürgern etwas nahe bringen zu müssen, was andere versäumt haben. Es ist einfach so, Minister gehen und kommen, Abgeordnete kommen und gehen, die Ministerialbürokratie aber bleibt. Als Abgeordneter arbeitet man eben fast immer reaktiv, immer nur, wenn es um Publizität geht. Die Bonner Abgeordneten wissen deshalb erst montags, was hauptsächlich diskutiert wird, nämlich das, was der Spiegel wieder veröffentlicht hat. Eigentlich sind die Politiker sehr schlecht informiert, weshalb ich solche Gespräche wie heute begrüße."

Die Herren von der EnergieVerbreitungSüd nickten dazu verständnisvoll.

„Wir wollen den Politikern helfen, die Verantwortung zu tragen", sagte einer von ihnen. „Sie müssen sie ja auch ihren Wählern vermitteln können. Nehmen wir einmal die Genehmigungsverfahren, die derzeitig sehr zäh laufen. Was dort zu entscheiden ist, hat doch eine lange Vorgeschichte. Wir müssen langfristig planen und klare Konzepte entwickeln. Das geht doch nicht nach den willkürlichen Meinungen von Laien, die sich zu Experten aufschwingen wollen. Wenn nun die Bürger anfangen, die Legitimität dieser sinnvollen Vorentscheidungen anzuzweifeln, ist das für uns sehr schlecht."

Sein Kollege unterbrach ihn kurz angebunden.

„Wir beschäftigen uns derzeitig mehr mit der Stimmung im Land als mit der Bauplanung des Atomkraftwerks. Allerdings sind unsere Freunde anderswo wirklich nicht unschuldig. Wir hatten ja ein klares Entsorgungskonzept. Die Chemie war zuerst ganz scharf darauf, in Gorleben aktiv zu werden. Dann haben sie mit spitzer Feder gerechnet und festgestellt, dass Gewinne vielleicht doch nicht so sicher sind, und dafür noch den ganzen Ärger mittragen, fragten sie sich wohl bei den Vorständen. Also, Entsorgung, nein danke, sagen sie und steigen prompt aus. Sie haben alle Beschlüsse revidiert und teilen uns ganz locker mit, dass wir den Abfall allein wegmachen sollen."

Der CDU Politiker stimmte ein.

„Angst hat man nur, wenn man die Technologie nicht kennt. Andererseits haben wir die Bürger unterschätzt, weil wir davon ausgingen, dass die Atomkraft akzeptiert wird. Es ist eben so, erst wenn das Kind im Brunnen liegt, fangen die Lernprozesse an. Wir fangen an, die Bürgerinitiativen ernst zu nehmen, müssen jedoch darauf drängen, dass sie sich von den Radikalen trennen. Ich habe da einige gute Bekannte. Das sind sehr ernst zu nehmende Persönlichkeiten, die ich durchaus unterstütze, weil sie aus Sorge um die Zukunft handeln. Wir prüfen inzwischen die Motive der Atomgegner ganz genau. Es ist doch wenig vorteilhaft, gegen solide Bürger mit der Staatsgewalt vorzugehen. Anders ist es bei

Leuten, die radikale Aktivitäten im Sinn haben. Da muss der Rechtsstaat mit allen Mitteln vorgehen. Ich bin sicher, dass wir mit dieser Betrachtungsweise das Atomprojekt verwirklichen werden."

Schon erstaunlich, dachte Frau Bergdorf, dass außerparlamentarische Bürgeraktivitäten solche Sinneswandel hervorrufen können. Denn es war nicht lange her, dass Kaiserstühler Winzer den Ministerpräsidenten bei dessen Visite in der Krisenregion mit Traubentrester bewarfen und deshalb als Terroristen bezeichnet wurden. So hatte jedenfalls die Presse ein Ministerwort zitiert. Sie erinnerte sich an die Reaktion der Winzer, die auf einem gleichzeitig abgebildeten Transparent zu lesen war: Ihr Herre, Euch vergeht nochs Lache, wenn Ihr us Büre Terroriste mache.

Ein schneller Lernprozess bei Politikern, wenn sie etwas durchsetzen wollen, sagte sie sich als Politologin. Das könne sie doch wirklich unterstützen, weshalb sie ihren Tischgenossen gegenüber zu verstehen gab, dass die weiche, offene Welle sicher mehr Erfolge bringen würde, als das bisherige Verteufeln von Gegnern. Der vom Forschungsminister geplante Bürgerdialog auf überregionaler Ebene ging ja vom gleichen Gedanken aus.

Es überkam sie ein Gefühl von Bedeutung, in ein solches Gespräch verwickelt worden zu sein und selbst etwas zur Orientierung beigetragen zu haben. Das könnte schon als erstes Ergebnis ihrer Mission verbucht werden.

Vielleicht ist das Gespräch ein Beitrag für eine Wende in der Haltung der Atommanager und der Politiker. Wyhl setzt Akzente, ein erfreulicher Gedanke für sie. Mit Sicherheit käme das in ihrem Bericht für Dr. Pauser vor.

Die Tischrunde bedauerte, dass sie sich schon verabschiedete. Sie verabredeten jedoch, sich im Laufe der Woche wiederzusehen, vielleicht in einer anderen Besetzung. Ein Telefonanruf Frau Bergdorfs im Karlsruher Regierungspräsidium würde genügen.

Hartmut Küppers, der Abgesandte der Mannheimer Presseagentur, genoss ein ausgiebiges Frühstück im Winzerhof in Riegel. Im Kaiserstühler Boten las er eine Meldung, in der auf eine am Abend stattfindende Informationsveranstaltung im Blockhaus der Bürgerinitiativen auf dem besetzten Baugelände hingewiesen wurde. Die Veranstaltung würde von der Volkshochschule Wyhler Wald durchgeführt und sich mit dem Thema Klimaveränderung durch das Atomkraftwerk befassen.

Er war im Winzerhof abgestiegen, weil die Lokalität einen passablen Eindruck machte und trotzdem preiswert war. Am Tag zuvor hatte er in verschiedenen Ortschaften schon nach Plakaten und Flugblättern gesucht, mit deren Verfassern er Kontakt aufnehmen wollte. Bei einem Bäcker in Sasbach, bei dem er Brezeln kaufte, lag ein Stapel einfach gedruckter Zeitungen auf der Verkaufstheke. Es handelte sich um eine Zeitung der Bürgerinitiativen, die den Namen trug „Was Wir Wollen". Bei näherer Durchsicht erwies sie sich als Quelle für viele Kontakte, die er sich bei einem Bier in einer Gaststätte herausschrieb. Die Artikel interessierten ihn zunächst weniger. Die Bedienung, eine junge Frau in Jeans mit breitem alemannischen Dialekt, beobachtete ihn dabei und erkundigte sich, ob er von der Presse sei. Es würden sich zur Zeit ungewöhnlich viele Presseleute in der Gegend aufhalten, erklärte sie. Das sei gut, weil der Widerstand gegen Atomkraftwerke größer werden müsse und nicht nur die Kaiserstühler von den Atomplänen betroffen seien. Sie selbst sei in einer Bürgerinitiative engagiert, weil sie sich über die Arroganz der Energieindustrie und der Landesregierung ärgere und an die Zukunft ihrer Kinder dächte. Wenn er wolle, könnte sie ihn mit einem der Vorstände ihrer Bürgerinitiative zusammenbringen.

Hartmut Küppers kam das gerade recht. Er bedankte sich und ließ sich die Telefonnummer geben, die er noch von der Gaststätte aus anwählte. Eine Frauenstimme am anderen Ende sagte ihm, dass er um die Mittagszeit vorbeikommen könne, der Hausherr wäre dann aus dem Wingert zurück und dann sicher zu einem Gespräch bereit.

Was der Bauer kennt

Friedhelm Nereth hatte gerade sein Mittagessen beendet, als die kleine Bronzeglocke bimmelte, die durch einen Seilzug von der Hoftüre aus in Bewegung gesetzt werden konnte. Seine Familie bewohnte das Anwesen seit sechs Generationen. Zu einigen großen Weinbergen in guter Lage kam die Kellerwirtschaft dazu.

Nereth war traditionsbewusst und stolz auf die Familienchronik, die bis zu den Bauernkriegen reichte. Er hatte eine stattliche Gestalt, wenn auch schon ein wenig gebeugt von seinen 46 Jahren, und seine Erscheinung unterschied ihn von der anderer Männer seines Alters im Dorf. Er trug die Haare etwas länger, außerdem zierte ihn ein angegrauter Vollbart. Man hätte ihn leicht als älteren Dorfschullehrer einschätzen können. Er war der Auffassung, dass moderne Technik mit alten Traditionen vereinbart werden müsse. Er selbst bewirtschaftete seine Weinberge und seinen Wein in dieser Weise.

Die Natur solle soviel als möglich selbst regeln, auch wenn dadurch das Risiko wuchs, dass die Weinerträge geringer als bei anderen Winzern ausfallen könnten. So sein Credo, das er seinen Kunden vermittelte. Er hatte seine Stammkundschaft, die er soweit es die Abgabepflicht an die Weingärtnergenossenschaft zuließ privat mit Wein versorgte.

Seine Kunden seien zufrieden und bereit, auch mehr als den üblichen Preis für die Flasche zu zahlen. Natürlich handele es sich meistens um Leute mit gutem Einkommen, die gerne bei ihm vorbeikämen. Es ergäben sich viele gute Gespräche und manche Freundschaft sei daraus entstanden.

Nehret machte deutlich, wie sehr er sich mit seinem Produkt identifizierte. Er war der Meinung, dass sein Wein viel zu kostbar sei, als dass er bei den großen Ladenketten an anonyme Leute verramscht würde. Er bedauerte, dass die meisten anderen Winzer darüber anders dachten und soviel Wein produzierten, wie aus dem Boden herauszuholen war. Er war aber auch sicher, dass dies langfristig unmöglich wäre und darüber hatte er manchen Disput mit den Kollegen seiner Winzergenossenschaft. Trotzdem war er stellvertretender Vorsitzender dieser Genossenschaft. Die Kaiserstühler waren tolerant und verstanden sein Engagement für den Weinbau zu würdigen.

Alles in allem war Nereth mit sich im Reinen und stellte seine Stacheln nur dann auf, wenn ihn jemand übertölpeln oder hintergehen wollte. Sein Haus hatte er mit einer selbstkonstruierten Solaranlage ausgestattet, weil er nicht einsah, dass er für Warmwasser etwas bezahlen sollte, wenn er es auch kostenlos haben konnte.

Von der Atomindustrie und den Politikern fühlte er sich völlig übertölpelt. Ein langer Vortrag dachte Hartmut Küppers, und das gleich zur Begrüßung.

„Meine Frau hat Sie schon angekündigt. Es gibt ja heuer einen richtigen Auftrieb von Leuten, die etwas von mir wissen wollen."

Noch während der Begrüßung zog er eine Flasche auf und stellte eine Batterie Probiergläschen auf den Tisch. Gastfreundschaft hatte für Friedhelm Nereth große Bedeutung, solange er nicht das Gefühl hatte, sie würde missbraucht. Küppers freute sich über den angebotenen Wein, einen wirklich gut ausgebauten trockenen Riesling. Auf trockene Weißweine fuhr er ab und bedauerte manchmal, dass er sich größere Vorräte nicht leisten konnte.

„Ich komme von einer Mannheimer Zeitungsagentur und möchte gerne einige Berichte zu den Problemen mit dem Wyhler Atomkraftwerk schreiben. Ich habe mich mit der Geschichte der Bürgerproteste noch nicht intensiv beschäftigt, finde aber, dass dies eine sehr wichtige Sache ist. Die Artikel werden von meiner Agentur an überregionale Zeitungen geliefert, ich weiß aber noch nicht, wann und wo sie erscheinen werden", begann er das Gespräch.

Nereth wollte gerne den Presseausweis sehen, nicht aus Misstrauen wie er bemerkte, sondern nur der Form halber.

„Wir haben in letzter Zeit keine besonders guten Erfahrungen mit Leuten gemacht, die etwas wissen wollten. Wir haben hier nichts zu verbergen, aber wenn einem das Wort im Maul herumgedreht und dann damit argumentiert wird, sollte man etwas vorsichtiger sein. Es gab da zum Beispiel eine Forschergruppe aus Frankfurt, die systematisch auf Bürgerinitiativen angesetzt war. Das waren alles junge Leute, die mit uns sympathisierten. Sie haben aber für das Forschungsministerium gearbeitet, das ja erklärtermaßen die Atomprojekte vorwärtstreibt. Die Leute haben in einer Wirtschaft einen Notizblock liegengelassen, den wir in die Hände bekommen haben. Das war schon fast geheimdienstlich, was die aufgeschrieben haben. Weil wir damit nichts zu tun haben wollen, ist der Block zurückgeschickt worden an ihr Forschungsinstitut. Es war das Battelliten-Institut. Wir haben den Leuten geschrieben, dass sie zuhause bleiben sollen, von uns erfahren sie nichts mehr. Das ist so auch in unserer Besetzer-Zeitung veröffentlicht worden und hat ziemlich viel Wirbel gemacht. Jedenfalls haben wir so erfahren, dass wir ganz ordentlich über den Tisch gezogen werden sollen. Es ist wirklich kein Spiel, was hier abläuft. Es mischen sich ordentlich viele Leute ein."

Er schlug vor, von den wichtigsten Ereignissen des Widerstandes zu berichten, ansonsten solle sich Küppers bei Veranstaltungen informieren, die zur Zeit häufig in den verschiedenen Dörfern und vor allem auf dem besetzten Baugelände stattfänden. Nereth fragte Küppers, ob er schon da gewesen sei und war ein bisschen erstaunt, als Küppers verneinte.

„Die Besetzung war eines der wichtigsten Ereignisse, auch wenn wir das eigentlich nur gemacht haben, weil alles nichts mehr genützt hat. Wir waren selbst erstaunt, als plötzlich der Platz voller Leute war. Es hat sich damals um eine Demonstration zu dem Bauplatz gehandelt, auf dem gerade die ersten Bäume abgeholzt wurden und der mit Nato-Stacheldraht abgesperrt war. Es gab da einige Hundertschaften Bereitschaftspolizei auf dem Platz drin und vielleicht 500 Demonstranten draußen. Einige Demonstranten wollten auf den Platz und bauten mit Stämmen Brücken über die Wassergräben. Dann kam es zu einer Rangelei und Schlägerei mit der Polizei, die ziemlich böse war. Als dann aber tausende von Leuten an vielen Stellen auf den Platz drängten und die Stacheldrahtverhaue öffneten, musste sich die Polizei zurückziehen. Sie konnten in dem sumpfigen Gelände einfach nicht viel machen. Dazu kam dann noch, dass die Polizeiführung hier aus der Gegend war und sich nicht traute, scharf durchzugreifen. Danach wurden von Leuten, die von außerhalb gekommen sind, gleich Hütten zum Übernachten gebaut. Allein wäre das von uns nicht gekommen. Und kurze Zeit später hatten wir dann den großen Rundbau, in dem nun die Ausstellungen und Veranstaltungen stattfinden. So ist dann auch die Volkshochschule Wyhler Wald entstanden", beendete Nereth die Unterhaltung und machte darauf aufmerksam, dass am Abend eine solche Veranstaltung stattfände.

Was die Wirtin weiß

Frau Bergdorf unterhielt sich schon den ganzen Vormittag mit Frau Wegenstein, die gleich nach dem Frühstück gefragt hatte, wie die Nacht gewesen sei.

Frau Wegenstein, eine gemütlich wirkende ältere Dame, deren häusliche Verbundenheit durch eine weiße Kittelschürze unterstrichen wurde, erkundigte sich nach dem Grund ihres Aufenthaltes im Kaiserstuhl und erfuhr einiges. Man würde die Bedenken der Bürger sehr ernst nehmen, könne aber nicht einfach aus einem Projekt aussteigen, das so lange geplant worden sei. Es stünden ja auch einige Geldsummen auf dem Spiel.

Daraus entspann sich ein Gespräch, in dem Frau Wegenstein von ihren Bedenken gegen das Atomkraftwerk berichtete und ihrem Zorn über das autoritäre, wenn auch gesetzlich unzweifelhafte Vorgehen der Landesregierung und die der Polizei freien Lauf lasse.

Sie befürchte vor allem einen Rückgang in der Fremdenverkehrsbranche, denn wer wolle schon mit einem Atomkraftwerk vor der Nase Ferien machen. Hinzu kam die Sorge wegen der radioaktiven Abgase des Atomkraftwerks und wegen Klimaveränderungen, die durch die Dampfschwaden des Kühlturms unausweichlich wären.

„Jeder Winzer im Kaiserstuhl kennt Wetterlagen, die für das sensible Kleinklima absolut Gift sind", qualifizierte sie die ökologischen Folgen.

Man habe ja auch gerade gemerkt, dass die neuen Terrassierungen des Kaiserstuhls nicht gerade zu einer Verbesserung des Weins geführt hätten, im Gegenteil müsse jetzt häufiger mit der Chemie im Wingert nachgeholfen werden, bemerkte sie nicht gerade werbewirksam für den Kaiserstühler Wein.

Frau Bergdorf war von der sachkundig erscheinenden Argumentation der Vermieterin beeindruckt. Und diese setzte hinzu: „Im Grunde wussten wir am Anfang fast gar nichts von der Atomtechnik. In Wyhl haben die Gemeinderäte gleich das große Geschäft gewittert, es wurden ja Arbeitsplätze angekündigt und hohe Steuereinnahmen. Wer würde da erst einmal widersprechen, und wenn dann noch der Bau eines Schwimmbades herausspringt, ist das doch wohl ein Argument. Erst später als die Breisacher, denen das Atomkraftwerk zuerst vor die Tür gesetzt werden sollte, Laut gaben, hat bei uns das Nachdenken angefangen. Wyhl ist wohl deshalb ausgewählt worden, weil man dort von der konservativen Bevölkerung wenig Widerstand erwartet hat. Aber das war eine Fehlanzeige. Gerade weil die Menschen hier etwas konservativ sind, wollen sie sich so etwas nicht ungefragt vor die Nase setzen lassen", verdeutlichte sie selbstbewusst ihren Standpunkt und verwies dabei auf die inzwischen vorhandenen Informationen, die von einigen engagierten Atomkraftwerksgegnern mit Hilfe von Freiburger Wissenschaftlern unter das Volk gebracht worden seien.

„Es gibt keinen Grund anzunehmen, dass es sich dabei um Spekulationen oder Übertreibungen handelt, das beweist schon das Verhalten der EnergieVerbreitungSüd und der Landesregierung, die das Volk für dumm verkaufen wollen", setzte Frau Wegenstein nach und gab auch zu verstehen, dass sie mit ihrer Meinung keineswegs allein stünde.

„Die Mehrheit der Kaiserstühler wird das Projekt ablehnen. Ausnahmen sind nur solche Leute, die sich von Grundstücksverkäufen oder von den Baumaßnahmen Gewinne versprechen."

Frau Bergdorf nahm sich vor, diese Fragen einmal mit Dr. Pauser zu besprechen, der von der Stimmung der Betroffenen sicher wenig wissen mochte. Sie fragte, wen sie weiter ansprechen solle, um ihre Eindrücke zu vertiefen, denn dies sei für die weiteren Entscheidungen der Atomvereinigung von einiger Bedeutung. Frau Wegenstein war zu höflich, um ihrer Gesprächspartnerin Naivität zu unterstellen.

„Ich glaube nicht, dass an den Entscheidungen dieser Herren etwas geändert wird. Das müssen wir schon selbst in die Hand nehmen", unterstrich sie ihre Meinung. „Ich helfe Ihnen aber gerne, denn schaden kann das nichts. Berichten Sie Ihren Leuten, wie es hier aussieht und dass es Krieg gibt, wenn sie so weitermachen."

Frau Bergdorf holte die Liste von Personen aus ihrer Notizmappe, die sie während der Durchsicht des Archivmaterials angefertigt hatte und fragte Frau Wegenstein, wie man am besten mit diesen Personen Kontakt aufnehmen könnte. Gemeinsam gingen sie die Liste durch, wobei wichtige von unwichtigeren Persönlichkeiten unterschieden wurden.

Es war nun an Frau Wegenstein überrascht zu sein, wie intensiv Informationen aus dem Kaiserstuhl bei der Atomvereinigung ausgewertet würden. Sie nahm sich vor, dazu nächstens eines der Vorstandsmitglieder der Bürgerinitiative zu fragen, weil es ihr doch dubios vorkam.

Den weiteren Vormittag verbrachte Frau Bergdorf damit, die als wichtige Persönlichkeiten eingestuften Leute anzurufen. Sie merkte bald, dass der Grund für ihren Gesprächswunsch bei fast allen Angerufenen zunächst ein kurzes Schweigen und in einigen Fällen auch offene Skepsis auslöste. Es gelang ihr aber, mit zehn Leuten einen festen Gesprächstermin zu vereinbaren.

Am Abend würde sie zur Veranstaltung auf dem besetzten Bauplatz gehen und sich vielleicht besser einfühlen können. Ihr Auftrag kam ihr nämlich nun etwas zwielichtig vor und sie wusste nicht, wie sie die Positionen der Befürworter und der Gegner des Projektes vergleichen und analysieren sollte. Schwierig schien ihr auch, harte von weichen Gegnern zu unterscheiden: War Frau Wegenstein nun auf der harten oder der weichen Welle? War sie Agitatorin oder Mitläuferin? War sie militant oder friedlich? Eigentlich lächerliche Fragen. Die Kategorien, mit denen die Atomgegner eingeteilt werden, stimmen ganz einfach nicht. Vielleicht würde sie am Abend Genaueres entdecken. Immerhin fand sie inzwischen die Denkweise ihrer Kollegen etwas kindisch, zumindest aber ziemlich daneben.

Nur, über dieses Gefühl hinaus hatte sie auch keine konkreteren Vorstellungen. Bedauerlich, dachte sie, aber das ist wohl die Folge eines Denkens, das sich hinter schallsicheren Türen entwickelt. Bei Leuten, die von ihrer eigenen Glaubwürdigkeit und Kompetenz vollkommen begeistert sind.

Was alle erfahren

Es war ein lauer Abend. Auf den Zufahrtswegen durch den Wyhler Wald parkten zahlreiche Autos, darunter nicht wenige mit Kennzeichen, die nicht zur Region gehörten. Auf dem besetzten Baugelände waren viele kleine Zelte und einfache Baumhütten aufgestellt, die sich malerisch und friedlich um ein großes rundes Holzbauwerk gruppierten. Am Eingang dieser Versammlungshalle standen einige Gruppen von Leuten, die sich über den Stand von Verhandlungen unterhielten, welche die Besetzer mit dem Platzeigentümer, der EnergieVerbreitungSüd, geführt hatten. Deren Vertreter wollten Verhandlungen aufnehmen, wenn der Platz geräumt wäre, die Besetzer bestanden darauf, dass dies vorher zu geschehen habe. Es ging ihnen auch um Garantien für Gutachten und besonders um die Einstellung von Strafverfahren gegen einzelne Vertreter von Bürgerinitiativen und Besetzern. In einer dieser Gruppen wurde besonders lautstark diskutiert. Jemand forderte, guten Willen gegenüber den EnergieVerbreitungSüd zu zeigen, das würde die politische Position der Bürgerinitiativen verbessern. Man habe mit Landtagsabgeordneten aus dem Kaiserstuhl gesprochen, die bereit wären, die Interessen der Atomgegner nachhaltig im Landtag zu unterstützen und darüber auch schon bei der Landesregierung Sondierungsgespräche geführt hätten. Erregt entgegnete jemand anderes, dass man durch die Räumung des Bauplatzes das wichtigste Faustpfand für die Verhinderung des Atomkraftwerkes aus der Hand geben würde.

Was wäre dann, wenn sich die Atombefürworter nicht an die Abmachungen hielten, wurde gefragt? Dann könne man den Platz wieder neu besetzen, wurde geantwortet. Die Diskussion wurde beendet durch die Aufforderung, in den Raum zu kommen, die Veranstaltung beginne jetzt.

Im Raum, der einen Durchmesser von etwa 25 Metern hatte, waren vielleicht 15 Menschen versammelt. Sie saßen in der Mitte auf Holzbänken, vor sich eine etwas erhöhte Stelle für die Redner. An der umlaufenden Wand hingen Plakate, Fotografien und Transparente. Ein Abschnitt war mit Schautafeln belegt, die Grafiken und Texte über Wirkungsweisen von Atomkraftwerken, über den Brennstoffkreislauf sowie über Gefahren und ökologische Auswirkungen enthielten.

Alles sehr einfach aber wirkungsvoll gemacht, dachte sich Hartmut Küppers, der eine gute Weile vor Veranstaltungsbeginn den Raum betreten hatte. Es war das erste Mal, dass er sich näher mit den technischen und physikalischen Aspekten der Atomenergie befasste. An einem Bücherstand, der in einer Art rundumlaufender Galerie aufgebaut war, kaufte er sich mehrere Bücher zum Thema.

Eine der jungen Buchverkäuferinnen, bekleidet mit einem weißen T-Shirt und roten Latzhosen, fragte ihn, ob er auch die neueste Besetzerzeitung haben wolle. Er antwortete, dass er die Zeitung morgens schon gekauft und auch schon gelesen hätte. Sie gab ihm stattdessen ein hektographiertes Papier, das nach der Überschrift aus dem ManagerMagazin herauskopiert war.

„Du bist wahrscheinlich das erste Mal da", stellte sie fest. „Wenn Du willst, kann ich Dir nachher etwas über die Platzbesetzung erklären."

Hartmut Küppers freute sich über die unkomplizierte Art der jungen Frau. Sie gefiel ihm und er war froh, so rasch schon jemand für ein Gespräch gefunden zu haben. Er fand es nie prickelnd unter Leuten alleine herumzustehen. Das erinnerte ihn immer an die Pausen bei einem seiner ohnehin seltenen Theaterbesuche, in denen er sich zwischen Sektbuffet und Waschraum vorkam wie beim Spießrutenlaufen. Er lächelte der jungen Frau zu und meinte, dass er nachher wiederkäme.

Nachdem er sich einen der wenigen Stühle gegriffen hatte, setzte er sich in die Nähe des Bücherstandes. Bedauerlich fand er nur, dass in dem Rundbau das Rauchen wegen der Feuergefahr verboten war.

Der Beginn des Referates ließ noch etwas auf sich warten. Küppers las deshalb eines der Flugblätter und stieß dabei auf eine kurze Nachricht, dass sich ein Störfall in einer der heißen Zellen der Wiederaufbereitungsanlage in Karlsruhe ereignet hätte. Es fiel ihm dabei ein, dass vor einiger Zeit einer der Gäste seines Stammlokals in Mannheim berichtet hatte, dass er dort bei Reinigungsarbeiten eingesetzt gewesen sei.

Sein Sitznachbar, wahrscheinlich ein Student, gab ihm eine Kopie des ManagerMagazins und sprach ihn darauf an. Er macht auf Strategien aufmerksam, die von einer Expertengruppe zur besseren Durchsetzung der Atomprojekte entwickelt worden waren. Da hieß es erstens: „Bildungstaktik einschlagen." Objektive, ehrliche Information über alle Fragen der Kernenergie und die Ängste durch besseres Wissen ablösen und bezwingen. Zweitens wurde eine Negativtaktik vorgeschlagen: Dramatisierung aller Probleme, die durch den Nichtbau von Kernkraftwerken entstehen. Ängste der Gegenwart durch Ängste vor der Zukunft überdecken. Drittens wurde eine Verschleierungstaktik begründet: Herunterspielen der Probleme, die im Zusammenhang mit Kernkraftwerken in der Bevölkerung auftauchen. Ängste durch Verfremden der Probleme verdrängen, wurde verordnet. Zum Schluss wurde eine Verschönerungstaktik beschrieben: Einseitige positive Informationen über alle, in Klammer stand „fast alle“, Fragen der Kernenergie im Zusammenhang mit Kernkraftwerken. Berechtigte Ängste einfach negieren und ein positives Bild aufbauen, empfahlen die Experten.

Hartmut Küppers schüttelte den Kopf. Das würde er sich als Betroffener wohl kaum bieten lassen. Es fiel ihm aber auch ein, dass er solche Absichten gar nicht erkennen könnte, wenn er als einfacher Bürger damit konfrontiert wäre. Er nahm sich vor, darauf näher zu achten, wenn er sich weiterhin mit der Atomenergie beschäftigen sollte. Sein Sitznachbar war es zufrieden.

Frau Bergdorf hatte ihr Auto etwa einen halben Kilometer vor dem besetzten Platz geparkt. Der Weg dorthin war leicht zu finden, sie musste nur anderen Autos nachfahren. Da es schon dunkel wurde, schloss sie sich den Leuten an, die alle in eine Richtung gingen. Beim Weg zum Platz fielen ihr zwei Autos auf, in denen jeweils zwei Männer saßen, die keine Anstalten machten auszusteigen. Sie erinnerte sich an ähnliche Situationen bei früheren Demonstrationen, die sie in Heidelberg mitgemacht hatte und dachte, es könne sich um Polizei in Zivil handeln.

Unterwegs wurde sie von Schnakenschwärmen belästigt und sie war zufrieden, dass sie Jeans und eine leichte, zuknöpfbare Jacke angezogen hatte. Dies bot wenigstens ein bisschen Schutz gegen Insektenangriffe, auf die sie immer ein wenig hysterisch reagierte. Als sie die ersten Baumhütten und Zelte passierte, dachte sie, hier zu hausen wäre allein wegen des sumpfigen Waldgeländes und der Insekten unmöglich. Etwas unsicher und neugierig betrat sie das zentrale Rundgebäude, aus dem Stimmengewirr drang. Sie blieb einen Augenblick stehen, um sich klar zu werden, wohin sie sich setzen wolle und entschied sich dann für eine Bank, auf der mehrere ältere Menschen noch viel Platz gelassen hatten. Eine leichte Berührungsangst überfiel sie und sie hatte spontan das Gefühl, sie könne als Fremdkörper auffallen. Bei ihrer normalen Tätigkeit kannte sie dieses Gefühl nicht, weil die Umstände der Begegnung vorher bekannt waren und sie sich darauf einrichten konnte. Hier war das anders. Etwas verstohlen schaute sie sich um, konnte aber nicht feststellen, dass ihr jemand übermäßige Beachtung schenkte. Das war beruhigend und sie gewann ihre Sicherheit zurück.

Zunächst wurde die Tagesordnung erörtert. Der Sprecher schlug eine Diskussion vor über die jüngsten Forderungen der EnergieVerbreitungSüd und die notwendigen Reaktionen der Platzbesetzer und der Bürgerinitiativen. Es bestehe nämlich die Gefahr, dass sich der Widerstand spalte in Leute, die vor allem auf Verhandlungen setzen und solche, die in der Fortführung der Platzbesetzung den richtigen Weg sähen.

Man könne ja absehen, dass eine Kampagne der Atomlobby beginne, nach der die einen als Radikale und die anderen als seriöse Verhandlungspartner abgestempelt würden. Dies müsse zu einer gewaltigen Schwächung des Widerstandes führen.

Weil aber der Referent zu den Klimaauswirkungen eigens gekommen sei, solle zuerst dieses Thema behandelt werden.

Das Referat unterschied sich erheblich von den Vorträgen, die Frau Bergdorf selbst organisierte. Es war wenig befrachtet von technischen Details und berührte vor allem Erfahrungen der Menschen selbst. Es war ein angenehmer, gut verständlicher Vortrag, bei dem das Zuhören Spaß machte. Die sparsam verwendeten Fachausdrücke wurden an Beispielen erklärt und störten deshalb nicht.

So ähnlich sollten unsere Veranstaltungen auch sein, dachte sie, auch wenn mich die Kollegen für verrückt erklären würden. Das würde sie zwingen, sich etwas klarer auszudrücken – ein weiterer Punkt für ihren Bericht.

Bei ihren Beobachtungen des Publikums fiel ihr ein Mann ins Auge, der seinen Platz zwischen ihr und dem Referenten hatte. Auffallend war, dass er sich nicht besonders für den Vortrag zu interessieren schien und vor allem die versammelten Menschen beobachtete. Da sie Männer ihres Alters durchaus unter dem Aspekt beurteilte, ob man mit ihnen einige Worte wechseln und vielleicht ein Glas Wein trinken könne, achtete sie zunächst auf äußere Merkmale und Verhaltensweisen. Der Mann hatte einen dichten Schnauzbart und ein rundes Gesicht, das sie ein wenig an George Brassens erinnerte, der politische und gefühlsbetonte Texte in einer ihr sehr angenehmen Weise sang. Er war mit einer Cordhose und einer leichten Windjacke bekleidet. Obwohl er ziemlich kurzgeschnittene blonde Haare hatte, die in einer leichten Stirnglatze endeten, wirkte er ganz und gar nicht militärisch. Er machte den Eindruck eines Menschen, der mit sich nicht unzufrieden ist und wohl wusste, woraus die guten Seiten des Lebens bestehen. Sie schätzte ihn auf Mitte dreißig.

Von seinem Sitzplatz aus hatte Hartmut Küppers einen guten Überblick über die Versammlung. Es fiel ihm auf, dass alle Generationen vertreten waren, kleine Kinder mit ihren Müttern oder Vätern, junge Leute, die wahrscheinlich den Hauptteil der Besetzer darstellten und viele Ältere, die man eigentlich hier weniger erwartet hätte. Sein Interesse galt nur in geringem Umfang dem Vortrag. Viel interessanter fand er den Ablauf.

Offensichtlich kannten sich die meisten der Anwesenden. Es war nicht zu unterscheiden, aus welchen Gründen die einzelnen hier waren. Die Art ihres Umgangs miteinander legte jedoch nahe, dass sie sich der Gruppe zugehörig fühlten. Unter den Anwesenden fiel ihm eine Frau auf, die sich ab und zu Notizen machte und wohl ebenfalls ein wenig fremd war. Sie blickte jedenfalls suchend im Raum herum.

Er empfand sie als eine aparte Erscheinung. Nach einer Weile bemerkte er, dass ihn ihr Blick ab und zu streifte. Es war aber nicht zu beurteilen, ob dies mit seinem Platz zusammenhing, der in ihrer Blickrichtung zum Referenten lag. Sie gehörte jedenfalls nicht zum eigentlichen Publikum, das war offensichtlich.

Nach dem Referat schloss sich eine Diskussion an. Es waren ganz praktische Anliegen, die zum Tragen kamen. Die Menschen, vorwiegend aus der Gegend, waren darauf aus,

Informationen für ihre eigene Meinungsbildung zu erhalten. Dabei reagierten sie kritisch, gelegentlich sogar unwirsch gegenüber dem Referenten. Vor allem, wenn er allzu abstrakt antwortete. Es lag wohl daran, dass sich im Laufe des Widerstandes gegen das Atomprojekt schon so viele Experten geäußert hatten, dass sich die Zuhörer nicht mehr sonderlich von Titeln oder der Sachkunde beeindrucken ließen. Sie forderten ihn auf, sich an ihrer konkreten Situation im Kaiserstuhl zu orientieren.

Hartmut Küppers fand diese Verhaltensweise aufregend und ungewöhnlich.

Frau Bergdorf ging es ähnlich. Sie stellte sich selbst die Frage, wie sie auf Experten reagierte, wenn sie im Rahmen der Atomvereinigung ihre Vorträge hielten und musste sich eingestehen, dass sie viel zu wenige Fragen gestellt hatte. Im Gegenteil, vervollständigte sie ihren Gedanken, sie hatte eigentlich kaum Fragen gestellt. Aber das gehörte ja auch nicht zu ihren Aufgaben. Sie hatte für die Organisation zu sorgen und für die interne und in manchen Fällen publikumswirksame Aufbereitung der Themen. Allerdings kam sie sich dabei etwas unterfordert vor, wenn sie ihre Arbeit mit dem Niveau verglich, das hier ausgebreitet wurde.

Nach diesem Teil der Veranstaltung wurde die Stimmung merklich aufgebrachter. Einige der älteren Zuhörer hatten den Rundbau schon verlassen. Sie waren wahrscheinlich weniger interessiert an Strategiedebatten der Platzbesetzer und der Bürgerinitiativen. Es ging um Verhandlungen, die einige Tage zuvor in Offenburg stattgefunden hatten.

Die Platzbesetzer lehnten sie von vornherein ab, weil sie nur ein Trick der EnergieVerbreitungSüd und der Landesregierung seien, typisch für die Herangehensweise der Atommafia.

Die Bürgerinitiativen konnten der Verhandlungsbereitschaft und den erzielten Ergebnissen dagegen durchaus positive Seiten abgewinnen.

Letztlich ging es um die Frage, ob der Widerstand grundsätzlich gegen das staatliche Atomprogramm geführt werden solle oder um die Verhinderung des Wyhler Projektes.

Es taten sich fast unüberbrückbare Klüften zwischen den Kontrahenten auf. Spät in der Nacht wurde dann die Debatte vertagt und beschlossen, in den Bürgerinitiativen selbst eine Abstimmung über das weitere Vorgehen durchzuführen.

Diesen Vorschlag hielt auch ein Teilnehmer der Versammlung für richtig, der sich bis jetzt nicht geäußert hatte. Er stellte sich als Holger Sternbeiß von einer Gesellschaft vor, die Konflikt- und Friedensforschung betreibe. Er bat darum, an den Verhandlungen mitwirken zu können und erklärte sich bereit, bei der Vorbereitung zur Abstimmung in den Bürgerinitiativen mitzuhelfen.

Er sei mit einer Gruppe von Wissenschaftlern eingetroffen, die Aktionsforschung betreibe. Auf die Frage, was dies sei, erklärte er, Aktionsforschung würde unmittelbar am Geschehen ansetzen und sozusagen die Konfliktfelder transparent machen. Dann könnten bessere Entscheidungen getroffen werden, warb er für sein Konzept.

Davon wollten die Platzbesetzer nichts wissen, während einige Vertreter von Bürgerinitiativen auch hier anderer Meinung waren.

Frau Bergdorf war über die Argumentation etwas irritiert. Geradezu pikiert reagierte sie darauf, wie selbstverständlich der Begriff Atommafia benutzt wurde. Sie begriff, dass ihr Job schwieriger sein würde, als sie sich das vorgestellt hatte. Jetzt erschien es ihr fast unmöglich, mit den Platzbesetzern ins Gespräch zu kommen, wenn diese etwas von ihrer Tätigkeit erführen.

Einer solchen Aufgabe fühle ich mich nicht gewachsen, dachte sie, und nun kommen auch noch Leute wie dieser Sternbeiß dazu und wollen sich einmischen.

Hartmut Küppers indessen konnte sich ein Lachen kaum verkneifen. Der Streit erinnerte ihn an Stammtischauseinandersetzungen, bei denen jeder recht haben musste. Er empfand in gewisser Weise Mitleid mit den Atomkraftgegnern, weil er sich plötzlich vorstellen konnte, wie sich die Atommanager die Hände reiben würden. Er hatte ja eben gelesen, wie ihre Taktik funktionieren sollte.

Warum nehmen die Leute hier ihre eigenen Flugblätter nicht ernst, fragte er sich. Da sind doch die Mafiamethoden genau beschrieben. Wenn auch Atommafia hart klingt, es ist etwas dran, entschied er sich. Da sind die Jungs von der Aktionsforschung, deren Sinn ihm verborgen geblieben war bis auf die Tatsache, dass sie sich aus ihren Universitätsstuben zum Volk begeben wollten, doch etwas zu spät aufgestanden. Vielleicht möchten sie aber auch nur ein Buch oder eine Doktorarbeit schreiben, versuchte er ihr Anliegen näher zu ergründen. Action ist für Kriegsgewinnler natürlich immer gut.

Die noch verbliebenen rund hundert Leute begannen, den Rundbau zu verlassen. Hartmut Küppers schaute sich nach der Buchverkäuferin um, entdeckte sie aber nicht mehr. Zuvor war schon Anne Bergdorf aufgestanden, weil sie nicht den Anschluss an die Gruppen, die zu ihren Autos gingen, verlieren wollte. So mutig, allein einen halben Kilometer durch den sumpfigen Wald zu gehen, brauchte sie nun wieder nicht zu sein. Sie schaute zwar noch nach dem schnauzbärtigen Mann, dem sie sich gerne auf dem Weg zum Auto angeschlossen hätte, bemerkte aber, dass er eine andere Richtung nahm.

Zusammen mit etwa zehn Leuten machte sie sich auf den Weg. Einige hatten Taschenlampen, das machte die Sache einfacher.

Als sie mit ihrem Auto wegfuhr, überkam sie ein Gefühl der Erleichterung. Das ist nicht mein Job, dachte sie nochmals.

Rund einen Kilometer weiter wurden alle Autos an einer Polizeisperre angehalten. Eine ganz normale Verkehrskontrolle hieß es. Sie gab ihre Papiere heraus, die per Funk überprüft wurden, und ohne weitere Erklärungen der Polizisten konnte sie weiterfahren.

Nachlese

Am nächsten Morgen wurde sie von Frau Wegenstein nach ihren Eindrücken vom vorigen Abend gefragt. Das kam ihr entgegen, gab es doch die Gelegenheit, sich selbst mehr Klarheit zu verschaffen. Einerseits war sie beeindruckt von der Informationsveranstaltung, andererseits sehr gespalten, was die Haltung der Teilnehmer zur Atomindustrie und der Energiewirtschaft betraf. Das ging ihr ans Eingemachte.

Sie fragte auch, ob polizeiliche Überwachungen eigentlich zur Tagesordnung gehörten und erfuhr, dass die Polizei im Kaiserstuhl durchaus nicht als Freund und Helfer empfunden würde.

Sie werde gegen den berechtigten Widerstand eingesetzt, wofür Einheiten aus anderen Landesteilen hinzugezogen worden seien. Den hiesigen Polizisten traue die Führung nicht.

Frau Bergdorf machte ihrer Beklemmung Luft, sie selbst käme ja von der Atomvereinigung, würde sich aber doch keinesfalls zu einer Atommafia gehörig bezeichnen lassen. Wenn man die Institutionen und die dort tätigen Leute kenne, gewänne man ein anderes Bild. Selbstverständlich hätten die Atombefürworter ihre Interessen, genau wie ihre Gegner. Aber darüber müsse man doch reden können, man lebe schließlich in einem Rechtsstaat, in dem einzelne Gruppen nicht andere niederbügeln könnten. In ihrer Erregung verfiel sie in diese für ihre Verhältnisse etwas drastische Sprache, worauf Frau Wegenstein auch sofort einging. Ihr tat die junge Frau leid, die ihrer Meinung nach für eine Aufgabe benutzt wurde, der man nicht nur skeptisch, sondern ablehnend gegenüberstehen musste.

„Sie müssen die Stimmung der Leute verstehen", beschwichtigte sie. „Jahrelang sind wir falsch informiert worden von Experten und Politikern, die genau Bescheid wussten, dass die Probleme verniedlicht wurden, manchmal auch einfach weggelogen. Wir haben einfach lernen müssen, dass hier mit unfeinen Mitteln gearbeitet wird. Es fehlt nur noch, dass einzelne Bürger herausgegriffen und finanziell zur Verantwortung gezogen werden. Man hört hier schon etwas munkeln. Es gibt hier nur ein Ja oder ein Nein zum Atomprojekt. Ich möchte einmal wissen, ob die Politiker und die Energieleute mit ihren Familien direkt neben einem Atomkraftwerk leben würden. Wahrscheinlich würden sie sich das ein paar Mal überlegen und das Projekt ablehnen."

Ohne es zu wissen hatte Frau Wegenstein einen sensiblen Punkt getroffen, denn der Nebensatz Dr. Pausers für ihren Auftrag besagte gerade, Namen von führenden Persönlichkeiten und ihrer Rolle bei den Atomkraftgegnern herauszufinden.

Im weiteren erklärte ihr die Vermieterin, dass Verhandlungen notwendig seien. Wenn man aber die Macht des Geldes betrachte, das hinter der Atomindustrie stehe, wäre gut verständlich, weshalb sich einzelne Gegner nicht auf ein solches Spiel einlassen wollten. Andererseits könne man nicht jahrelang einen Platz besetzen, das führe nur zu falschen Entwicklungen. Es kämen immer mehr Besetzer von außerhalb, was zu Schwierigkeiten mit den Einheimischen führe.

„Es gibt ja auf allen Seiten schwarze Schafe", stellte sie fest. Sie bat Frau Bergdorf, einmal mit einem Vorstand der örtlichen Bürgerinitiative zu sprechen, er könne sie näher informieren. Gestern habe sie ihn getroffen und von ihr erzählt.

„Herr Nereth möchte gerne, dass sie die Situation richtig verstehen und das ihrer Firma weitergeben."

Frau Bergdorf war etwas erschreckt, dass ihre Anwesenheit in so kurzer Zeit größere Kreise zog. Sie befürchtete, die

Situation könne für sie außer Kontrolle geraten, wenn sich anscheinend wichtige Leute so massiv einmischten. Sie stimmte aber der Verabredung zu, weil ein solches Gespräch sowieso nicht zu umgehen war. Der Name Friedhelm Nereth war sowieso auf ihrer Liste.

Insgesamt läuft meine Mission nicht schlecht, resümierte sie, auch wenn sie schwieriger ist als vorausgesehen. Das beklemmende Gefühl, das sie jetzt schon mehrere Male hatte, verdrängte sie. Sie setzte lieber auf ihre Fähigkeit, allen Gesprächspartnern die Zusammenhänge ihrer Mission so erklären zu können, dass sie verstehen würden.

Am Nachmittag erstattete sie kurz telefonisch Bericht im Pauser'schen Sekretariat und erfuhr, dass ihr Vorgesetzter für einige Tage auf Dienstreise war. Sie hätte gerne mit ihm über einige Details gesprochen, zum Beispiel über den Verdacht der Kaiserstühler, dass mit ihnen nur Katze und Maus gespielt würde, um das Projekt durchzusetzen.

Außerdem hatte sie in Karlsruhe bei der EnergieVerbreitungSüd angerufen. Sie war mit einem ihrer abendlichen Tischgenossen vom Schwarzen Adler verbunden worden, den sie fragte, was es mit den Verhandlungen in Offenburg auf sich hätte. Sie hatte sich nämlich überlegt, dass diese wohl ein Schlüssel für die weitere Entwicklung der Dinge im Kaiserstuhl seien, weit wichtiger als dies bisher von den Atomgegnern bei der gestrigen Veranstaltung eingeschätzt wurde. Allerdings war ihr auch klar geworden, dass sich die Atomgegner in solchen Verhandlungen aufreiben würden.

Hier wäre doch eine der Aufgaben der Atomvereinigung, war ihr in den Sinn gekommen. Man müsste dazu Modelle überlegen, wie Gegner und Befürworter zusammenkommen könnten. Dazu brauchte man keine Aktionsforscher, die niemandem verantwortlich waren. Sie erwähnte diesen Gedanken während des Telefongesprächs und wunderte sich über die Entschiedenheit, mit der sie gebeten wurde, darüber mit niemandem zu sprechen.

„Sie haben sich aber bemerkenswert schnell informiert“, sagte ihr Gesprächspartner von der EnergieVerbreitungSüd. „In der Tat ist unser derzeit wichtigstes Ziel, den ungesetzlichen Zustand auf dem Bauplatz zu beenden. Wie es weitergeht ist noch offen, aber wir haben nicht vor, die Atomgegner zu ermutigen, in dem wir sie einfach handeln lassen. Wir wollen ganz klar Flagge zeigen und damit die Protestanten wieder auf den gesetzlichen Weg zurückzwingen. Das Gesetz des Handelns muss bei uns bleiben.”

Er betonte sein großes Interesse an einem weiteren Treffen, an dem er und seine Kollegen gerne die Bergdorf'schen Erkenntnisse erfahren würden.

Sie verabredeten sich auf ein Abendessen am Tag ihrer Rückreise nach Köln. Sie würde in Karlsruhe am Bahnhof abgeholt, man speise im „Krokodil“ und für die Übernachtung würde gesorgt sein. Ihr Gesprächspartner fügte hinzu, dass er schon versucht habe, mit Dr. Pauser wegen ihres interessanten Auftrags zu sprechen, habe ihn aber nicht erreicht.

Am Nachmittag fuhr sie trotz unguter Gefühle noch einmal zum Bauplatz, um die Situation tagsüber einschätzen zu können. Sie wählte einen anderen Weg, der über eine geschotterte Straße durch den Wald führte und an einer Rampe zum Rhein endete, die als militärisches Sperrgebiet bezeichnet war. Sie konnte sich gut vorstellen, wie dieses Gebiet aussehen würde, wenn die Bundeswehrpioniere hier ihre Rheinüberquerungen übten und Militärcamps aufschlugen. Diese Übungen hatte sie schon häufiger beobachtet, wenn sie von Heidelberg zur Kollerinsel am Rhein gefahren war, um mit Freunden nach einem Spaziergang beim „Entenjakob“ gebackenen Zander zu essen. Oft kam dabei das Gespräch auf das Thema Militarisierung der Gesellschaft. Ihre Freunde waren fest von dieser Tendenz überzeugt. Und tatsächlich war es beklemmend zu beobachten, wie bewaffnete Posten ein Stückchen Deutschland schützten, das der normale Bürger dann nicht mehr betreten durfte. War es das, was die Leute hier so aufbrachte?

Sie setzte sich auf einen gefällten Baumstamm und betrachte den Rhein, dessen Wasser sehr dunkel schäumte, wenn es um die Steine der Uferböschung herumspülte. Es war viel Müll dabei, der sich an ihr vorbei bewegte. Alte Plastikflaschen, ab und zu ein Kanister oder altes Holz.

Hinter ihr waren viele Bäume gefällt. Dazwischen lag ein großes Knäuel von Stacheldraht, das wie ein Mahnmal wirkte und wohl von der Polizei zurückgelassen war. Irgendwie stimmt hier doch alles nicht, verglich sie die Situation mit der im Haus der Atomvereinigung. Dort hatte alles seinen Platz, geordnet und adrett.

Sie schlenderte die etwa 10 Meter von der Rampe zum Bauplatz, auf dem einige Autos mit Anti-Atomkraft-Aufklebern abgestellt waren. Das Rundhaus war geöffnet und davor waren einige Informationsstände aufgebaut. An einem Stand wurden Getränke und belegte Brote verkauft. Um den zentralen Bau waren verschiedene kleinere Hütten und Zelte gruppiert, vor denen junge Leute saßen. Es gab auch eine Reihe von Fahrrädern, die mit Packtaschen ausgerüstet waren. Ein friedliches Bild, ähnlich einem Pfadfinderlager, stellte sich Anne Bergdorf vor, obwohl sie in einem solchen noch nie gehaust hatte, und es fiel ihr der Gegensatz zwischen den Leuten ein, die sie vor sich sah und Ramboch vom Innenministerium. Friedlich und gefährlich, kategorisierte sie kurz. Hier wurde der Frieden nur gestört durch den Stacheldraht, während die Gefährlichkeit dort durch eine schnoddrige Erscheinungsform kaschiert war.

Als sie an einer der Hütten vorbeikam, wurde sie von den davor sitzenden Bewohnern prüfend betrachtet und dann freundlich begrüßt. Unter ihnen bemerkte sie den Mann mit dem Schnauzbart, der ihr schon bei der Versammlung aufgefallen war. Er hatte einen Notizblock vor sich und war offensichtlich in ein Gespräch mit einigen Leuten verwickelt. Auch er erkannte sie wieder, wie sie seinem Nicken entnehmen konnte. Sie ging weiter zu einem Getränkestand, weil ihr das als der unverfänglichste Einstieg in die Szene erschien. Als sie ein Glas Rieslingschorle eingeschenkt bekommen und bezahlt hatte, war der Mann mit dem Schnauzbart ebenfalls zu dem Tisch gekommen und er bestellte Kaffee. Er sprach sie an, fragte sie, ob sie Journalistin sei, er wäre Journalist und schreibe Artikel zum Widerstand gegen das Atomprojekt.

Anne Bergdorf freute sich aus der Situation einer Alleingängerin befreit zu sein. Das gab ihr ein Stück ihrer Unbefangenheit zurück, mit der sie sonst an Menschen herantrat.

„Ich bin Sozialwissenschaftlerin und möchte über die Vorgänge im Kaiserstuhl etwas erfahren", sagte sie und fragte zurück, ob er für eine Zeitung arbeite.

Sie kamen rasch ins Gespräch miteinander und fanden, dass ihre Interessen an den Vorgängen im Kaiserstuhl nicht weit auseinander lagen.

Hartmut Küppers, der sich nun mit seinem Namen vorgestellt hatte, wollte wissen, ob sie ein Forschungsprojekt oder ein ähnliches Vorhaben betreibe. Anne Bergdorf zögerte, entschloss sich dann aber, den Hintergrund ihrer Anwesenheit zu offenbaren. Er hatte sie von Anfang an geduzt, weil er im Verlauf seiner Gespräche bemerkt hatte, dass diese Anrede auf dem Platz üblich war. Sie war ihm auch lieber. Er fühlte sich, auch altersmäßig, nicht so weit von diesen Leuten entfernt.

„Da hast Du Dich ja gerade in die Höhle des Löwen begeben", bemerkte er sarkastisch.

Anne Bergdorf wiederum verschaffte diese Äußerung ein gewisses Gefühl von Erleichterung. Sie konnte offen reden, wenn sie auch darauf achtete, Details nicht anzusprechen.

„Ich komme mir dabei ein wenig wie Mata Hari vor", spielte sie auf die berühmte Doppelagentin aus dem 1. Weltkrieg an und lachte dazu.

Hartmut Küppers fand das Bild gar nicht schlecht, wenn er an die Stimmung unter den Atomgegnern dachte.

Das Gespräch begann sich zu vertiefen und er registrierte für sich, dass es ihn immer neugieriger machte. Anne Bergdorf vertrat ein Milieu, das ihm nicht zugänglich war. Er fand es aufregend mit einer Frau zu sprechen, deren beruflicher Hintergrund Macht und Geld bedeutete. Er war beauftragt, eine Hintergrundgeschichte zu schreiben und hier war sie.

Anne Bergdorf empfand Sympathie für ihren Kollegen, wie sie ihn zu bezeichnen beschlossen hatte. Sie war sich aber unsicher, ob eine weitere Verabredung im Sinne ihres Auftrages sei. Einen Moment bedauerte sie doch, von sich und ihrer Arbeit erzählt zu haben. Sie wollte Hartmut Küppers nicht fragen, ob er ihre Informationen für sich behalten würde. Auf der anderen Seite, sagte sie sich, ein Informationsaustausch wäre vielleicht für beide nützlich. Viel entscheidender für sie war jedoch, dass Hartmut Küppers eine Art Bundesgenossen abgab, für den Fall, dass sie plötzlich zwischen zwei Stühlen sitzen könnte. Einerseits Sympathisantin mit den Atomgegnern, andererseits etwas Agentenähnlichkeit für ihre Arbeitgeber, die gerade anders herum gepolt waren.

Hartmut Küppers überlegte sich, ob ein Angebot, miteinander Abendzuessen, von Anne Bergdorf als anzüglich oder als Anmache aufgefasst würde. Er entschloss sich aber zu diesem Vorschlag, weil er sich ja immer noch mit seinem beruflichen Interesse rechtfertigen konnte. Er machte den Vorschlag, sich in der Brauereigaststätte in Riegel zu treffen. Das hätte den Vorteil, dass man sich ruhig unterhalten könne – ein neutraler Ort, der vermutlich nicht von den Platzbesetzern aufgesucht würde.

Anne Bergdorf fand den Vorschlag akzeptabel, schlug aber eine spätere Uhrzeit vor, weil sie noch einen Vertreter der Sasbacher Bürgerinitiative treffen wolle.

„Handelt es sich um Friedhelm Nereth“, erkundigte sich Küppers. „Mit dem habe ich nämlich auch schon gesprochen. Ein sehr interessanter Mann, der mich beeindruckt hat. Ein anderer Typ als die Platzbesetzer, obwohl ich diese auch sehr aufschlussreich finde."

Anne Bergdorf erzählte, dass sie zu diesem Gespräch von ihrer Vermieterin aufgefordert worden sei und nun wäre sie gespannt darauf. Sie habe aber ein bisschen Angst, weil Nereth wisse, woher sie komme. Sie wolle nicht so behandelt werden wie die Forscher vom Battelliten-Institut, die man an die Luft gesetzt hatte.

Das war für Küppers neu.

Zu dem guten Gefühl, das er für seine neue Bekannte hatte, kam noch die sinnvolle Ergänzung durch die Arbeit hinzu.

Das Anwesen der Familie Nereth erinnerte Anne Bergdorf ein wenig an den Stil ihres Elternhauses am Niederrhein. Natürlich war die Architektur unterschiedlich. Das Nereth'sche Haus hatte aber ebenfalls etwas Verspieltes und Aufgeräumtes. Friedhelm Nereth erwartete sie schon im Hof, wo er unter einer kleinen Laube an einem runden Tisch saß. Er bat sie, sich zu ihm zu setzen und bot seinen Riesling an.

Wenigstens beginnt das Gespräch nicht feindlich, dachte Anne Bergdorf und bedankte sich für die Einladung.

Nereth kam sofort zur Sache und drückte seine Skepsis gegen ihren Auftrag aus, von dem er von Frau Wegenstein erfahren habe. An zahlreichen Beispielen verdeutlichte er, weshalb er den Atommanagern und der Landesregierung nicht vertraue. Man müsse zwar im Gespräch miteinander bleiben, aber nicht zu den Bedingungen der anderen Seite.

Er erzählte von einigen Methoden, wie Stimmung für das Atomprojekt gemacht würde. Dazu gehörten etwa eine ganze Reihe von Busfahrten nach Bibisheim, für die Bevölkerung ein kostenloser Service. Man habe andauernd auf die Leute eingeredet, kein kritisches Wort sei gefallen. Er verstehe das, habe auch nichts dagegen, dass die Leute fürstlich

bewirtet würden. Es ginge aber zu weit, wenn ernsthafte Wissenschaftler, die sich auf ihre Seite gestellt hätten, als Lügner bezeichnet würden.

„Die Atommafia", bei diesem Wort schluckte Anne Bergdorf, „lässt doch kein Mittel aus, in der Bevölkerung Unfrieden zu stiften." Nehret wurde heftiger.

„Man hetzt sogar einzelne Leute gegeneinander auf, die Risse gehen manchmal durch die Familien." Er kritisierte das Vorgehen der Polizei und des Verfassungsschutzes, die beide eng mit der Atomindustrie verbandelt seien. Man habe schon Leute mit dem Polizeiauto nach Freiburg geschafft, um sie dort zu vernehmen. Man wisse, dass gegen Einzelne Maßnahmen geplant seien, es gehe um den Versuch, Rädelsführer zu schaffen, die sich der Staat greifen wolle. Es gehe um die Kriminalisierung einer friedlichen Bevölkerung und das lasse man sich nicht gefallen.

Er wolle mit ihr darüber offen sprechen, weil ihm Frau Wegenstein gesagt habe, sie sei eine patente Frau, die etwas von den Gefühlen der Leute verstehe. Er bitte um Verständnis für seine direkten Worte, sagte Nereth, und sie möge ihm doch ihre bisherigen Eindrücke berichten.

Alle wollen etwas von meinen Eindrücken wissen, dachte Anne Bergdorf. Will mir Nereth nun sagen, was ich glauben soll?

„Natürlich hat ein Kernkraftwerk Risiken, das leugnet niemand. Aber wir brauchen doch auch eine gesicherte Energiezukunft", versuchte sie sich zunächst zu positionieren. „Ich kenne viele Leute aus der Atombranche und kann mir nicht vorstellen, dass sie so hinterhältige Gedanken haben, wie Sie unterstellen."

„In diesem Fall kann man nicht genug unterstellen", entgegnete Nereth ärgerlich. „Ich habe gelernt, dass alles was ich mir an Gemeinheiten ausdenken kann noch einen Zuschlag von zehn Prozent braucht. Dann liegt man einigermaßen auf der Linie der Atomseite." Nereths Stimme wurde energisch. „Ich möchte Ihnen für Ihre Firma mitgeben, dass wir ein Atomkraftwerk hier nicht akzeptieren. Die weiß das zwar schon, weil unsere Haltung begründet ist. Wir fühlen uns im Recht, denn es ist unsere Heimat, unsere Existenz und die der Nachkommen", setzte er moralisch noch eins drauf, „wir leben in einer Demokratie und nicht in einer Diktatur. Wenn man uns zwingt, werden wir auf die Barrikaden gehen. In unseren Reihen gibt es zwar große Unterschiede, in einer Sache gibt es aber völlige Einigkeit: Das Atomkraftwerk wird nicht gebaut. Wir sehen auch durchaus unsere Verantwortung über den Kaiserstuhl hinaus. Es stimmt nicht, dass Arbeitsplätze in der Industrie gefährdet werden, wenn das Atomkraftwerk nicht gebaut wird. Das stimmt höchstens für die Atomindustrie, in anderen Bereichen werden Rationalisierungen von Arbeitsplätzen so oder so durchgeführt. Im Gegenteil, elektrische Energie spart ja gerade menschliche Arbeitskraft ein. Wenn es wenigstens darum ginge, dass die Arbeit für die einzelnen weniger und leichter würde, aber das kann man auch nicht beobachten. Da können sich die Gewerkschaften auf den Kopf stellen, wenn sie uns zu Arbeitsplatzvernichtern stempeln wollen. Die wissen es doch gerade besser. Gut, wir lassen uns auf Verhandlungen und Gerichtsverfahren ein. Man wird sehen, wie das endet. Ich persönlich glaube nicht, dass wir letztlich von dort recht bekommen. Das ist alles abgekartet."

Nereth hatte jetzt die Haltung eines Referenten, der sich seines Wissens und Erfahrungsschatzes wohl bewusst ist.

„Und wie ist es mit der Atommüllbeseitigung? Das soll dann wohl in Gorleben geschehen? Aber dort wehren sich die Leute genauso. Das Gesetz dafür geht an der Wirklichkeit vorbei. Ein Atomkraftwerk kann genehmigt werden und in Betrieb gehen, wenn ein Entsorgungsnachweis erbracht wird. Einen echten Entsorgungsnachweis gibt es aber in Deutschland nicht, weshalb der ganze Müll nach Frankreich geschafft wird und die dortige Anlage in La Hague arbeitet katastrophal. Die leiten radioaktive Abfälle ins Meer und was übrigbleibt soll dann ins Endlager Gorleben, das es noch gar nicht gibt. Und wer soll eigentlich bezahlen und zur Verantwortung gezogen werden, wenn etwas passiert?

Das sind doch dann Steuergelder und letzten Endes muss dann ein Direktor den Hut nehmen, das war es dann. Verantwortung kann in einem solchen Fall doch niemand übernehmen, auch die Politiker werden das nicht tun. Vielleicht werden sie dann nicht mehr gewählt, das war es dann auch. Ausbaden müssen das alles wir. Außerdem weiß ich, dass auch ein Atomkraftwerk, das wegen einer Panne stillsteht, noch Gewinn macht. In Bibisheim wird für jeden Stillstandstag eine Bürgschaft von einer Million durch den Staat übernommen. Die machen sogar daraus noch ein Geschäft."

Einen solchen Vortrag hatte Anne Bergdorf nicht erwartet. Sie merkte, dass Nereth eigentlich gar nicht mit ihr diskutieren wollte. Er wollte ihr eine Botschaft mitgeben. Sie hätte auch gar nicht gewusst, was gegen die Argumentation vorzubringen wäre, denn sie erkannte eine Sichtweise, die ihr bisher noch nicht untergekommen war.

Jedenfalls war dies ein ganz anderes Denken als in ihren eigenen Reihen. Sie wollte sich das alles gründlich überlegen, wusste aber schon jetzt, dass ihr Weltbild von der Techniksicherheit und Risikoakzeptanz, wie dies vom Battelliten-Institut bezeichnet worden war, erheblich angekratzt sein würde. Es war ihr natürlich klar, dass Nereths Standpunkt einseitig war. Die Zusammenhänge allerdings, die er aufbaute, schienen schlüssig, wenigstens von der Seite der Atomgegner betrachtet.

Da sie es nicht angemessen, ja dumm fand, mit der Argumentation der Atombefürworter zu antworten, auf die sich Nereths Vortrag gerade bezogen hatte, bedankte sie sich für das Gespräch und sagte, sie erkenne die Logik der Argumentation und würde dies so weitergeben.

Etwas beleidigt fühlte sie sich durch die abschließende Bemerkung Nereths: „Wahrscheinlich werden Sie aus dem, was ich jetzt gesagt habe, wieder neue Argumentationen entwickeln. Im Grunde helfen solche Gespräche nur der Atomlobby weiter, sie wird ja dann daraus neue Anzeigenkampagnen gegen uns starten."

Also doch eine feindliche Situation dachte Anne Bergdorf, als sie das Anwesen bedrückt verließ.

„Es war vorher wirklich keine Glanzstunde für mich”, berichtete sie Küppers, als sie sich in Riegel zum Essen trafen. Offenbar war er schon einige Zeit vor ihr in der Gaststätte angekommen, denn er hatte vor sich zwei Stapel Informationsmaterial und Zeitungen liegen, die er vom besetzten Platz mitgenommen hatte. Er habe sie zum Teil schon gelesen, berichtete er und fragte, wie die Begegnung mit Friedhelm Nereth verlaufen sei.

Vor allem ihr Eindruck, dass mittlerweile fast unüberbrückbare Gräben zwischen Gegnern und Befürwortern verliefen, stand im Vordergrund ihrer Schilderung.

Küppers konnte das nicht nachvollziehen. Er kenne die Standpunkte der Atomindustrie nicht genau, sagte er. Bekannt sei ihm nur, dass jede Seite davon ausgehe, recht zu haben. Allerdings seien die Chancen, wer sich durchsetze, sicher ungleich verteilt, das bedeute aber noch nicht viel. Denn sein Eindruck gehe dahin, dass die Argumente der Gegner stärker das beträfen, was Volksempfinden genannt werden könne. Und damit würde das Ganze wohl auf eine politische Entscheidung hinauslaufen.

Er erzählte, dass mittlerweile auch Politiker der Gegend eingegriffen hätten. Sie würden dafür plädieren, die Entscheidung im Landtag zu suchen. Allerdings habe er da seine Bedenken, wenn er an die Stellungnahmen der Parteien denke, die er gerade gelesen habe. „Vielleicht können einzelne Leute aus der Region im Landtag Stellung gegen das Atomprojekt beziehen. Sie werden, so wie es aussieht, aber keine Mehrheit finden. Und damit ist die Entscheidung auch klar. Der Trick ist dabei, sie können sagen, wir waren dagegen, genützt hat es aber leider nichts. Und schon sind sie wieder im Trockenen.”

Anne Bergdorf sagte nichts darüber, dass sie zwei dieser Landtagsabgeordneten schon im Kreis der EnergieVerbreitungSüd getroffen habe und etwas über deren Gedanken wisse. Sie fühlte sich in eine unangenehme Abwehrrolle gedrängt. Ihr Selbstverständnis, mit dem sie bisher ihrer Arbeit nachgegangen war, geriet ins Wanken und sie kam sich vor wie jemand, der sich selbst den Kork aus der Flasche gezogen hatte und nun mit den geweckten Geistern nicht mehr ganz klar kam.

Nach dem gutbürgerlichen Essen und zwei Vierteln Ruländer fragte sie Küppers, wie er denn seine Arbeit angehe und ob er schon wisse, was zu schreiben sei.

Er habe sich schon zahlreiche Notizen gemacht und könne nun nicht umhin, der Argumentation der Atomkraftgegner im großen und ganzen zu folgen, gab er zurück. Was er von der anderen Seite lese, könne er nicht beurteilen, es sei aber nur plakativ: „Energie ist notwendig, alles ist sicher, Risiken werden beherrscht, wer dagegen ist, ist ein Fortschrittsfeind“ und Ähnliches. Da seien ihm die Vorstellungen der Gegner doch viel konkreter und nachvollziehbarer. Er wäre nun einmal kein Experte und habe sich zuvor mit diesen Fragen auch gar nicht ernsthaft befasst.

„Ich glaube, das war ein Fehler. Was ich bis jetzt gehört und erlebt habe, geht doch weit über den Kaiserstuhl hinaus. Das geht ja bis in grundsätzliche politische Zusammenhänge hinein, die für unsere Zukunft größte Bedeutung haben. Es fehlt doch vor allem an Klarheit, wie zukünftig mit diesen technischen Entwicklungen umgegangen werden soll. Die Konflikte zwischen den verschiedenen Auffassungen zur Atomenergie sind doch gar nicht lösbar. Und wie soll eine Gesellschaft dies auf Dauer aushalten? Soll ein neuer Führer kommen, der alles regelt, eine Diktatur? Wie sollen die politischen Parteien das Problem lösen, wenn sie sich doch nur nach kurzfristigen Wahlprognosen richten. Der Kaiserstuhl ist vielleicht der Anfang davon, dass ganz normale Bürger nicht mehr alles mitmachen und zulassen. Das ist etwas ganz anderes, als ich es bei der Studentenbewegung in Heidelberg erlebt habe”, deutete er den Tenor seiner Artikel an.

Er brach die zweite Packung Roth-Händle an und witzelte, dass sie ihm nun eigentlich sagen müsse, das Risiko an Lungenkrebs zu sterben sei tausend mal höher als durch einen Atomunfall.

Die Anspielung auf ihre Tätigkeit gefiel Anne Bergdorf nicht. Sie fragte ihn, ob er glaube, seine Artikel mit dieser Tendenz bei Zeitungen unterbringen zu können. Eine gute Frage fand Küppers. Vorerst war ihm das egal. Umschreiben könne er die Sachen immer noch. Da er auf Zeilenhonorare angewiesen war und deshalb möglichst viel veröffentlicht sehen wollte, beschloss er dazu vorsichtshalber am nächsten Morgen mit seinem Chef zu sprechen.

Anne Bergdorf, die ihren lockeren Kollegen sympathisch fand, weil er sie nicht dazu aufforderte, grundsätzliche Stellungnahmen zu ihrer augenblicklichen Gemütslage abzugeben, hatte Lust, nach Hause zu gehen. Küppers hatte schon länger überlegt, wie er seinen Wunsch, mit ihr zu schlafen, anbringen könnte. Lust hatte er dazu.

Er war zwar nicht unbedingt darauf aus, hätte es aber schön gefunden, die Nacht nicht allein zu verbringen. Er bot ihr an, sie nach Hause zu fahren, was ihr durchaus entgegenkam. Im Auto tasteten sie sich dann an die Aussicht auf eine gemeinsame Nacht heran. Sie freuten sich beide darauf.

In Sasbach wurde ihr Vorhaben dadurch unterstützt, dass sie nicht durch die noch erleuchtete Gaststube gehen mussten, sondern die Eingangstüre vom Hof benutzen konnten. Sie hatten mehrere starke Erlebnisse. Geschmälert wurde die Sache nur durch Anne Bergdorfs Wunsch, er möge das Haus ungesehen verlassen. Das bedeutete, dass er früh aufstehen musste.

Als Küppers sich in seiner Wyhler Herberge wieder für den Tag fit gemacht hatte, rief er seine Mannheimer Agentur an. Sein Chef war um diese Zeit sofort am Apparat, was bedeutete, dass viel Arbeit anlag.

„Ich habe schon auf Deinen Anruf gewartet", sagte er, „Du solltest die Artikel etwas früher als geplant abliefern, danach können wir wahrscheinlich einen größeren Auftrag an Land ziehen. Also beeile Dich, brauchst Du noch lange in Wyhl?"

„Genau das wollte ich fragen", antwortete Küppers. „Ich stehe vor einem Problem. Es ist ziemlich klar, wie mit den Leuten hier verfahren wird. Da kannst Du fast schon von geheimdienstlichen Methoden ausgehen, zumindest die Richtung ist es. Dagegen gibt es hier ordentlich Putz, soweit die Leute das mitkriegen. Sicher ist aber, dass die Atomleute und die Regierung mit allen Mitteln rangehen. Das will ich schreiben. Allerdings werden sich die Redaktionen dann vielleicht nicht so freuen."

„Mach Dir mal darüber keine Gedanken, es handelt sich um Hintergrundmaterial für einen Auftraggeber, dem gerade an Berichten über die Stimmung dort unten gelegen ist. Das Material soll gar nicht veröffentlicht werden, wir verkaufen es, wie es ist."

„Das ist neu", äußerte Küppers erstaunt und fiel fast vom Stuhl, als er hörte, Auftraggeber sei die Atomvereinigung in Köln. „Das verstehe ich nicht", war seine erste Reaktion, „sie haben doch dazu extra jemanden hier, der das gleiche tun soll."

Nun war auch sein Chef erstaunt.

„Vielleicht brennt ihnen die Sache so unter den Nägeln, dass sie Stimmungsbilder aus verschiedenen Quellen haben wollen. Sie planen eine Kampagne, in die auch Atomkritiker eingebunden sein sollen. Mir wurde gesagt, dass sie dazu auch Vertreter von Bürgerinitiativen zu Wort kommen lassen wollen, nur wisse man nicht genau, wer das sein soll und wie sich eine solche Kampagne dann auf die Bevölkerung auswirkt. Sie wollen einen Schlag ins Wasser vermeiden. Deshalb brauchen sie Informationen über die Stimmung vor Ort und die Leute, die Stimmung machen. Geplant ist übrigens die Herausgabe von Broschüren, die sie in den Zügen auslegen, die durch das Rheintal fahren. Das gibt uns weitere Aufträge, wenn Du gut arbeitest. Du musst also in die Tiefe gehen, alles was Du findest ist interessant", überspielte sein Chef die Überraschung.

Sie verabredeten, dass Küppers noch zwei Tage bleiben solle, zwischendurch aber schon einmal mit seinem Bericht anfangen könne.

Anne Bergdorf und Küppers hatten sich für den Abend wieder verabredet. Sie trafen sich in einer kleinen Weinstube in Emmendingen, weil Küppers am späten Nachmittag einen Termin im Ort ausgemacht hatte. Er hatte sich mit dem Regionalbeauftragten einer der sogenannten K-Gruppen getroffen, die Einfluss auf die Bürgerinitiativen im Kaiserstuhl zu nehmen versuchten. Darüber berichtete er als erstes. In Mannheim hatte er schon öfter Kontakt zu Mitgliedern dieser Gruppierungen gehabt. Er stand ihnen nicht besonders nahe, weil sie ihm viel zu dogmatisch waren. Er hatte Schwierigkeiten ihrer Rechthaberei zu folgen und war sehr dagegen, dass Menschen lediglich in Freund und Feind aufgeteilt wurden.

In Emmendingen hatte er einen anderen Eindruck gewonnen. Offensichtlich bewirkten die erstaunlich engen Beziehungen einzelner Mitglieder dieser Gruppen zu den Atomgegnern im Kaiserstuhl einen Prozess, der sie weit zugänglicher und undogmatischer erscheinen ließ. Er dachte sich, wenn die Leute erst einmal miteinander reden statt übereinander, sei das schon ein Gewinn. Dann konnte er seine Neuigkeit nicht mehr zurückhalten.

„Weißt Du, dass wir für die gleiche Firma arbeiten", sagte er grinsend und berichtete von seinem Telefongespräch mit Mannheim. Anne Bergdorf fiel aus allen Wolken. Sie hätte davon wissen müssen, sagte sie, denn alle solche Aufträge würden direkt von ihrem Chef, Dr. Pauser, veranlasst. Und damit hätte sie automatisch Kenntnis davon.

„Offenbar trauen sich die Leute in Eurem Laden auch nicht ganz", vermutete Küppers. „Oder die eine Hand weiß nicht, was die andere tut!"

Dies erschien Anne Bergdorf ausgeschlossen. Ihr bisheriger Eindruck sei ein ganz anderer. Es handle sich um eine klare, schlagkräftige Organisation, in der es untereinander keine Geheimnisse gäbe. Natürlich würde man nicht alles an die große Glocke hängen, beispielsweise wisse sie nicht, wie viel ihre Kollegen verdienten, aber im großen Ganzen herrsche ein offenes Klima, das gerade durch die andauernden Angriffe von außen gefördert würde.

„Es ist doch das alte Prinzip, wenn eine Gruppe Probleme von außen hat und unter Druck steht, schließt sie sich nach innen fester zusammen", fasste sie ihre Kenntnisse aus der Organisationssoziologie zusammen.

Küppers nahm dies zum Anlass, sie genauer nach ihrem Arbeitgeber und ihrem Arbeitsplatz zu fragen. Eigentlich wollte Anne Bergdorf darüber nicht berichten. Sie war loyal ihren Leuten gegenüber und hatte außerdem bei ihrer Einstellung einen Revers unterschrieben, mit dem sie sich zum Stillschweigen und zur Geheimhaltung aller Vorgänge verpflichtete, die ihr im Rahmen der Arbeit bekannt würden. Es war zwar nur ein Formblatt gewesen, sie war sich der Bedeutung dieser Verpflichtung aber sehr wohl bewusst, nicht zuletzt, weil die Missachtung einen wichtigen Kündigungsgrund darstellte. So erläuterte ihr das damals der Justitiar. Dennoch und wegen ihrer Verunsicherung über den Sinn der Parallelarbeit, die ihr Arbeitgeber offenbar veranlasst hatte, entschloss sie sich zu erzählen. Sie wollte glauben, dass es sich um einen Zufall handelte, konnte sich das aber eigentlich nicht vorstellen. Sie bat Küppers nochmals, nichts davon weiterzuerzählen.

Bei ihrer Erzählung fielen Küppers mehrere Einzelheiten auf, die ihn zu einer weiteren Frage veranlassten.

„Bist Du sicher, dass Du diesen Auftrag nicht deshalb bekommen hast, weil sich Deine Firma über Deine Zuverlässigkeit vergewissern will?"

Das wollte sich Anne Bergdorf nun überhaupt nicht vorstellen. Immerhin hatte sie ja auch die Aufgabe, wichtige Persönlichkeiten kennenzulernen, um deren Arbeit einschätzen zu können.

„Das könnte ja gerade der Knackpunkt sein," meinte Küppers. „Ich soll den Hintergrund liefern und Du die Namen."

Das klang zwar etwas weit hergeholt, konnte jedoch nicht einfach außer acht gelassen werden. Langsam begann sich ein Gedanke in ihr Bewusstsein zu schleichen, der gar nicht erfreulich war. Sie wusste, dass ihr Ansehen bei den Mitgliedern der Atomvereinigung groß war, denn alle Meetings, die sie organisierte, waren zur vollen Zufriedenheit abgelaufen. Wichtige Leute fragten sie manchmal um Rat, auch sehr persönliche Dinge kamen öfter zur Sprache.

Eigentlich konnte sie sich als Vertrauensperson für etliche der Männer bezeichnen, mit denen sie zu tun hatte. Hinzu kam natürlich auch das persönliche Interesse einiger Leute an ihr, das war normal. Aber jetzt, nachdem sie darüber sprachen, erschien ihr die Reaktion mancher Besucher der Atomvereinigung auf ihre Anwesenheit bei vertraulichen Besprechungen doch in einem etwas anderen Licht. Wie war das mit den Leuten des Innenministeriums, die Sicherheitsfragen besprachen?

Sie erzählte Küppers von ihrer kurzen Begegnung mit dem Sicherheitsmenschen Ramboch, der die knackigen Sprüche von sich gab. Jedenfalls regten sich erste ernste Zweifel an ihren bisherigen Wahrnehmungen. War es Naivität? Sie beschloss, diese Zweifel offen mit Dr. Pauser zu besprechen, wenn sie wieder in Köln wäre. Eines begann ihr jedoch aufzuschimmern: Sie war in ein Räderwerk geraten, das offensichtlich in Gang gesetzt war, das Interesse einiger Leute rücksichtslos umzusetzen. Sie war hin- und hergerissen. Einerseits gehörte sie einer außerordentlich mächtigen Organisation an, andererseits konnte sie eine solche Organisation kaum verlassen, ohne einige Schwierigkeiten zu bekommen. Das schmeichelte ihr und bedrückte sie.

Wie alles zusammenlief, blieb ihr verborgen. Aber wussten dies auch ihre Arbeitgeber? Oder gingen diese davon aus, dass sie eine Art Agentin wäre?

Anne und Hartmut waren sich einig, ihre guten Erlebnisse der letzten Nacht zu vertiefen, nun aber im Zimmer von Küppers. Das hatte den Vorteil, dass sie sich nicht so früh am Morgen zu trennen brauchten. Männer haben in dieser Hinsicht keinen Ruf zu verlieren, reklamierte Küppers diesen Vorteil für sich, worauf beide lachen mussten.

Auslese

Am nächsten Morgen rief Anne Bergdorf bei der Atomvereinigung an. Sie wollte Dr. Pauser einen kurzen Bericht erstatten und vorschlagen, den Aufenthalt im Kaiserstuhl zu verkürzen. Sie habe genug Material, um ein Stimmungsbild zeichnen zu können. Mit vielen wichtigen Leuten habe sie nicht sprechen können, wüsste nun aber zu beurteilen, wer von den bekannten Persönlichkeiten dazu gehöre und wen man eher streichen könne, begründete sie ihre Absicht. Sie hatte sich überlegt, die Einladung der EnergieVerbreitungSüd nach Karlsruhe abzusagen, bevor sie nicht genauer wisse, woran sie sei.

Dr. Pauser erzählte ihr, jemand vom Planungsstab der EnergieVerbreitungSüd habe angerufen und sich nach ihr erkundigt. Er hätte sie zufällig in einer Gaststätte im Kaiserstuhl getroffen und sie hätte dabei einige konzeptionelle Überlegungen zum Verfahren in Wyhl gemacht. Ob dies die Meinung der Atomvereinigung sei? Man sollte sich einmal darüber unterhalten und eventuell abstimmen. Dr. Pauser erkundigte sich nach dem Vorgang und empfahl ihr, nicht zu dem Essen zu gehen, bevor man im Hause nicht beraten hätte. Selbstverständlich sei ihr das freigestellt, aber seiner Meinung nach sollte man vorher darüber sprechen. Das klang ernst.

Die Drähte sind kurz, dachte Anne Bergdorf, denn eigentlich war sie davon ausgegangen, dass sich die Herren einen angenehmen Abend machen wollten. Das musste Dr. Pauser nicht wissen. Sie rief in Karlsruhe an und ließ ausrichten, dass das Meeting mit ihr ausfallen müsse, da sie frühzeitiger nach Köln zurückfahre.

Sie bedauerte, auf ein sicherlich sehr gutes Essen verzichten zu müssen, was auch den Versuch betraf, mehr zu erfahren. So weit bin ich schon, sagte sie sich, dass ich auf diesem Weg etwas herausfinden will. Offiziell wäre das für sie über die Atomvereinigung viel einfacher. Ein bisschen Misstrauen gegenüber ihrem Arbeitgeber war jedoch nicht strafbar.

Die Empfehlung von Dr. Pauser war ihr nicht plausibel, sei denn, ihre Auffassung zur Kommunikation mit den Atomgegnern wäre von vorneherein in den Durchsetzungsplänen der Atomindustrie gar nicht vorgesehen. Auch danach wollte sie fragen.

Anne Bergdorf und Hartmut Küppers verbrachten den nächsten Tag noch im Kaiserstuhlgebiet. Er hatte ihr angeboten, sie bis Mannheim in seinem Auto mitzunehmen, nachdem sie ihren Leihwagen in Freiburg abgegeben habe. Am Abend sollte die Abreise so rechtzeitig sein, dass sie in Mannheim noch bei einem vorzüglichen Italiener hausgemachte Ravioli essen könnten. Zuvor wollte Küppers aber noch einmal auf den besetzten Bauplatz fahren, um einige Kontakte festzuklopfen, wie er nebenbei bemerkte. Eigentlich hoffte er auch, die blonde junge Frau wiederzusehen, die ihn am ersten Abend bei ihrem Büchertisch so freundlich angesprochen hatte. Sicherlich würde er bald noch einmal in den Kaiserstuhl kommen.

Auf dem besetzten Bauplatz sah er das gewohnte Bild. Es war jedoch eine größere Anzahl von Menschen anwesend, die offensichtlich zur Unterstützung der Besetzer angekommen waren. Vielleicht lag es aber auch nur daran, dass Freitag und das Wochenende in Sicht war. Er hatte inzwischen mitbekommen, dass an Wochenenden viele Sympathisanten anwesend wären, denen das Ambiente gefalle und die Gleichgesinnte treffen wollten. Die junge Frau sah er nicht. Er erkundigte sich aber nach den Verantwortlichen des Bücherstandes und erfuhr so ihren Namen. Sabine. Nach ihrem Familiennamen oder ihrer Adresse wollte er nicht fragen, denn sicher hätte er dafür eine Erklärung gebraucht.

Als er den Platz verließ, sah er nach etwa 50 Metern ein Auto, das er an der zusätzlichen Antenne sofort als zivilen Polizeiwagen erkannte. Zwei bärtige junge Leute, die sich von den Besetzern in nichts unterschieden, blickten interessiert zu ihm herüber. Sogar ihre Haarlänge hatte den Standard der Platzbesetzer. Einen weiteren Kilometer später sah er ein weiteres Auto gleichen Typs mit gleicher Zusatzantenne. Es war jedoch leer. In der Nähe standen zwei Typen in Parkas und Jeans, von denen einer eine kleine Polizeihandkelle hob, als er vorbeifahren wollte.

Also Kollegen, dachte sich Küppers. Wenn er gerade Geld brauchte und keinen journalistischen Auftrag bekam, fuhr er oft die Lastwagen eines befreundeten Spediteurs. Polizeikontrollen waren für ihn deshalb nichts besonderes, im Gegenteil, er wusste genau, wie der richtige Ton in solchen Situationen anzuschlagen war. Wahrscheinlich hatten ihn die beiden vorne postierten Beamten schon per Funk angemeldet. Dafür sprach auch der kleine Knopfhörer, den einer der Typen im Ohr trug.

Gut organisiert sind sie die Jungs, dachte Küppers, sie überlassen wohl nichts dem Zufall.

Kurz angebunden wurde er aufgefordert, seine Papiere vorzuweisen. Er hätte die Polizisten nun auffordern können, zuerst ihre Ausweise vorzuzeigen, wusste aber, dass dies die Prozedur nur verlängern würde. Er fragte nach dem Sinn dieser Kontrolle weitab von öffentlichen Straßen und erhielt die Antwort, genau dies sei der Grund. Er habe sich wegen der Benutzung nichtöffentlicher Wege strafbar gemacht. Mit 20 Mark sei er dabei, grinste ihn einer der beiden an, wir erheben hier Eintrittsgeld für den besetzten Platz, machte sich der andere über ihn lustig.

Küppers wollte eigentlich sauer reagieren, entschloss sich aber spontan für eine andere Verhaltensweise.

„Ich bin hier im dienstlichen Auftrag der Atomvereinigung", sagte er und zückte einen Presseausweis.
„Die Presse haben wir gerne", entgegnete der größere Polizist. „Den Ausweis möchten wir gerne sehen."

Da Küppers Ausweis jedoch kein offizielles Papier war, begannen die beiden sich noch mehr zu amüsieren.

„Haben Sie schon mal was von Urkundenmissbrauch gehört“, machten sie ihn an, „das kann aber ganz schön happig werden."

Aus seinem nach vier Semestern abgebrochenen Jurastudium wusste Küppers, dass sie ihn nur reizen wollten. Urkundenmissbrauch setzt eine Veränderung einer Urkunde voraus und das war ja nicht der Fall.. Aber es könnte wirklich ärgerlich werden, befürchtete er beim Gedanken, nicht rechtzeitig am Freiburger Hauptbahnhof zu sein. Er forderte sie auf, über ihre Zentrale bei der EnergieVerbreitungSüd in Karlsruhe nachfragen zu lassen, ob eine Recherche laufe, womit seine Anwesenheit erklärt würde. Eine so konkrete Angabe konnten die beiden nicht gut beiseite wischen.

Der kleinere Polizist ging zum Auto und begann zu telefonieren, während ihn der andere weiter grimmig anschaute.

Küppers steckte sich eine Roth-Händle an, denn die Prozedur konnte länger dauern. Nach etwa fünf Minuten kam der Kleinere zurück und bestätigte seine Angabe. Nun waren die beiden Zivilpolizisten sauer.

„Tut uns leid, alles in Ordnung, wir sind ja fast Kollegen“, sagte der eine. Der andere fügte hinzu, „Sie haben ja nicht gerade das Äußere eines harmlosen Bürgers, vielleicht sollten Sie das nächste Mal darauf achten, dann gibt es mit der Polizei keine Schwierigkeiten."

Der erste probierte noch einen Witz, „wer Roth-Händle raucht, frisst auch kleine Kinder."

Küppers gab zurück, sie sähen auch nicht gerade wie Polizisten aus, eher wie Gammler. Darauf mussten alle drei lachen.

Die Zeit reichte gerade noch, um im Vesuvio in den Mannheimer Quadraten die Bestellung aufzugeben. Danach gingen sie in Küppers Wohnung. Er wohnte in einem der typischen vierstöckigen Altbauten im Jungbusch, einem Stadtteil von früher zweifelhaftem Ruf, weil sich dort die Nachtbars der Stadt konzentrierten. Im Unterschied zu anderen Stadtteilen war dort noch verhältnismäßig viel Leben auf der Straße, allerdings auch ein penetranter Gestank, der wie eine Glocke auf dem Stadtteil lastete. Es roch nach Schokolade, gemischt mit anderen aromatischen Stoffen. „Das sind nur die SCHOKINAG und die Anilin", erklärte er.

Es sei immer so, weshalb sich natürlich auch die gutbetuchteren Leute schon längst aus dem Quartier zurückgezogen hätten. Über einen schlecht beleuchteten Hinterhof, in dem ziemlich viel Gerümpel stand, erreichten sie seine Wohnung.

Auf diese war Anne Bergdorf schon gespannt. Sie hatte natürlich über Küppers nachgedacht und bemerkt, dass sein Lebensstil von ihrem deutlich verschieden war. Sie empfand es als interessantes Kontrastprogramm zu ihrem Alltag. Im Unterschied zu ihrer Wohnung, die ein wenig aufgepeppt war, lebte die von Küppers von innen heraus, das Äußere spielte keine Rolle, weil die Fenster nur zum Innenhof und auf der anderen Seite auf einen Fabrikhof hinausgingen. Die meisten Wände der Wohnung waren mit exotischen Stoffen bespannt, was der Wohnung einen orientalischen Einschlag gab. Wie sie bei einem kurzen Rundgang feststellen konnte, liebte ihr Kollege eine Atmosphäre, die aufregend und ruhig war. Das empfand sie als sehr angenehm.

Er setzte einen hochkarätigen Plattenspieler in Gang, auf den er eine Platte von Miles Davis aufgelegt hatte. Es war das Stück aus dem Film ‚Fahrstuhl zum Schafott', das mit erheblicher Lautstärke die Räume erfüllte.

„Der Vorteil solcher Wohnungen ist, dass man auch nachts noch laute Musik hören kann", kommentierte er ihre Frage, ob die Nachbarn nicht rebellisch würden. „Ich schätze es, nur das zu tun, was ich will. Man wird so natürlich nicht reich, muss aber auch niemanden ertragen, der sagt, wie etwas zu gehen hat. Wenn ich etwas mache, wie diesen Auftrag im Kaiserstuhl, dann nur, weil ich es auch lassen kann", brachte er seine Lebensphilosophie auf den Punkt.

Anne Bergdorf tat, als sei sie beeindruckt. Das habe ich schon oft gehört, dachte sie, es gefiel ihr aber trotzdem.

Hartmut Küppers lud sie in sein Bett ein, das er Spielwiese nannte. Es war ein intensives Spiel.

Zurück zur Natur der Sache

Als sie am nächsten Vormittag in Köln eintraf, holte sie zunächst ihren Renault aus der Bahnhofstiefgarage. Das Wochenende würde sie zuhause bei ihren Eltern verbringen und dort ihren Bericht schreiben. Zwar fand sie die Bemutterung der Eltern manchmal etwas zu ausgreifend, aber es war auch ein angenehmer Rückzugsort, wenn Ruhe nötig war. Das brauchte Anne Bergdorf manchmal, wenn sie das Gefühl hatte, ihre Sachen wüchsen ihr über den Kopf. Dies lag öfter daran, dass die Latte ihrer Ansprüche an sich selbst und andere Menschen sehr hoch gelegt war. Und das hatte dann zur Folge, dass die Realisierungschancen von Glück und Erfolg durchaus relativiert erschienen.

Als sie mit ihrem Bericht begann, stieß sie auf die erste Schwierigkeit. Im Grunde hätte sie einfach ihren Eindruck wiedergeben können: Leute lasst die Finger von diesem Projekt. Es bringt nur Ärger, verfeindet Menschen untereinander und verändert eine – wenn auch kleine – Welt, die man so lassen sollte wie sie ist.

Dies hätte aber keineswegs ihrem wissenschaftlichen Anspruch genügt und sie konnte sich gut vorstellen, dass ihr Arbeitgeber darüber nicht besonders erbaut gewesen wäre. Sie dachte sich eine plausible Gliederung aus.

Hier tauchte die zweite Schwierigkeit auf. Was ist wichtig für mich und was interessiert meinen Arbeitgeber, fragte sie sich, weil sie merkte, dass ihr die Erlebnisse der letzten Tage stärker unter die Haut gegangen waren, als sie vermutet hatte. Im Grunde waren es ja gar keine dramatischen Ereignisse, grübelte sie, es waren aber ihr sympathische Menschen beteiligt. Sie verwarf diesen Gedanken, weil er einen analytischen Zugang zu dem Thema ausschloss. Sie sollte ja keinen Erlebnisroman schreiben, sondern ein schlagkräftiges Papier, aus dem die Fronten der Auseinandersetzung hervorgingen und wie man diese aufweichen könnte. Sollte sie sich der Politischen Soziologie widmen oder der Anekdote, war die Frage, und leicht war sie zu beantworten unter dem Aspekt ihrer Aufgabe. Personenidentifizierung.

Da war die dritte Schwierigkeit. Wollte sie denn eigentlich, dass die Fronten aufgeweicht würden? Sie war sich sicher, dass der Durchsetzungswille der Atomindustrie, ihrer Seite, ihrer Arbeitgeber, unbeugsam sei, während die Front der Gegner leicht über den Haufen gerannt werden konnte. So wie sie die Zusammenhänge in ihrem Tätigkeitsbereich kennengelernt hatte, war das nur eine Frage der Zeit und der eingesetzten Mittel.

Sie entschloss sich für einen Kompromiss, so wie sie dies meistens tat und zeichnete ein Schaubild. Auf der linken Seite der Matrix führte sie untereinander alle Gruppen auf, die in irgendeiner Weise an dem Konflikt beteiligt waren. Im Aufriss, also am Kopf des Blattes, führte sie nebeneinander Kategorien des Konfliktes auf. Dies waren beispielsweise Ziele, Gegensätze, verfügbare Mittel, Perspektiven und Nachteile, die eine Gruppe in Kauf zu nehmen habe. Etliche Kästchen füllte sie zusätzlich mit Namen. Auf diese Weise müsste sie beim Vortrag vor Dr. Pauser nicht Stellung beziehen, sondern könnte sich auf die Erläuterung der einzelnen Kästchen beschränken. Daraus ließe sich ein Stimmungsbild herstellen, das nur das Notwendigste beträfe.

Mit dieser Arbeit war sie bis Sonntagabend beschäftigt, wobei sie sich zu jedem einzelnen der Kästchen im Schaubild noch eine Karteikarte anfertigte, die Hinweise und Vermerke enthielt. Nach Abschluss der Arbeit war sie damit ganz zufrieden und fühlte sich für den Rapport am nächsten Tag gewappnet.

Dr. Pauser war noch nicht anwesend, weshalb Anne Bergdorf zuerst ihre Reisekostenabrechnung anfertigte und bei der Reiseabteilung abgab. Sie achtete dabei immer darauf, dass alle Angaben äußerst korrekt waren, denn sie kannte einige Fälle, in denen Abmahnungen oder sogar Kündigungen wegen vermeintlicher oder tatsächlichen Betrügereien ausgesprochen wurden.

Sie wies deshalb die Sachbearbeiterin darauf hin, dass die Rückreise mit der Bahn erst in Mannheim begonnen hätte, also eine Rückerstattung dieser Fahrtkosten möglich wäre. Die Angaben hatte sie sich in Freiburg und Mannheim am Fahrkartenschalter vorschriftsmäßig bestätigen lassen.

Dr. Pauser war gut aufgeräumt, als er sein Büro betrat. Er hatte ein erfreuliches Wochenende hinter sich, das er mit einem klaren Sieg auf dem Golfplatz gekrönt hatte. Jovial begrüßte er Frau Bergdorf und bat sie um einen Bericht.

„Es gab da ja etwas Aufregung, als die Kollegen von der EnergieVerbreitungSüd hier angerufen haben. Wir wussten zuerst nicht, was wir mit ihrem Anliegen anfangen sollten. Wenn die gleich gesagt hätten, dass Sie sich zufällig in einer Kneipe getroffen hätten, wäre da kein Missverständnis entstanden. Tut mir leid, dass ich Sie um einen Abend mit den Herren in Karlsruhe gebracht habe", eröffnete er das Gespräch.

Frau Bergdorf sagte, dass ihr das nicht unrecht gewesen sei, wäre sie doch auf diese Weise in die Lage gekommen, in Ruhe ihren Bericht zuhause abzufassen. Sie legte ihm das Schaubild vor und erläuterte die einzelnen Aussagen. Dies schien Dr. Pauser sehr zu interessieren. Er machte den Vorschlag, das Schaubild zu fotokopieren und den anderen Abteilungen zugänglich zu machen.

„Ich finde, sie haben gute Arbeit geleistet", lobte er sie, „bisher habe ich eine solche Darstellung von den Auseinandersetzungen noch nicht gesehen. Es würde mich interessieren, was andere damit anfangen können. Die Namen der Leute, die sie in Ihrem Schaubild dargestellt haben, sind sehr wertvoll."

Das war es, was Anne Bergdorf erwartet hatte. Sie dachte, was ist ihm wichtiger, die Namen oder die Umstände der Auseinandersetzung. „Ich habe die Namen der wichtigsten Leute. Sie sind alle in Vorständen von Bürgerinitiativen", sagte sie.

„Wissen Sie denn auch bei den Platzbesetzern Bescheid?", bohrte Dr. Pauser nach.

Anne Bergdorf verneinte. Sie verwies aber darauf, dass darüber die Polizei sicher gute Informationen hätte, sie würde die Zugänge zum Bauplatz kontrollieren.

„Das wissen wir," antwortete Dr. Pauser etwas ungeduldig. „Diese Informationen sagen aber nichts darüber aus, wer agitiert oder bloß Mitläufer ist. Uns interessiert doch besonders der harte Kern."

Hauruck

Im Mannheimer Rathaus herrschte im Büro des Bürgermeisters helle Aufregung. Gerade hatte der Direktor einer der größten Elektrofirmen der Stadt, die BadischeBauCompanie angerufen und gedroht, dass 60 hochqualifizierte Arbeitsplätze bedroht seien, wenn nicht bald eine Entscheidung für die Standortgenehmigung des Hochtemperaturreaktors in Kirschgartshausen getroffen würde.

Diesem Anruf folgte kurz danach ein Telefonat mit dem Ortsekretär der IG Metall, der ernste Schwierigkeiten für den Bürgermeister von Seiten seiner Stadtratsfraktion ankündigte, wenn die Verwaltung mit den Vorbereitungen zur Genehmigung nicht bald in die Gänge käme. Man könne die Kollegen bei der BadischenBauCompanie für Reaktoren nicht mehr länger vertrösten und immerhin seien dies ja auch die Wähler des Bürgermeisters. Und darüber hinaus habe die Muttergesellschaft in Käfertal schon laut darüber nachgedacht, ob es nicht besser sei, die Hauptverwaltung zu verlegen. Dann solle der Bürgermeister einmal erklären, wieso die Stadt auf die erheblichen Steuereinnahmen verzichten könne. Nachdenken über eine Veränderung der Bürgermeister-Personalie wäre ja auch eine Option.

Oberbürgermeister Braschel reagierte erbost.

„Wir haben jetzt doch oft genug klargemacht, dass wir dem Projekt positiv gegenüberstehen. Warum können die einfach nicht verstehen, dass eine solche Entscheidung nicht im Hau-Ruck-Verfahren durchgezogen werden kann“, sagte er zu seinem Amtsleiter, den er sofort zu sich gebeten hatte. „Wir werden den Herren ein Memorandum um die Ohren schlagen. Wenn sie das nicht selbst kapieren, muss man ihnen wohl einmal die Augen öffnen."

Er bat den Amtsleiter, einen Entwurf zu schreiben und legte dafür die Richtlinie fest.

„Zuerst stellen wir fest, dass großes Interesse besteht, der BadischenBauCompanie für Reaktoren zum Durchbruch zu verhelfen. Wir wissen zwar, dass die wichtigsten Teile für den Reaktor gar nicht hier hergestellt werden. Dafür sorgt schon der Partner BABCOCK in Amerika.

Weisen Sie exakt auf den Gang der Dinge hin: Die Firma will groß auf dem Reaktormarkt einsteigen und weiß genau, dass sie das in Konkurrenz zur KiloWattUnion macht. Das ist ihr Risiko. Als Physiker bin ich natürlich von ihren Konstruktionsideen sehr angetan, als Politiker habe ich so meine Zweifel an ihrem Realitätsbewusstsein. Das gilt genauso für die BadischeAnilin, die ja den ersten Reaktor kaufen will.

Die BadischeBauCompanie bietet der BadischenAnilin einen Reaktor für die Prozessdampferzeugung an. Diese will ihn natürlich in ihrem Werksgelände bauen, obwohl sie weiß, dass dies weltweit der erste Reaktor mitten in einem hochsensiblen Chemiekomplex ist. Dass sie sich bei den Schwierigkeiten für eine solche Genehmigung verrechnet haben, ist ihr Pech. Und hinzu kommt noch der Militärflugplatz der Amerikaner, dessen Einflugschneise praktisch über den geplanten Reaktorstandort führt.

Dann soll der Reaktor mit einem Berstschutz ausgestattet werden, der allein zusätzlich ein Drittel der Baukosten verschlingt. Kein Wunder, dass ihnen dann die übrigen Atomkraftwerksbetreiber an den Kragen gehen. Die müssten ja alle nachrüsten und die Atomkraftgegner würden solche Maßnahmen für jeden neuen Reaktor fordern, entsprechend dem neuesten Stand der Technik.

Dann macht die BadischeAnilin einen Rückzieher und will den Reaktor nun in Frankenthal bauen. Kein Wunder, dass plötzlich der Ludwigshafener Oberbürgermeister Ludwig gegen das Projekt ist, obwohl er vorher ein glühender Verfechter war. Der Ludwig befürchtet doch nur, dass einige Steuern nun nach Frankenthal gehen. Und er ist schnell beleidigt, wenn ihn die Anilin-Leute nicht so ernst nehmen. Ich habe ihm damals mehrere Male gesagt, dass wir mit einem solchen stadtnahen Reaktor unsere Probleme haben, er läge ja genau in der Hauptwindrichtung auf Mannheim.

Und dann kriegt die Anilin auch noch Schwierigkeiten mit den Saubergaswerken, die genau unter dem Baugelände einen Erdgasspeicher planen und dafür schon alle Genehmigungen haben. Wollen die denn auch noch gleich die Saubergas aufkaufen, das sähe ihnen ganz ähnlich.

Können auch nicht genug kriegen.

Logischerweise gibt es dann natürlich gleich eine Bürgerinitiative, die auch noch von der Kirche kräftig mitgetragen wird.

Haben Sie die Veranstaltung erlebt, bei der die BadischeAnilin den Bürgern ihren Plan schmackhaft machen wollte. Die sind da ganz ordentlich eingebrochen, weil sie wirklich nicht gut auf die Gegner vorbereitet waren. Ein typischer Kommunikationsfehler, wenn man einfach die Leute als dumm bezeichnet und glaubt, mit Geld könne man schon alle kaufen.

Ich habe der Anilin schon früher angeboten, den Reaktor vom Großkraftwerk Mannheim bauen zu lassen. Es gibt schon einen Planungsstab, der von einem sehr fähigen Mann geleitet wird. Der Haarmann ist noch jung genug, die Widerstände in Mannheim zu durchschauen und positiv zu argumentieren. Das hat er bei einer der letzten VDI-Veranstaltungen im Großkraftwerk ausgezeichnet gemacht. Haben Sie da erlebt, wie die Gegner sprachlos geworden sind? Fähig, der Mann. Er setzt einfach fachliches Wissen sensibel gegen die Schreier ein. Das ist das richtige Konzept.

Als Standort bieten wir nun Kirschgartshausen an.

Der Vorteil für die BadischeAnilin ist doch, dass sie nicht selbst als Betreiber auftreten, das Kapital sparen und politisch aus dem Schneider sind. Die Stadt verbessert natürlich damit ihre Standortqualität für neue Unternehmen und hat auch noch günstige Heizwärme für die Haushalte wegen der

Kraftwärmekopplung. Das entlastet doch die Luft gewaltig und ist ein starkes Argument gegen unsere Gegner. Die wenden natürlich dagegen ein, dass der Heizdampf möglicherweise radioaktiv sein könnte, wenn ein Störfall eintritt. Aber dies ist doch wirklich unwahrscheinlich.

Ich habe ihnen auch erläutert, wie wir das umsetzen wollen. Dass irgendwo eine undichte Stelle war, ist natürlich ärgerlich.

Sie wissen, dass wir einen Regionalflugplatz nicht weit vom geplanten Kraftwerksstandort in der pipeline haben, ich meine natürlich in der Planung, damit der Flugplatz in Neuostheim geschlossen werden kann. Da kommen ja immer wieder Klagen wegen des Lärms, und eine Art Bürgerinitiative gibt es da auch schon. Das passt uns ganz gut.

Wir wissen natürlich, dass ein Regionalflughafen nicht mit einem Reaktor zusammenpasst, das würde nie genehmigt. Da haben wir schon das Gutachten von der Bundesanstalt für Flugsicherung und von Pro-Knatsch aus Basel, beides nicht gerade ermutigend, weil ja die An- und Abflugstrecke im Westen total über das Werksgelände der Anilin führt.

Aber lassen sie zuerst einmal den Protest gegen den Regionalflughafen ablaufen, da können sich die Leute aufregen und abarbeiten, wir tauschen das Projekt dann hinterher gegen den Reaktor als das kleinere Übel. Und", er verzog schmunzelnd sein Gesicht, „die Amis geben ihren Flugplatz nicht auf, sie spielen aber gut mit und erwägen das.

Also, wenn den Herren von der BadischenBauCompanie das noch nicht reicht, dann können die uns mal, oder?"

Der Oberbürgermeister redete sich zunehmend in Rage. „Wir haben doch in letzter Zeit alle Informationsstände in der Fußgängerzone verboten, was uns nicht gerade das Wohlwollen der Leute eingetragen hat. Jedenfalls haben mich dazu einige Mitglieder meiner Stadtratsfraktion sehr kritisch darauf angesprochen. Ich halte doch nicht meinen Kopf für jede Fehlleistung der Wirtschaft hin."

Er versicherte sich abschließend des Stillschweigens seines Amtsleiters und begann, als er wieder allein war, nachzugrübeln.

Man müsse die CDU in den mit Sicherheit anstehenden Konflikt einbinden, überlegte er. Eine gute Gelegenheit dafür wäre der anstehende Bundestagswahlkampf, der in Mannheim sowieso für seine Partei, die SPD, entschieden würde. Aber die CDU könnte ja auf ihrer Landesliste einen Vertreter der hiesigen Atomwirtschaft in den Bundestag entsenden. Er dachte an den Geschäftsführer der Badischen-BauCompanie für Reaktoren, der bei einer kleinen Abendgesellschaft einen ähnlichen Gedanken schon geäußert hatte und hinzufügte, dass dies auch ganz im Interesse seiner Firma sei. Man müsse nur gewährleisten, dass diese Tatsache nicht von der SPD hochgespielt würde.

Beim Nachdenken fand der Oberbürgermeister diese Herangehensweise weitsichtig und nahm sich vor, den Plan zu unterstützen.

Cash und Reibach

Küppers war im Vesuvio mit einem Bekannten verabredet, den er bei einem Jazz-Rock-Konzert im Heidelberger Cave kennengelernt hatte. Sie waren auf der gleichen musikalischen Linie und begeisterten sich für die Gruppe GuruGuru, die irgendein Gefühl von der provinziellen Heidelberger Studentenbewegung und den lockeren Sitten des Campus von Berkeley vermittelten.

Edgar Laimholz hatte gerade an der Grenze von Luzenberg zur Neckarstadt ein Haus gemietet, für das er noch Mitbewohner suchte. Er hatte deshalb bei Küppers angerufen.

Als Finanzcontroller bei der BadischenBauCompanie für Reaktoren verfügte Laimholz über ein Gehalt, das leicht für die Anmietung des in den fünfziger Jahren erbauten Hauses auch ohne Mitbewohner reichte. Er hatte sich aber vor Kurzem von seiner Freundin getrennt, und es war ihm lieber, nicht allein zu wohnen.

Laimholz und Küppers trafen fast gleichzeitig im Vesuvio ein, in dem ein Tisch für sie reserviert war. Es war der gleiche Tisch, an dem Küppers einige Wochen zuvor mit Anne Bergdorf getafelt hatte.

Laimholz machte einen ziemlich gestressten Eindruck. Er war direkt von seinem Arbeitsplatz zur Gaststätte gefahren und bemerkte nun sarkastisch: „Manchmal macht man eine Arbeit, die man besser lassen sollte."

Er erklärte, weshalb er zu einer etwas ungewöhnlichen Zeit noch beschäftigt gewesen sei. Bei der Überprüfung der vielen Konten, die er verwaltete und kontrollierte, war ihm tags zuvor aufgefallen, dass der cash flow – wie er sich ausdrückte – alles andere als zufriedenstellend aussah. Die Einnahmen deckten in keiner Weise die Kosten, die bei den Arbeiten für den Hochtemperaturreaktor, übrigens das einzige Projekt der Firma, entstanden waren.

Es handelte sich um ein Defizit in der Größenordnung von 20 Millionen. Bevor er das an die große Glocke hänge, wolle er sich zuerst noch einmal genau vergewissern, sagte er.

Küppers machte große Augen, denn, soweit war er über Vorgänge in Mannheim im Bilde, handelte es sich schließlich um ein Unternehmen mit großer Reputation. Er fragte nach dem Grund und hörte Erstaunliches.

Die Firma arbeite auf der Grundlage von Konstruktionsplänen, die den amerikanischen Normen entsprächen, erläuterte Laimholz. Amerikanische Normen und Maße seien aber in Deutschland nicht genehmigungsfähig, weshalb nun seit Wochen nichts anderes passiere, als Umrechnungen von Inch in metrische Maße. Im Grunde solle man am besten den ganzen Reaktor neu konstruieren, nichts würde mehr zueinander passen. Man könne sich gar nicht vorstellen, wie der Reaktor nach den neuen Berechnungen aussehen solle.

Er erzählte, wie nun die Konstrukteure vorgingen.

Inzwischen hätte man ein Holzmodell gebaut, sehr detailgenau und für fast sechs Millionen Mark, an dem nun ausprobiert würde, wie zum Beispiel die Rohrleitungen zu verlegen seien. Nach den Plänen würde man zum Beispiel ein Loch in die Wand bohren, um eine Rohrleitung zu verlegen, die ganz woanders herauskäme als am richtigen Ort. Das würde nun fast wie in einer Puppenstube nachvollzogen.

Küppers fand das unglaublich. Und noch unglaublicher fand er die Prognose, dass die BadischeBauCompanie für Reaktoren sicherlich auf ein Milliardendefizit zusteuere, da der Bau des Reaktors von Hamm-Trieb Jahre später als vertraglich mit dem Betreiber vereinbart, fertig sein würde. Dieser Betreiber, die ReibbachWerkeEssen, würden alle Mittel der Konventionalstrafe ausschöpfen, knallhart, berichtete Laimholz.

„Wir sind ja schon fast Kollegen geworden", lachte Küppers. „Du arbeitest für die BadischeBauCompanie und ich für die Atomvereinigung, vielleicht auch für die ReibbachWerkeEssen, da bin ich mir inzwischen fast sicher", und er erzählte von seinem Auftrag im Kaiserstuhl.

Dieser war mittlerweile abgeschlossen mit einem Feature über mehr als 20 Seiten. Sein Chef war zufrieden damit und hatte weitere derartige Aufträge in Aussicht gestellt. Er solle sich aber mit Erzählungen nach außen zurückhalten, wurde ihm nahegelegt.

Küppers schloss daraus, dass auch die Auftraggeber zufrieden waren.

Jedenfalls hätte er augenblicklich genug Geld, um als Mieter in das Haus einzusteigen, teilte er Laimholz mit, allerdings wolle er sich das noch einmal überlegen. Nebenbei nahm er sich vor, Anne Bergdorf zu bitten, sich nach den Vorgängen bei der BadischenBauCompanie umzuhören. Das könnte wieder ein spannender Artikel für eine Zeitung werden, wozu Hintergrundinformationen nützlich wären, die nicht auf Laimholz zurückgeführt werden könnten.

Nach einem letzten Glas Barolo verließen sie das Lokal.

Draußen hatte es entgegen der Wettervorhersage zu regnen begonnen.

Laimholz wollte gerade in sein Auto einsteigen, als links und rechts neben ihm zwei Gestalten auftauchten. Sie stellten sich als Sicherheitsbeauftragte seiner Firma vor, ohne aber ihre Namen zu nennen.

„Wir haben den Auftrag, Sie möglichst rasch zu fragen, ob Sie irrtümlich den Ordner mit dem Gutachten des TÜV und der ReibbachWerkeEssen zu den Mängeln am Reaktor mitgenommen haben. Er wurde vor zwei Stunden bei einer

Stabsbesprechung vermisst und Sie hatten ihn ja gestern aus dem Geschäftsgang genommen."

Laimholz erklärte ihnen, dass der Bericht weitergelaufen sei, nachdem er ihn gelesen hatte.

Die beiden Sicherheitsleute beharrten aber darauf, dass er nicht aufzufinden sei, vielleicht hätte er ihn unabsichtlich mit nach Hause genommen. Sie baten ihn, doch zu Hause nochmals nachzusehen, sie kämen gleich mit.

Laimholz wurde es mulmig. Er wusste genau, dass der Bericht noch in der Firma sein müsse. Er war sich aber auch der Brisanz des Berichtes bewusst, denn darin wurden gravierende Schweißmängel an dem Reaktordruckbehälter moniert, die erst vor kurzem bei Ultraschallprüfungen entdeckt worden waren und eine fast völlige Neubearbeitung des Behälters notwendig machen würden.

Die beiden Sicherheitsleute ließen sich von ihrem Wunsch nicht abbringen und begleiteten ihn nach Hause.

Interessiert betrachteten sie seine Wohnung, vor allem aber auch das Regal, in dem seine Aktenordner untergebracht waren. Laimholz suchte ungezielt nach dem Bericht und konnte ihn natürlich nicht finden. Merkwürdigerweise schien dies die Sicherheitsleute gar nicht mehr besonders zu interessieren. Sie verabschiedeten sich mit der Bemerkung, man hoffe, dass der Bericht am Montag wieder auftauche.

Irritiert ging Laimholz zu Bett. Kurz vor dem Einschlafen dachte er, dass der Bericht anscheinend erst vermisst worden war, als er das Büro schon verlassen hatte. Und trotzdem hätten die Sicherheitsleute gewusst, wo er sich aufhielt.

Ungereimte Akzente

„Irgendwie haben wir einen Paradigmenwandel", sagte Dr. Pauser zu Anne Bergdorf, „so drücken es doch die Soziologen aus, wenn sie Einstellungen der Bevölkerung zu bestimmten Werten nicht mehr richtig erklären können. Überall bekommen wir Probleme mit unseren Planungen. Wir haben es nicht nur mit Gegnern in Gorleben oder im Kaiserstuhl zu tun, ich habe auch das Gefühl, dass in unseren eigenen Reihen Zweifel aufkeimen. Immer wenn es um Wahlen geht, fallen Politiker um, die uns vorher ganz nahe standen. Der Opportunismus der Politiker ist schrecklich. So können wir doch nicht langfristig planen, und das ist doch die Voraussetzung für das ganze Atomprogramm. Und dann erwarten die Politiker auch noch, dass wir sie unterstützen.

Nehmen Sie einmal den Forschungsminister. Kaum fährt der nach Mannheim zu einer Veranstaltung der Badischen-BauCompanie für Reaktoren, schon ruft er mich am nächsten Tag an, dass die Gegner sein ganzes Konzept vermasselt haben. Er beschwert sich dann bei mir, dass die Veranstalter noch nicht einmal ihre ganze Belegschaft mobilisieren konnten, damit wenigstens genug Sympathisanten im Versammlungsraum zusammenkamen."

Plötzlich nahm seine Ausdrucksweise an Schärfe zu. „Wir müssen uns einmal darüber unterhalten, ob Sie inzwischen nicht etwas an unserer Aufgabe zweifeln, Fräulein Doktor."

Anne Bergdorf wurde es heiß. Konnte Pauser etwas von der Bitte Küppers wissen, Informationen über die BadischeBauCompanie für Reaktoren zu beschaffen? Sie war beunruhigt – war das Zufall oder ein abgekartetes Spiel? Irgendwas stimmte nicht. Es überkam sie ein ähnliches Gefühl wie auf dem besetzten Bauplatz in Wyhl, als sie den kaputten Rhein und das Stacheldrahtknäuel betrachtet hatte.

Dr. Pauser hatte sich entschlossen, offensiv die Ungereimtheiten anzusprechen, die ihm aus der Sicherheitsabteilung der Atomvereinigung zugetragen worden waren. Zunächst hatte er sich gewundert, dass Anne Bergdorf so freimütig ihre Ansichten gegenüber den Vertretern der EnergieVerbreitungSüd geäußert hatte. Diese berichteten nämlich darüber bei einem Treffen der verschiedenen am Kaiserstuhl-Projekt Beteiligten in einer Weise, als ob die Atomvereinigung einen Seitenwechsel vollzogen hätte. Es hieß, plötzlich solle eine weiche Welle gegen die Atomgegner eingeschlagen werden, womit die Direktoren der verschiedenen Energieversorgungsunternehmen gar nicht einverstanden waren.

Sie führten an, dass jeder Tag Verzögerung Verluste in Millionenhöhe produziere – das könnten sie doch ihren Aufsichtsräten nicht verkaufen, auch wenn die meisten davon aus dem kommunalen Bereich kämen. Da würde auch eine Ausfallbürgschaft des Staates nichts helfen. Denn würde die dabei festgelegte tägliche Million für ein stillliegendes Atomkraftwerk erst einmal in der Öffentlichkeit diskutiert, könnte das nur Proteste geben. Es gehe darum, zügig Akzente und Sachzwänge zu setzen. Wäre erst einmal die erste Milliarde verbaut, würde sich wohl niemand mehr getrauen, ein Projekt zu Fall zu bringen. Dann sprechen die Sachzwänge.

Anne Bergdorf kam es vor, als ob ein kalter Luftzug durch das Büro ginge. Dr. Pausers Ausführungen kamen überraschend und sie merkte, dass sich etwas verändert hatte. Was wusste sie nicht, und sie hatte im Augenblick auch keine Erklärung dafür.

Inzwischen war es öfter vorgekommen, dass die Türe zwischen ihrem Zimmer und dem Konferenzraum geschlossen war. Dr. Pauser hatte sie gebeten, erst nach Aufforderung dort hinein zu kommen, das gelte auch für den Eintritt in sein Büro. Sie hatte auch den Eindruck, dass die gewohnte Papierflut über ihren Schreibtisch geringer und unbedeutender geworden war. Sie hatte sich bisher gegenüber niemandem dazu geäußert und wartete ab, bis dazu irgendein Signal kommen würde. Eine gewisse Distanz zu ihrem Job stellte sich ein. Und sie kam sich jetzt etwas abgebrühter vor.

Sie führte das darauf zurück, dass in Telefongesprächen, die sie nun regelmäßig mit Küppers führte, einige Merkwürdigkeiten zu Tage getreten waren. Einige Male, wenn sie in ihrem Büro angerufen worden war, hatte sie das Gefühl gehabt, nicht allein zu sein. Ein anderes Mal erzählte ihr Küppers von seinen Recherchen, die er mittlerweile ohne Auftrag in Mannheim anstellte. Es tut sich etwas eigenartiges in der Atomszene, hatte er mitgeteilt und sich auf die Badische-Anilin und die BadischeBauCompanie für Reaktoren bezogen. Irgendwie herrsche eine Stimmung zwischen Weltuntergang und Euphorie, je nachdem mit wem man rede. Die Führungsetagen hielten sich bedeckt und die Betriebsräte der Firmen seien zunehmend in Angriffsstimmung gegen alle Gegner der Atomkraft. Man fürchte wohl um Arbeitsplätze, was auch immer häufiger aus den Vorstandsetagen verlaute. Es gehe wohl um eine Art Mobilmachung der Basis in den Betrieben und was man von dort höre, sei ziemlich militant.

Hartmut Küppers beginnt sich wohl zu engagieren, dachte Anne. Eigentlich merkwürdig, wenn man an seinen Lebensstil denkt. Irgend etwas hat er aufgegriffen, was mich interessieren könnte. Dieses Gefühl wurde verstärkt durch die merkliche Veränderung des Umgangstones zwischen Dr. Pauser und ihr. Die Anrede Fräulein Doktor wurde durch das ziemlich spitz gesagte Wort Frau ersetzt und die früher gepflegte Offenheit im Gespräch war eher kurzen Anweisungen gewichen. Sie nahm sich vor, zukünftig ebenfalls offensiver auf ihren Chef zuzugehen. Ihre Perspektive wäre es jedenfalls nicht, die Rolle einer Sachbearbeiterin bei der Atomvereinigung zu spielen.

Sie begann darüber nachzudenken, was falsch gelaufen sein könnte, denn immerhin hatte sie nach ihrer Untersuchung im Kaiserstuhl von einigen Herren beträchtliches Lob über ihre Darstellung der Konfliktpositionen erhalten. Danach war aber nicht mehr viel passiert.

Am Wochenende telefonierte sie mit ihrem früheren Freund Rolf Matt und erfuhr, dass der inzwischen eine Assistenzprofessur in Berlin erhalten hatte. Seine Geschichte war etwas verwunderlich, denn zunächst sei er von der Überprüfungskommission abgelehnt worden. Der Verfassungsschutz habe Erkenntnisse aus seiner früheren politischen Tätigkeit ausgegraben. Die Senatsverwaltung habe deshalb versucht, eine Einstellung zu verhindern. Also Berufsverbot. Man habe ihm unter anderem Agitation gegen Atomkraftwerke vorgeworfen, als er noch zu der linksradikalen Gruppe KaBeWe gehörte.

Verschiedene Aktivitäten eines Professors und eines Komitees gegen Berufsverbote hätten wohl bewirkt, dass der zuständige Senator der SPD eine positive Entscheidung getroffen habe. Wahrscheinlich hätte er eine neue Berufsverbotskampagne nicht brauchen können, wo er sich doch gerade fortschrittlich von dem dumpfen Verhalten anderer Kultusminister absetzen wollte. Sie erfuhr, dass ihr früherer Freund nun eine Habilitationsarbeit abgeschlossen habe, die von der Atompolitik handele. Die Recherchen zu der Arbeit waren in vielen Dingen eine Kriminalistenarbeit, weil die wichtigen Leute der Atomgemeinde eine geschlossene Gesellschaft darstellten. „Es sind nur etwa 30 Personen, aber die haben alles in der Hand, sie arbeiten wie eine Art Geheimgesellschaft, treffen sich klandestin und verständigen sich über ihre verdeckten Aktionen.“ Durch Zufall habe er jemand getroffen, dessen Vater in diesem Verein mitmachte, aber dann wegen unverantwortlicher Aktionen aussteigen wollte. Dazu sei es aber nicht gekommen, weil der Vater durch Unbekannte erschossen worden sei. Wieder eine neue Verschwörungstheorie, warf Anne Bergdorf ein, aber

Rolf Matt erklärte, er habe selbst bei der Badischen Zeitung nachgeforscht und eine Bestätigung des Vorfalls erhalten. Gerüchteweise wollte der Betroffene keine Verantwortung mehr übernehmen. Das habe anscheinend mit dem Tod eines Mannes zu tun, der in Karlsruhe bei Reinigungsarbeiten in der Wiederaufbereitungsanlage eingesetzt war und dessen Leiche nun heimlich entsorgt werden musste. „Das ist mit einer Leiche nicht so leicht, wenn sie radioaktiv verseucht ist. Vergraben oder verbrennen geht nicht, weil dabei Radionukleide freigesetzt werden. Also muss sie so entsorgt werden, wie man das mit Atommüll macht. Das Fass mit der Leiche ist in das Bergwerk Asse eingelagert worden, obwohl dort eigentlich nur schwach- und mittelaktiver Atommüll eingelagert werden darf. Aber wo kein Kläger ist, gibt es auch keinen Richter. Dieses Spiel wollte dieser Mann nicht mitmachen und vielleicht war das Risiko, das eine Veröffentlichung verursacht hätte der Grund, ihn ins Jenseits zu schicken. Dumm gelaufen ist es offensichtlich, da der Sohn auf eine Untersuchung des ungeklärten Mordes drängt." Anne Bergdorf glaubte die Geschichte nicht.

Im Gegenzug und zum Zeichen, dass ihr diese Geschichte unmöglich erschien, berichtete Anne von ihrer jetzigen Tätigkeit und den Bedenken, die sie zeitweilig dabei hatte. Rolf Matt war sehr interessiert und sie vereinbarten, sich in nächster Zeit zu treffen, am besten in Berlin, wo Anne sowieso ein Wochenende verbringen wollte.

Am darauffolgenden Montag wollte Anne Bergdorf ihren Chef auf das Arbeitsklima ansprechen, nachdem sie, wie in der letzten Zeit üblich, lediglich eine Mappe mit Zeitungsartikeln über die Atomgegnerszene von seiner Sekretärin ausgehändigt bekam, um sie zu verschlagworten. Als sie in Pausers Büro eintrat, ohne den Umweg über die Sekretärin zu wählen, wurde sie überrascht angeblickt und nur kurz gegrüßt.

„Was führt sie zu mir, Frau Doktor?"

Den Vorsatz, mit Dr. Pauser offensiv zu sprechen, hatte sie an der Türe abgegeben. Sie ärgerte sich über ihre Beklommenheit, mit der sie statt dessen ihr Anliegen vorbrachte. Sie konnte sich einfach nicht aus der geschäftlichen Hierarchie befreien und ärgerte sich nun über ihre sachliche Diktion.

Eigentlich wollte sie ihrem Gefühl Ausdruck geben, dass ihr mit Misstrauen begegnet würde und sie darüber doch genauer Bescheid wissen wolle.

„Was sind die nächsten Arbeiten, die ich angehen soll?“, fragte sie. „Es steht doch die Jahrestagung der Atomvereinigung an, und dafür ist doch noch viel zu organisieren. Außerdem hat die EnergieVerbreitungSüd geschrieben – sie wollen die Namen meiner Gesprächspartner im Kaiserstuhl wissen. Aber das wissen Sie ja, Sie haben den Brief doch abgezeichnet.”

„Frau Doktor, ich möchte mit der Sachlage nicht hinter dem Berg halten und fordere Sie zu einer Stellungnahme auf, bevor wir über Ihre weiteren Arbeiten sprechen“, reagierte Dr. Pauser ziemlich scharf.

„Es gibt einfach ein paar Ungereimtheiten. Fragen Sie mich nicht, woher ich meine Informationen habe. Jedenfalls scheinen Sie mit einem Journalisten ziemlich intime Kontakte zu pflegen, der in Mannheim immer auffälliger wird. Es ist ein gewisser Küppers, den sie doch im Kaiserstuhl kennengelernt haben und der nun ankündigt, eine Enthüllungsstory über die Atommafia zu schreiben. So nennt er uns. Sie verstehen, dass uns Ihr Kontakt zu ihm interessiert?”

Anne Bergdorf konnte ihre wachsende Unruhe nur schlecht verbergen.

„Was haben Sie ihm denn alles mitgeteilt?”, kam der nächste Schlag. „Ich möchte Sie in diesem Zusammenhang nochmals darauf aufmerksam machen, dass Sie einen Vertrag unterschrieben haben. Dort haben Sie sich verpflichtet, alle Informationen aus unserem Haus vertraulich zu behandeln. Und kommen Sie mir nicht mit Ausreden”, wehrte Pauser ein leichtes Atemholen Anne Bergdorfs sofort ab.

„Wir sind im Besitz eines Textes von Küppers, der nur auf Insiderinformationen beruhen kann. Ich sage Ihnen auf den Kopf zu, Sie sind die undichte Stelle! Kein Zweifel!"

Anne Bergdorf war verblüfft. Was könnte sie verraten haben, was nicht sowieso in der Presse stand. Wieso kann Pauser wissen, was Hartmut Küppers geschrieben und noch nicht veröffentlicht hat – er beliefert doch sowieso die Atomvereinigung exklusiv mit Informationen und Berichten.

Hilflose Wut stieg in ihr auf. Will Pauser mich hinauswerfen? Ist das die Vorbereitung eines Kündigungsverfahrens oder soll ich nur meine Zuverlässigkeit unter Beweis stellen, indem ich mich unterwerfe und etwas bestätige, an das ich bisher gar nicht gedacht habe. Soll ich mich verteidigen, soll ich angreifen?

Annes Stärke war strategisches Denken nicht. Sie beschloss, ganz genau Stellung zu nehmen; zurückweisen wollte sie aber die Einmischung in ihre persönlichen Angelegenheiten. Sonst hätte man ja auch gleich über die Herren reden können, die bisher mit Avancen mehr oder weniger eindeutig an sie herangetreten waren.

„Was wissen Sie über mein Treffen mit Herrn Küppers? Wir sind uns in Wyhl begegnet und ich habe erfahren, dass er den gleichen Auftrag von Ihnen erhalten hat, wegen dem ich dorthin geschickt worden bin. Das war doch etwas überraschend für mich und ich habe es bis heute noch nicht verstanden. Was weiter, es gehörte doch zu meinem Auftrag, mit allen möglichen Leuten zu reden."

„Aber nicht mit ihnen im Auto nach Mannheim zu fahren und dort zu übernachten. Wissen Sie, das geht aus Ihrer Reisekostenabrechnung hervor. Sie haben die Bahn zwischen Freiburg und Mannheim nicht benutzt, und das ist uns aufgefallen. Natürlich gehen uns Ihre Privatdinge nichts an, aber in einer solch exponierten Stellung dürfen wir doch etwas mehr erfahren, finden Sie nicht?", antwortete Pauser ungewohnt aggressiv.

Was er über sie höre, stimme ihn nachdenklich, und er brauche eine Erklärung für ihre Verhaltensweisen. Er wünsche sich, dass sie dies für die Zukunft verstehe, das sei im gegenseitigen Interesse.

Abrupt änderte er seinen Ton und machte plötzlich einen viel sanfteren Eindruck.

„Sie haben doch einen Freund, der beim Battelliten-Institut über Bürgerinitiativen geforscht hat. Wir wissen das, weil uns die Zentrale Arbeitsvermittlung seine Bewerbung damals auch zugeschickt hat. Wir haben ihn etwas im Auge behalten. Mehrere Male ist er uns aufgefallen. Er ist als Anführer von Atomgegnern bei der Jahresversammlung der Atomvereinigung in Mannheim aufgefallen, er hat agitiert bei verschiedenen Veranstaltungen in Bibisheim und er hat wirklich Furore gemacht bei einer Bürgerversammlung der BadischenAnilin in Ludwigshafen, die den Beginn vom Ende des Druckwasserreaktors in Ludwigshafen einleitete.

Er war doch drin in den Bürgerinitiativen, und wenn mich nicht alles täuscht, ist er deshalb auch damals von dem Frankfurter Forschungsinstitut eingestellt worden. Wir hätten gar nichts dagegen, wenn sie mit ihm in Kontakt bleiben würden, als Wissenschaftlerin wäre das doch ganz interessant für Sie. So könnte ich mir eine ihrer nächsten Aufgaben vorstellen, Kontakt halten mit Persönlichkeiten aus dem inneren Zirkel der Initiativen."

„Der Mann ist längst nicht mehr in Frankfurt, sondern an der FU in Berlin", entfuhr es Anne Bergdorf. Sie hätte sich gleich darauf ohrfeigen können, denn was ging das Pauser an.

„Sie haben also noch Kontakt zu ihm, vielleicht besuchen Sie ihn ja auch? Übrigens kennen wir ihren Freund persönlich. Er war bei uns wegen einiger Interviews für eine Untersuchung zur Atompolitik. Er hat sich hier schlau gemacht, und wir haben ihm dabei geholfen. Wir sind erstens interessiert an den Texten, die er daraufhin geschrieben hat und zweitens an einem weiteren Gespräch mit ihm, bei dem wir mögliche Unstimmigkeiten aufklären wollen. Wir haben erfahren, dass er das Thema einseitig behandelt und wollen das korrigieren. Wir wollen ihm helfen!"

Er machte eine kleine Pause und schaute Anne Bergdorf eindringlich an.

„Sie kennen ja Herrn Ramboch, der im Innenministerium für Öffentlichkeitsarbeit in diesen Fragen zuständig ist. Er ist beauftragt, den Kontakt zu organisieren und wir gehen davon aus, dass Sie ihm dabei helfen werden. Übrigens, wir haben kein Misstrauen gegen Sie und es wurde schon angeregt, Ihnen eine Gehaltserhöhung anzubieten. Ich sagte schon, ich will ganz offen mit Ihnen reden: Das Innenministerium hat vor, Sie zum Teil bei uns auszuleihen, weil die Herren den Eindruck haben, dass Sie sich gut in die Argumente der Atomkraftgegner einfühlen können. Und damit hapert es ja im Ministerium bekanntermaßen. Das ganze wird übrigens auf der Ebene des Staatssekretärs gehandelt. Es wird also für Sie kein Schaden sein. Und noch etwas: Die Atomenergiebehörde in Wien sucht in nächster Zeit eine Koordinatorin für die sozialwissenschaftliche Risikoforschung, die dort zur Zeit mit Gastwissenschaftlern aufgebaut wird. Wir werden sehen, was daraus wird. Ich wollte Ihnen dies jedenfalls schon einmal mitteilen. Bitte setzen Sie sich noch heute mit Herrn Ramboch in Verbindung“, beendete Pauser das Gespräch, das eine ganz andere Wende genommen hatte, als sie erwartet hatte.

Anne Bergdorf war in höchstem Maß verwirrt. Zuerst das Misstrauen, das sie fast körperlich gespürt hatte und nun dieses Angebot. Es kam ihr vor, als ob sich irgend etwas in ihr zusammenziehe, dann wieder löse. Andererseits – dieses Angebot! Es kam ihren Karrierewünschen sehr entgegen, war sie doch nur durch die Arbeitsvermittlung bei der Atomvereinigung gelandet.

Eigentlich hatte sie sich vorgestellt, dass nach der Dissertation die Türen offenständen. War das jetzt die Absprungbasis für ihre eigentlichen Interessen, die eher auf eine Arbeit in internationalen Organisationen abzielten? Vielleicht mit Standorten wie Paris, Rom oder Genf? Wien wäre auch keine schlechte Zwischenstufe!, sagte sie sich. Im Grunde habe ich ja alles im Griff, auch wenn die Episode im Innenministerium etwas heikel werden kann.

Ihren Freunden wollte sie jedenfalls zunächst nichts davon erzählen, beschloss sie.

Mal sehen, was kommt, übernahm sie die Bemerkung von Pauser.

Vom Sekretariat ließ sie sich die Nummer von Ramboch im Innenministerium geben und machte sich einige Notizen für das Gespräch. Sie wollte fragen, um welchen Job es sich handle, ob sie dazu nach Bonn umziehen müsste, welche Perspektive für sie drin wäre.

Trutz Ramboch meldete sich sofort, als habe er schon auf den Anruf gewartet. Er tat aber etwas überrascht, als sie ihren Namen nannte.

„Erinnere ich mich richtig, Sie sind die charmante Assistentin von Dr. Pauser? Wir haben uns einmal bei einer Besprechung in Hannover gesehen, glaube ich."

Anne Bergdorf hatte keine Lust zur Korrektur, das sei in Köln gewesen. Momentan war ihr nicht nach Süßholzraspeln. Sie war ganz von der Perspektive beeindruckt, die ihr eröffnet wurde und ging direkt auf das Gespräch mit Pauser ein.

„Dr. Pauser hat Ihnen also schon mitgeteilt, was wir mit Ihnen vorhaben. Am besten kommen Sie morgen nach Bonn, wir können das dann genauer besprechen. Herrn Dr. Pauser werde ich gleich benachrichtigen", war Rambochs kurze Reaktion.

Den Einwand, noch ein paar Tage damit zu warten, um noch Überlegungen anstellen zu können, ließ er nicht gelten.

„Ich denke, wir sollten schnell zur Sache kommen, wir müssen Termine einhalten. Wenn Sie nicht wollen, sagen Sie das gleich“, war die barsche Antwort.

Das ist wohl der Stil der Leute vom Innenministerium. Nicht sehr angenehm, dachte Anne, sagte aber das Treffen wie verlangt zu.

Bei der Rücksprache mit ihrem Vorgesetzen hatte sie den Eindruck, dass Pauser ganz zufrieden war.

„Ich wusste, dass Sie das Angebot akzeptieren. Es ist auch im Interesse unseres Hauses. Machen Sie es morgen gut und berichten Sie mir dann."

Der Ton war wieder kurz angebunden und ließ Fragen oder Widerspruch nicht zu.

Gereimte Sachzwänge

Nachdem Anne Bergdorf ihren Personalausweis an der mit Panzerglasscheiben und Videokameras gesicherten Pforte im Innenministerium abgegeben hatte und die jungen Bundesgrenzschützer, die den Eingang bewachten, sich telefonisch vergewisserten, dass Anne Bergdorf tatsächlich eine Verabredung in ihrem Hause hatte, wurde sie zum Seitenflügel des langgestreckten Hauptgebäudes geschickt. Dort war Rambochs Büro.

Er begrüßte sie mit ausgesuchter Freundlichkeit und bat sie an einem kleinen Konferenztisch Platz zu nehmen, von dem er lässig einige rote Laufmappen entfernte. Eine der Mappen, auf der mit schwarzen Filzstift EILT vermerkt war, nahm er zur Hand.

„Wir wollen gleich zur Sache kommen. Je nachdem, wie wir miteinander klarkommen, haben wir anschließend einen Termin beim Staatssekretär im Forschungsministerium."

Er begann seine Erläuterungen mit dem Hinweis, dass es sich um eine etwas komplizierte Angelegenheit handle, die vor allem streng vertraulich sei.

„Wenn ich vertraulich sage, meine ich das auch so. Sie wissen sicher aus Ihrer bisherigen Praxis bei der Atomvereinigung, dass wir hier keine Sandkastenspiele betreiben. Ich will Ihnen auch sagen, dass wir über viele Informationen verfügen, die Sie angehen. Sie machen da keinen großen Unterschied zu allen anderen Leuten, die in dieser Branche beschäftigt sind. Ihnen ist ja klar, dass es sich um einen hochsensiblen Bereich handelt. Ich will Ihnen gegenüber mit offenen Karten spielen. In Ihrer Vergangenheit gibt es einige unklare Punkte. Sie waren Mitglied in der Institutsgruppe

Politologie in Heidelberg, die damals das Institut besetzt hat. Sie waren mit einem Aktivisten zusammen, über den wir ein ganzes Dossier haben, angefangen von seiner Tätigkeit beim Sozialistischen Deutschen Studentenbund, bis zur Mitgliedschaft im KaBeWe – sie kennen die Organisationen.

Der SDS ist ja verboten worden und der KaBeWe hat verfassungsfeindliche Ziele verfolgt. Ihr Freund war zwar zugegebenermaßen nicht so ideologisch verquer wie andere, aber immerhin war er Leitungskader. Das sagt Ihnen doch etwas. Er hat anschließend beim Battelliten-Institut gearbeitet und trotz seiner Schweigepflicht ein ganzes Projekt platzen lassen. War vielleicht gar nicht schlecht, so haben wir wenigstens erfahren, wie unsere Gegner operieren. Dafür sollten wir dem Herrn Matt danken, so heißt er doch?"

Zunächst einmal lehnte sich Ramboch in seinem Sessel zurück, sichtlich befriedigt darüber, die Eröffnung so elegant und zielsicher platziert zu haben. Kein Zweifel, das Spielfeld gehörte bereits ihm. Locker steckte er seine Hand in die Hosentasche und betrachtete Anne Bergdorf.

„Sie sind heute noch in Verbindung mit ihm. Und ehrlich gesagt, das ist auch der Grund, weshalb wir jetzt miteinander sprechen", setzte er jovial nach.

Anne Bergdorf schluckte und bekam ein würgendes Gefühl in den Hals. Sie hatte den Eindruck, als ob sich kleine Schweißtröpfchen auf ihrer Stirn bildeten. Ramboch beobachtete jede ihrer Reaktionen genau und sagte eine ganze Weile kein Wort mehr, während ihr viele, zu viele Gedanken auf einmal durch den Kopf schwirrten.

Sie fühlte sich überfahren. Hier kam eine Sache auf sie zu, die noch merkwürdiger als die letzten Vorgänge bei der Atomvereinigung aussahen. Vielleicht gehörte das eine zum anderen?

Sollte sie sich gleich verabschieden, was wohl auch das Ende ihrer jetzigen Tätigkeit bedeuten konnte, oder wäre es nützlich abzuwarten, was nun das konkrete Anliegen von Ramboch war.

Eine rein hypothetische Entscheidung, sagte sie sich: jetzt bin ich hier und kann erst mal nicht zurück.

„Was Sie alles an Informationen zusammengetragen haben, ist vielleicht schon zutreffend, ich kann dazu nicht Stellung nehmen, wenn Sie nichts Genaueres sagen. Eigentlich ist es aber egal. Ich habe meine Auffassungen. Solange ich eine Aufgabe vertreten kann und dafür nicht an den Pranger gestellt werde, verhalte ich mich loyal gegenüber meinen Auftraggebern. Vielleicht sollten Sie jetzt wirklich sagen, warum sie mich herbestellt haben."

Ramboch sagte, dass er es so auch erwartet habe. Es gehe ja nicht um Gewissenserforschung, sondern um die bestmögliche Durchführung einer wichtigen Aufgabe.

„Wir wollen lediglich wissen, wie weit wir uns auf Sie verlassen können, und ich sage Ihnen auch gleich, wenn Sie das, was ich Ihnen anbiete, irgendwem weitererzählen, hat das sehr unangenehme Konsequenzen für Sie."

„Fahren Sie fort", erwiderte Anne gefasst, und Ramboch dachte daran, dass ihn seine Einschätzung nicht getrogen hatte. Instinktiv steckte er auch seine andere Hand in die Hosentasche und lehnte sich noch genüsslicher in seinem Sessel zurück. Frau Dr. Anne Bergdorf war bereit, für ihre Karriere auch Aufgaben zu übernehmen, die nicht im Einklang mit ihren früheren Aktivitäten standen.

Herauszufinden, wie dieser Vorgang abläuft und wie die Betroffenen darauf reagieren, verschafft ihm immer wieder neue Befriedigung. Dies erheiterte ihn und gab ihm immer jene Selbstgewissheit, die er als Vorsprung in Auseinandersetzungen jeglicher Art für sich verbuchte. Vielleicht lag es eben daran, dass die Menschen in bestimmten ungewöhnlichen Situationen immer ihrer Neugier folgen, die sie dann letzten Endes an die Sache binden würde. Er war über seine Menschenkenntnis hochzufrieden.

Aus einer Untersuchung, die vom Unfra-Testinstitut in München über den politischen Extremismus durchgeführt worden war, wusste er, wie sich ideologische Einstellungen von tatsächlichen Handlungen unterscheiden, aber auch zusammengehören können. Eine wirklich nützliche Studie sagte er sich. Sie war im Auftrag seines Hauses erstellt worden, denn der Minister wollte einmal wissen, was es mit der studentischen Jugend und ihrem Protest auf sich hat. Man hat ja auch eigene Kinder, nicht wahr, feixte Ramboch bei diesem Gedanken in sich hinein.

Mit diesem Minister hatte er im übrigen nicht viel am Hut – viel zu liberal und abgehoben. Aber vielleicht war er zu solchen Dingen gut. Da ging es mit den Hardlinern vom Forschungsministerium schon besser, die wussten wenigstens was sie wollten. Und ein Glück, dass der Stil eines Ministers nicht gleich auf das ganze Haus abfärbt, sonst hätte er sich wohl einen Job bei einer der großen privaten Sicherheitsorganisationen suchen müssen, zwar nicht gerade bei den Schwarzen Sheriffs, es gab auch noch andere. Man hat ja seine Verbindungen mit den GSG 9-Kollegen.

Das längere Schweigen Rambochs, der mit seinen Gedanken auf höchst genießerische Weise abgeglitten war, verwirrte Anne Bergdorf. Geht es nun weiter oder was hat Ramboch vor, überlegte sie sich, irgendwie muss ich ziemlich aufpassen.

Wenn sie Raucherin gewesen wäre, hätte sie sich nun eine Zigarette angesteckt. Sie fröstelte etwas, was bei Ramboch durchaus ankam. In seinen Tätigkeiten nach der Mitarbeit in der GSG 9 hatte er öfter Situationen erlebt, in denen man Leute für etwas gewinnen musste, die das erst einmal gar nicht wollten. Dafür hatte er seine psychologische Schulung bei einem renommierten Unternehmensberater bekommen, der sich im wesentlichen um Personalentwicklung verdient machte.

Auf seine dort erworbenen Kenntnisse und seine natürliche psychologische Feinfühligkeit bildete er sich ziemlich viel ein, weshalb er sich auch immer amüsierte, wenn in Fernsehkrimis die helle Lampe zum Verhör angeknipst wurde. Dabei dachte er immer, wenn sich Klein-Moritz das so vorstellt, soll man ihn auch nicht enttäuschen. Umso besser funktionieren dann die subtileren Methoden.

Er kam zum Thema zurück. Es gehe um die Frage, wie sich die Atomkraftgegner weiterhin verhalten. Mit den friedlichen Leuten würde man schon klarkommen. Auch mit den militanteren Kreisen könnte man fertigwerden, weil sie eine bestimmte Gewaltschwelle nicht überschritten, schaltete er die direkte Gangart ein. Solche, die gegen bestimmte Energieeinrichtungen vorgingen, wie etwa gegen Stromleitungsmasten, wären zwar gefährlich, hätten aber doch Skrupel vor großen Aktionen. Typisch dafür seien die Leute von ‚Hau weg den Scheiß'. Von größter Gefährlichkeit seien aber Gruppen, denen es um die Zerschlagung des Staates ginge. Solche Gruppen hätten eigentlich gar keine Probleme mit der Atomenergie, wüssten aber, dass der Staat damit erpressbar sei. Im Zuge einer Extremistenfahndung hätte das Bundeskriminalamt Dokumente gefunden, die auf eine solche Aktion hinwiesen.

Anne Bergdorf wisse vielleicht, dass die meisten Atomkraftwerke gegen Flugzeugabstürze nur notdürftig gehärtet seien, wie er es ausdrückte, nur 60 cm-Beton bei der Reaktorhülle. „Gegen Raketenangriffe aber hilft gar nichts. Eine Sidewinder-Rakete jedenfalls, vielleicht sogar schon eine drahtgelenkte Milan-Panzerabwehrrakete, aus einem Sportflugzeug abgeschossen, technisch durchaus möglich – oder gar eine russische AT-14, könnte ein Atomkraftwerk so schwer treffen, dass eine Katastrophe unausweichlich ist", kam er fast ins Schwelgen, zwang sich aber noch rechtzeitig zum Einhalt. „Was das für den Staat bedeutet, brauche ich gerade Ihnen als Politologin nun wirklich nicht erklären", sagte er trocken und holte aus, um Anne Bergdorf auf die richtige Seite zu ziehen. Es müsste alles getan werden, um Terrorgruppen an einer solchen Aktion zu hindern.

Anne Bergdorf erinnerte sich an die Besprechung, bei der sie Ramboch zum ersten Mal im Konferenzraum der Atomvereinigung gesehen hatte. Damals waren ihr die Fliegerkarten aufgefallen, die besondere Kennzeichnungen hatten. Jetzt begriff sie, worum es damals gegangen war und weshalb man sie aus dem Raum gebeten hatte.

Ihre politische Intuition aber ließ sie an diesem Szenario zweifeln, gab es doch genug Erklärungen von terroristischen Gruppen, die den Schutz Unbeteiligter proklamierten, dagegen den Kapital- und Staatsagenten den Krieg erklärten, wie es darin hieß.

Zug um Zug

Ramboch überlegte sich, wie weit er mit seiner Erklärung gehen sollte, als er von Anne Bergdorf unterbrochen wurde: „Wie kommen Sie dazu, solche Vermutungen anzustellen. Gibt es dafür irgendwelche konkreten Hinweise? Ich habe manchmal das Gefühl, dass solche Bedrohungslagen, wie sie im Fachjargon heißen, erst erfunden werden, damit man entsprechende Maßnahmen einleiten kann."

Etwas spitz fügte sie hinzu, „denken Sie mal an das Sprengloch in der Celler Gefängnismauer, das doch im Staatsauftrag fabriziert wurde. Gab es da nicht auch einen Agenten namens Mauss, der für solche Sachen vom Staat bezahlt wird? Also das scheint mir eine weit hergeholte Geschichte. Ich habe mit Terroristen nichts am Hut, wie Sie ja sicher wissen, aber ich habe im Studium und durch viele Diskussionen gelernt, was Counter-Insurgency bedeutet. Aber was Mauss anbelangt, habe ich schon von ihm gehört in Heidelberg. Er war ein enger Freund von Schmidtbecher, der als Funktionär des Studentenwerks schon so viele Strippen zu ziehen gelernt hat, dass er später als Geheimdienstkoordinator der Bundesregierung eingesetzt wurde. So hat mir das ein damaliger Freund erzählt."

Kluges Kind, dachte Ramboch und hatte einige Mühe, seine Überraschung zu verbergen. Welche Terminologie die junge Dame plötzlich auf den Tisch wirft, wieso weiß sie das, ist das ein U-Boot, das ich mir ins Nest setzen will, fragte er sich, jedenfalls eine etwas ungewöhnliche Erweiterung seines Eindrucks über sein Gegenüber. Wahrscheinlich hat sie mit ihrem früheren Freund darüber diskutiert, vermutete er und beruhigte sich sogleich. Alles unter Kontrolle, beschloss er. Das waren in den politischen Extremistengruppen häufige Themen, erinnerte er sich an die Lektüre eines internen Verfassungsschutzberichtes, der eigens für die Vorbereitung des Bürgerdialogs Kernenergie ausgearbeitet worden war. Denn dieser Bürgerdialog, den Leuten verkauft als demokratische Mitwirkungsmöglichkeit, war natürlich auch ein nützliches Instrument, verschiedene Gegnerschaften gut erkennen zu können. Vor allem solche, die nach bestimmten Kriterien wahrscheinlich ins Feld der Radikalen einsortiert und besonders beobachtet gehören. Solche Kriterien waren etwa die Bekanntschaft mit Leuten aus Atomkraftwerken oder aus der Atomforschung, Versuche, an interne Informationen zu kommen, beispielsweise über frühere Kommilitonen aus der Chemie oder Physik, besondere technische Kenntnisse oder frühere Spezialtätigkeiten bei der Bundeswehr, etwa bei den Pionieren, der Besitz von Pilotenlizenzen oder noch stärker, der Zugang zu Flugplätzen und Flugzeugen. Zur Anlage eines Überprüfungsrasters benötigte man selbstverständlich Personennamen, Autokennzeichen allein waren Indizien, aber nicht so präzise wie Namen, am besten noch verbunden mit einer Angabe zu den beruflichen Tätigkeiten und natürlich auch zur Wohnadresse. Und wenn dann auch noch die Bankverbindung der Betreffenden in Erfahrung zu bringen wäre, ein echter Hit fürwahr.

Zudem legten verschiedene Herren seines Hauses und des Forschungsministeriums damals Wert darauf, die Terminologie und das Denken dieser Gruppen genau zu verstehen, damit sie in öffentlichen Versammlungen im Falle eines Falles darauf eingehen konnten.

Eigentlich ganz unnötig, schweiften seine Gedanken wiederum ab: Profis wissen, was damit gemeint ist, und wir sind Profis. Vielleicht hat es sich aber noch nicht in den Kreisen der politischen Ministerialbürokratie herumgesprochen, nörgelte sein Kopf. Andererseits ist es besser, dass sie nicht so viel über unseren Erfahrungsschatz wissen, dann können sie nicht soviel in das hineinquatschen, was sie eher nichts angeht. Denn nicht alle haben das Kaliber eines Sonderbeauftragten wie Ben-Wisch, der Staatsministers für heikle Jobs. Der weiß immerhin, wie Krisensituationen bewältigt werden können. Das haben wir doch in Mogadischu erlebt, erinnerte er sich nicht ohne Stolz an einen seiner Einsätze, der ihm fast das Bundesverdienstkreuz eingetragen hätte. Leider hatte es stellvertretend nur der Führer der Einsatzgruppe bekommen. Aber immerhin.

Ramboch ertappte sich dabei, seine Erfahrungen mit denen Anne Bergdorfs zu vergleichen. Vielleicht weiß sie wirklich mehr als wir ahnen, schoss es ihm durch den Kopf. Das herauszubekommen reizte ihn. In diese Frau werde ich noch tief einsteigen, dachte er und griff nochmals leger in seine Hosentasche. Amüsiert dachte er an ein Späßchen, das ein Kollege wegen der neuen Mitarbeiterin gemacht hatte. „Jeder Meiler macht mich geiler." Das war zwar nicht die feine englische Art, aber wenn dabei etwas Erfolgreiches herauskäme, wäre das doch ein scharfer Nebeneffekt.

Anne Bergdorf war nicht entgangen, dass Ramboch einen fragenden Gesichtsausdruck bekommen hatte. Die Merkwürdigkeiten der letzten halben Stunde hatten sie genug frustriert, um noch einen Zahn zuzulegen. Umsonst werden sie von mir nichts bekommen, man muss die Typen dort packen, wo sie angreifbar sind, vergegenwärtigte sie sich ihre bisherigen Erfahrungen.

Sie hatte schon häufiger erlebt, dass gerade eine gewisse Distanz zu den Herren Anreize zur Verbrüderung liefern. Manchmal lassen sie dann alle Vorsicht fallen. Es muss sich wohl um ein genetisch festgelegtes Prinzip im Verhältnis von Männern zu Frauen handeln, hatte sie sich oft überlegt, und meistens war etwas für sie dabei herausgesprungen.

„Es hat doch einige Provokationen von Ihrer Seite gegenüber Bürgerinitiativen gegeben, damit Rechtsbrecher, wie man sagt, überhaupt erst gemacht werden und die Polizei dann zuschlagen kann. In Göttingen gab es doch zwei eingeschleuste Polizeiagenten, die nicht nur Informationen über die dortigen Atomkraftgegner sammeln sollten, sondern gleich auch noch Tränengasgranaten aus den Demonstranten heraus auf die Polizei werfen wollten. Das war die Demonstration in Gorleben. Bei dieser Gelegenheit sind die jungen Polizisten von vornherein darauf eingestellt worden, dass die Demonstranten wahrscheinlich auch Schusswaffen einsetzen. Man stelle sich einmal vor was passiert wäre, wenn die beiden verdeckten Agenten ihre Absicht hätten durchführen können. Die Polizei hätte überhaupt keine Zurückhaltung mehr zu zeigen brauchen, trotz der großen Pressemeute, die dabei war".

„Frau Doktor, regen Sie sich nicht künstlich auf. Wir reden hier ja fast wie unter Profis. Ich möchte nur wissen, woher sie das alles nehmen. Ich glaube, dass wir gute Voraussetzungen zur Zusammenarbeit haben. Und zu Gorleben zurück: Es ist doch klar, dass wir die Demonstranten abriegeln vom Platz, auf den sie wollen. Es ist viel schwieriger, jemand vom Platz zu holen als zu verhindern, dass er dorthin kommt. Wenn der Bademeister das Bad schließt, kommt auch keiner mehr rein", konterte Ramboch schmunzelnd. Die Erkundung des Salzstocks hat begonnen und eigentlich geht es gleich um einen richtigen Ausbau zum Endlager. Das ist gut organisiert worden und die politische Spitze der Regierung ist nicht nur einverstanden, sondern treibt das Projekt unter der Hand verstärkt voran. Das sei der Hintergrund für die Vermutung, dass die militanten Atomgegner ihre Angriffe eskalieren, und diesem sei entgegen zu wirken.

Das Spiel entwickelt sich, stellte er für sich fest, dann kann ich ja endgültig in die Vollen gehen.

„Wir wollen an diese Terroristen herankommen, haben aber noch sehr wenig Anhaltspunkte dafür. Es fehlt uns sozusagen noch der Wurstzipfel, an dem wir sie aufhängen können – die Wurst natürlich", griff er forsch in Pandoras Büchse.

„Das Phänomen Wurst spielt wohl in den Köpfen von Sicherheitsleuten eine große Rolle", hakte Anne Bergdorf ein.

„Bei einer der ersten Demonstrationen in Berlin, bei der Ohnesorg von einem Polizisten erschossen worden ist, gab es doch die Polizeitaktik, den Demonstrationszug zur Wurst formen und dann von der Seite hineinstechen. Sie erinnern sich vielleicht daran. Heute bildet man Kessel und lässt die Demonstranten darin schmoren. Es ist immer das Gleiche."

„Was bewährt ist, sollte man doch auch anwenden", parierte Ramboch, „es ist ja nur zum besten der Demonstranten. Sie können dann wenigstens keinen Unsinn anstellen, der sie nur vor den Kadi bringt. Was glauben Sie, wie viel Lehrer auf diese Weise vom Berufsverbot verschont geblieben sind?", trieb er die Provokation weiter.

Jetzt wurde es Anne Bergdorf ein bisschen zuviel. Sie merkte, dass sie langsam in Stimmung kam, in diesem Spiel mitzumischen. Die Spielregeln sollten aber nicht nur Rambochs Sache sein.

Sie erkundigte sich abrupt nach seinem Werdegang und seiner momentanen Rolle in diesem Szenario, weil sie annahm, ihn dadurch festnageln und direkter zu seinem eigentlichen Anliegen kommen zu können. In solchen Disputen kannte sie sich aus, außerdem konnte sie nichts verlieren, dazu war schon zuviel geredet worden. Sie fand, dass sie inzwischen genug signalisiert habe, ok, ich bin dabei.

Ramboch hatte nach dem Erwerb der Fachhochschulreife in einem Abendgymnasium, das er nach einer Mechanikerlehre besuchte, ein Studium als Sozialarbeiter begonnen und dies auch abgeschlossen. Damals hätte er sich schon über das folgenlose Gequatsche der Linken und ihre Ansichten geärgert, sagte er, und so sei er über einen Freund zum Bundesgrenzschutz gekommen. Zuerst habe er damit um die Bundeswehr herumkommen wollen, aber dann wäre daraus eine interessante Tätigkeit geworden, die ihn später zur GSG 9 geführt hätte. Und nun sei er in einer Sonderabteilung des Innenministeriums gelandet, die in enger Zusammenarbeit mit dem Bundeskriminalamt Sicherheitsfragen bearbeite. Vielleicht sei Anne Bergdorf bei der Atomvereinigung schon einmal mit dem EVA-Programm in Kontakt gekommen, das derzeit ja auf hoher Stufe betrieben werde. Er sei der Koordinator dieses Programms, so, wie sie die Konferenzen bei der Atomvereinigung koordiniere.

Als er das Wort EVA aussprach, blickte er Anne Bergdorf aufmerksam an und sah, wie sie dieses Wort auf das Blatt Papier schrieb, das vor ihr lag.

Es gebe im Zusammenhang mit dem Kampf gegen die Terroristen das Programm gegen ‚Einwirkungen von Außen', das nun auch durch ein ähnliches mit dem Namen EVI, wie ‚Einwirkungen von Innen' ergänzt würde. Er habe bei der Bearbeitung von EVA und EVI ziemlich viel Handlungsspielraum und wenn sie miteinander klar kämen, könne etliches für sie getan werden. Man müsse nur miteinander klar kommen.

Anne Bergdorf fühlte sich in einen James-Bond-Film versetzt, dem allerdings ein etwas kleinkariertes Drehbuch zugrunde zu liegen schien. Ihr Interesse war von Minute zu Minute gewachsen. Das wäre wirklich einmal ein reizvolles Spiel, das sie mitgestalten könnte. Sie schob ihre Bedenken und auch die immer wieder aufsteigende Furcht beiseite. Das ganze würde auch Rolf Matt interessieren.

„Wir werden zusammenarbeiten, wenn Sie mir nun die Details mitteilen wollen."

Sie solle den Kontakt mit Rolf Matt, ihrem früheren Freund, wieder intensiver pflegen, das wäre das erste. Sie solle mit ihm über ihre jetzige Aufgabe sprechen, Ramboch und die Sicherheitsabteilung aber auf keinen Fall erwähnen, das wäre das zweite. Sie müsse ihren Freund dazu bringen, ihr Kontakte zu Atomkraftgegnern zu ermöglichen, die wirkliche Aktionen vorhätten. Es gäbe da eine Gruppe, die sich „Hau-weg-den-Scheiß" nenne und Anschläge auf Hochspannungsmasten plane. Das seien zwar Dilettanten, soweit man das wisse, wahrscheinlich wären aber Einzelne dabei, die zum terroristischen Umfeld gehörten. Er interessiere sich überhaupt nicht für die Dilettanten, man müsse sie eher als nützliche Idioten bezeichnen, und man habe sie weitgehend im Griff. Von höchster Bedeutung seien aber die wirklichen Terroristen, besonders diejenigen, die sich einen legalen, bürgerlichen Anstrich gäben. Sie wisse doch, wie wichtig die Klärung dieser Frage für die Innenpolitik sei. Und ganz besonders für die Lösung der Endlagerung von Atommüll.

Am besten stelle sie zunächst eine Grafik oder eine Matrix auf, in der die verschiedenen Verbindungen deutlich würden, das wäre das dritte und auch das Wichtigste. Es käme nicht darauf an, dass alles völlig richtig wäre, man brauche aber für die weitere Arbeit der Sicherheitsabteilung Anhaltspunkte. Bei der Erstellung solcher Schaubilder habe sie ja eine glückliche Hand, spielte er auf die Arbeit bei der Atomvereinigung an.

Beim Gedanken an die erste Aufgabe, Rolf Matt in die Ermittlungen einzubeziehen, begann Anne Bergdorf zu lachen. „Sie glauben doch nicht im Ernst, dass solch ein simples Spiel funktioniert. Wieso sollte mein Freund solche Kontakte haben und erst recht, wieso sollte er sie für mich herstellen? Es ist doch selbstverständlich, dass die ganze Geschichte nach Verfassungsschutz und Polizei und agents provocateurs riecht, und ich kann mir nicht vorstellen, dass dabei jemand aus seinem Freundeskreis auch nur eine Sekunde mitmacht." Im Gegenteil, ein Artikel über die neuen Strategien der Atomleute in der Tageszeitung wäre die wahrscheinlichste Reaktion. „Ich könnte mich dann nirgends mehr blicken lassen und andere, die sich an solchen Sachen beteiligen, auch nicht. Also dazu ‚Nein danke'." Sie fand dies ganz lustig, waren doch die Symbole der Atomgegner eine gelbe, lachende Sonne und die gerade erwähnte Bemerkung, ‚Atomkraft, nein danke'.

Ramboch hatte mit dieser Haltung gerechnet. Sie widersprach seinen Überlegungen in keiner Weise, denn gegenüber den Atomgegnern musste Anne Bergdorf authentisch sein. Erst zappeln lassen und dann einfangen, so war das immer schon erprobt und erfolgreich. Man muss nur starke Anreize setzen und Druck ausüben, dann wissen die Zielpersonen schon, wie sie sich orientieren müssen. Das war für ihn gewiss.

„Wir bieten Ihnen nach dem Erfolg bei dieser Aufgabe eine hochdotierte Tätigkeit bei der Internationalen Atomenergieagentur in Wien. Von da aus werden ihnen Hilfen zuteil, die Sie Ihrem Wunsch nach einer Arbeit in einer der großen internationalen UN-Agenturen näher bringen. Man kann ja an die Internationale Arbeitsorganisation denken oder an die Weltgesundheitsorganisation oder an das Welt-Ernärungsprogramm, bei denen Sie die Kenntnisse, die ihrer Doktorarbeit zugrundeliegen, wirkungsvoll umsetzen können." Ganz nebenbei seien die Tätigkeiten auch überdurchschnittlich honoriert und das ganz steuerfrei. Man könne ja schon einmal ein Schweizer Nummernkonto anlegen, wie dies von Udo Lindenberg in einem seiner Lieder so köstlich gesungen worden sei: ‚Nummerli contili, in der Schweiz da liegt's bereits'.

Der Köder war angebracht, fett und lebendig. Ramboch frohlockte innerlich. Ein gediegenes, ja doch, ein faires Spiel – ohne Verlierer.

„Sie müssen eigentlich nur zugreifen. Andererseits sind wir natürlich auch in der Lage, ihre Berufsperspektive auf Null herunterzufahren. Es steht allein in Ihrer Macht."

Das Spiel war damit sehr ernst geworden. Ja, sie war ehrgeizig. Gut. Also würde sie bei der Stange bleiben. Ramboch konnte ja doch niemals kontrollieren, was sie mit ihrem Wissen anstelle und wem sie es mitteile.

Rambochs Verhalten kam ambivalent an. Eigentlich bewunderte sie Leute, die sie knallhart angingen – andererseits fand sie dies aber auch immer ein wenig lächerlich, weil es meistens in ihren Augen dem Verhalten eines Hahnes im

Hühnerhof ähnelte. Sie würde Ramboch locken, und wenn es soweit war, sich vorsehen.

Ich werde mich gehörig nach allen Seiten absichern, beschloss sie und hörte, wie sie wiederholte „Herr Ramboch, wir arbeiten zusammen."

Rochade

Es gab eine freundliche Begrüßung für Ramboch und seine Begleitung bei Staatssekretär Steeb. Er saß in einem repräsentativen Raum hinter einem massiven Schreibtisch, der mit zwei großen Telefonbedienpulten garniert war. Jeweils an einer der Seitenwände war ein Regal angebracht, in dem Flaschen standen. Links ist wohl die Hausbar für Gäste und rechts der Vorrat für blaue Stunden, dachte sie belustigt, weil sie sich vorgenommen hatte, diese Stimmung zu zeigen.

Steeb drückte seine Genugtuung darüber aus, dass eine so offensichtlich aufgeschlossene junge Frau bei einer äußerst wichtigen Staatsaufgabe mitarbeiten werde. Er erwarte natürlich, dass sie ihm über alle Erkenntnisse, die ihr zuflössen, sofort berichten werde. Der Berichtsweg ginge über Ramboch, der sie in allen Fragen beraten würde.

Der Forschungsminister selbst habe größtes Interesse an ihrer Arbeit, sie solle aber auch bedenken, dass er unerbittlich sein könne, wenn darüber etwas an die Öffentlichkeit käme. Es sei eben ein absolut sensibler Bereich staatlicher Politik.

„Wir werden uns um Ihre Karriere kümmern, darauf mein Wort und das des Ministers. Ich sage Ihnen aber auch, der Minister war einmal Meisterboxer und er kann gehörig austeilen, wenn etwas aus dem Ruder läuft. Davon gehen wir aber nicht aus, nicht wahr", fügte er wie beiläufig hinzu.

Ramboch würde alle Fragen, insbesondere auch das Honorar mit ihr klären und sei fortan ihre Bezugsperson, die über alles zu unterrichten wäre.

Garde I

Anne Bergdorf schwirrte nun doch der Kopf, als sie das postmoderne schwarze Gebäude verließen, in dem das Forschungsministerium neben dem Justizministerium residierte. Die Bundesgrenzschützer an der Pforte händigten ihr die Personalpapiere wieder aus, der gleiche Vorgang wie im Innenministerium, nur dass am Eingang ein gepanzertes Sonderfahrzeug in die Landschaft mümmelte, hinter einem kleinen Erdwall halbwegs verborgen,.

Sie begriff, dass die Terroristenangst in den Ministerien ein so hohes Maß erreicht hatte, dass die verantwortlichen Staatsbeamten unbedingt Erfolgsmeldungen liefern mussten. Das war wahrscheinlich karrierefördernder und bedeutender für sie als ihre üblichen Aufgaben. Irgendwie sind sie verrückt, dachte Anne Bergdorf und fühlte ihre Entscheidung bestätigt, ein doppeltes Spiel zu spielen.

Wie hatte Küppers sie bezeichnet? Als Mata Hari? Ja, mit Verrückten um sich herum – mit dieser Vorstellung konnte sie sich anfreunden. Das hatte etwas mit der legendären Erotik der Macht zu tun.

Springerabtausch

Dr. Pauser und Assessor von Rosen trafen sich selten außerhalb des Gebäudes der Atomvereinigung. Es musste ein Anlass vorliegen, der besser nicht im Geschäftsgang auftauchte oder unberufene Ohren erreichte.

Sie saßen im IC-Restaurant des Hannover Hauptbahnhofs und ließen sich Kalbsmedaillon à la Liège servieren, dazu einen Chablis Grand Cru, den Pauser allen anderen Weißweinen vorzog. Beide wussten, dass ihr Gespräch vielleicht kontrovers verlaufen würde. Im gegenseitigen Interesse hatten sie sich aber zu einigen.

Von Rosen machte darauf aufmerksam, auf was sich die Atomvereinigung mit der Delegation Anne Bergdorfs an das Innenministerium eingelassen hatte. Seine Bedenken betrafen keineswegs den Auftrag, sondern das Risiko, in eine aus geschäftsmäßigen Gesichtspunkten zweifelhafte Aktion hinein zu schlittern, die sie nicht steuern könnten. Alles hinge davon ab, ob Frau Bergdorf zuverlässig funktionieren würde. Dies schien ihm äußerst ungewiss.

Er gab zu bedenken, dass ein Arbeitsgerichtsprozess, den Frau Bergdorf unter Umständen anstrengen würde, öffentlich sei und Vorgänge aktenkundig machen könnte, die den Atomkraftgegnern Wasser auf die Mühlen wären. Sie habe ein klares Arbeitsverhältnis mit der Atomvereinigung und führe zukünftig Tätigkeiten aus, die davon überhaupt nicht berührt seien. Kündige Frau Bergdorf deshalb, was bei einem Scheitern ihrer Mission eigentlich unumgänglich sei, und wolle sie die für sie so wichtige Reputation aufrechterhalten, käme auf die Atomvereinigung entweder eine sehr hohe Abfindungssumme zu oder das Eingeständnis, dass Bergdorfs Behauptungen richtig seien.

Und Bergdorf müsste sich strategisch vollauf darauf konzentrieren, dass alle Behauptungen über die Episode im Innenministerium böswillig und verleumderisch unternommen würden, um dem Arbeitgeber eine Ohrfeige zu verpassen und möglichst viel an Abfindung herauszuholen. Operativ wäre sie gehalten, dazu möglichst viele Dokumente und Informationen zu sammeln, sozusagen auf Vorrat, für den Fall des Falles. Er rate dazu, sich sofort von Frau Bergdorf zu trennen und ihr dies mit einer beträchtlichen, aber informellen Zahlung in bar zu versüßen. Sie könne dann für das Innenministerium tätig sein, wie sie es wolle. Dann habe eben das Innenministerium die Verantwortung.

Dr. Pauser lief rot an.

„Sie würden mich gegenüber unseren Partnern im Innenministerium und Staatssekretär Steeb völlig bloßstellen. Wie soll ich das gegenüber den Herren des Aufsichtskonsortiums vertreten, bei denen Frau Bergdorf kein schlechtes Ansehen genießt. Unter uns gesagt, weiß ich, dass Ehrenstein von der KiloWattUnion scharf auf sie ist. Sie haben doch die Akte Ehrenstein zur Kenntnis genommen? Auch bei der EnergieVerbreitungSüd gibt es solche Kandidaten. Ich bin letztlich für ihre Einstellung verantwortlich und wenn sie verrückt spielt, geht das auf meine Kappe, wenn Sie wissen was ich meine."

„Das verstehe ich sehr gut, aber Sie haben einen Fehler gemacht. Am besten wäre natürlich, wenn die Bergdorf sofort von der Bildfläche verschwinden würde. Sie wissen das selbst."

Der Schmiss im Gesicht von Assessor von Rosen wurde immer bläulicher. Will Pauser mich etwa in dieser verkorksten Sache mit in die Pflicht nehmen? Das soll ihm nicht gelingen. Eher werde ich mir die Bergdorf einmal vorknöpfen und ihr das Protokoll zeigen, in dem Pausers Kungelei mit Ramboch festgehalten ist. Ich werde sie dazu bringen, ihre

Kündigung freiwillig einzureichen. Dem Aufsichtskonsortium werde ich erklären, dass sie sich von ihren früheren Freunden wegen ihrer Tätigkeit bei der Atomvereinigung so unter Druck gesetzt fühle, dass sie aus psychischen Gründen nicht weitermachen könne.

Pauser schien Gedanken zu lesen.
„Wenn Sie mir in die Quere kommen, werde ich Sie für allen Dreck, der aufgewirbelt wird, zur Rechenschaft ziehen. Wir brauchen Ruhe bei der Operation und ihre Bedenken sind unberechtigt. Wir sind in der Lage, jede Entwicklung unter Kontrolle zu behalten. Ihre Ehrenkäsigkeit in Ehren, aber ungewöhnliche Situationen erfordern besondere Maßnahmen. Passen Sie auf, dass der Zug nicht ohne Sie abfährt“, warf er von Rosen schrill an den Kopf und stand auf, ohne das Essen beendet oder gar bezahlt zu haben.

Von Rosen wurde es mulmig. Er wusste wohl, dass etliche Rechnungen zwischen ihm und Pauser noch offenstanden. Alles nur Missverständnisse, sagte er sich. Aber wie er es verkaufen sollte, Pausers Gattin bei einer der letzten Golfparties ziemlich nahe getreten zu sein, war ihm noch unklar. Dabei war die Initiative doch ganz eindeutig von der Frau ausgegangen.

Garde II

Ramboch erstattete seinem Koordinator im Innenministerium Bericht. Frau Dr. Bergdorf hinge ziemlich fest an der Angel. Es habe sich besser entwickelt als erwartet, weil sie ungeheuer scharf auf ihren beruflichen Aufstieg sei. Hinzu käme eine stark entwickelte Neigung, mit heiklen Situationen zu liebäugeln, insbesondere solchen, in denen etwas undurchsichtige Männer vorkämen. Vorzugsweise sollten es ziemlich Hartgestrickte sein. Sie möge das Rollenspiel und hier habe er angesetzt. Sicher erfolgreich.

Sie besprachen das weitere Vorgehen und formulierten eine vertrauliche Protokollnotiz: Es ist eine Gewährsperson für die operative Phase des Programms EVA gefunden worden. Die Überwachung der Gewährsperson ist eingeleitet und findet in zwei Stufen statt. Die erste Stufe betrifft die Nutzung einer außerdienstlichen ‚free riderin', zu der wir verdeckte Beziehungen haben. Diese Person wisse jedoch nicht, wie der Plan aussehe und um was es wirklich gehe. Die zweite Stufe umfasst die G10-Kontrolle und vollständige Observation der Zielperson. Beide Vorgänge sind eingeleitet und durch den VS-Erlass des Bundeskanzleramts gedeckt. Laufende Verteiler sind das BKA, die EVA- und EVI-Einsatzgruppe und das Bundeskanzleramt. Die VS-Ausfertigungen werden nur gegen schriftliche Empfangsbestätigung abgegeben.

Auf der Spielwiese – Halma II

Hartmut Küppers freute sich. Er hatte einen Auftrag von seinem Agenturchef erhalten, der ihn mindestens sechs Monate beschäftigen sollte. Zu einem außergewöhnlichen Honorar wegen der besonders intensiven Recherchen und der Verpflichtung zum Stillschweigen, das die Hauptbedingung des Auftraggebers war. Er hatte seinen Artikel zu den Vorgängen in Wyhl abgeliefert und erhielt dafür eine Extrazahlung – „auf besonderen Wunsch des Auftraggebers, für den die Ergebnisse sehr interessant waren", hatte ihm der Agenturchef schmunzelnd erklärt.

„Du sollst dasselbe jetzt in Mannheim machen. Du kennst Dich gut aus und man kann damit rechnen, dass hier auch bald Aktionen gegen den geplanten Druckwasserreaktor in Gang kommen. Du bist dann schon von Anfang an dabei und kannst die Entwicklungsgeschichte dieser Protestreihe dokumentieren. Sie unterscheidet sich ja von der in Wyhl, weil es sich hier um eine ganz andere Bevölkerungsstruktur handelt. Einen Vorschlag, wie darüber berichtet werden soll, haben wir vom Battelliten-Institut in Frankfurt erhalten. Ich glaube, die arbeiten für das Forschungsministerium."

„Und für welchen Auftraggeber arbeiten wir? Den gleichen wie im Falle Wyhl, die Atomvereinigung, was ja schon ein Hammer war", spielte Küppers auf die Doppelrecherche durch Anne Bergdorf an. „Nee, das ist jetzt nicht mehr in deren Händen, scheint mir. Der neue Auftraggeber ist die Bundeszentrale für Politische Bildung."

Eigentlich war dies Küppers nicht so wichtig, er wollte aber gerne wissen, ob noch einmal ein solches Puzzle veranstaltet werden sollte. Der Auftraggeber klang diesmal doch etwas neutraler, und das war ihm ganz lieb.

Inzwischen fand er die Beschäftigung mit dem „Krempel der Atomindustrie", wie er seine Artikel mit einer Arbeitsüberschrift versehen hatte, äußerst spannend. Er hatte längst begriffen, dass entscheidende Weichenstellungen im Gange waren, unglaublich viel Geld im Einsatz war und damit verbunden kleinere und größere Interessen, die mehr oder weniger publizitätsträchtige Skandale mit sich brachten.

Als erstes war er auf das Lachblatt des Modellreaktors der BadischenBauCompanie für Reaktoren durch Edgar Laimholz gestoßen, bei dem er nun seit einiger Zeit wohnte.

Dann hatte er von einem promovierten Maschinenbauingenieur des gleichen Unternehmens gehört, der seine Arbeit fristlos quittiert hatte. Im Gespräch mit diesem Spezialisten für Reaktorkonstruktionen hatte sich herausgestellt, dass dessen monatelange Konstruktionsarbeit für das Schnelleinfahren der Moderatorenkugeln im Falle eines GAUs des Hochtemperatur-Reaktors in der Werkstatt vollkommen verändert worden war. Das ergebe ein untragbares Risiko für eine Notabschaltung, weil unkalkulierte Schwingungen nun das Teil außer Betrieb setzen könnten, hatte der Mann erklärt. Das sei nicht mehr vertretbar gewesen und seine Proteste hätten nicht gefruchtet..

Dann hatte er von einem Mitarbeiter der Atomforschungsanlage Leopoldsdorf, der im Bereich der heißen Zellen für die Entsorgung verbrauchter Brennelemente tätig war, erfahren, wie dort Reinigungsarbeiten durchgeführt wurden. Er hatte diesen Mann im Zusammenhang mit weiteren Recherchen gefunden und befragt. Dies bestätigte die Information, die er vor dem ersten Auftrag von dem Arbeitslosen in seiner Stammkneipe erhalten hatte, der dort eingesetzt war. Im Gespräch war herausgekommen, dass die damit betraute Fremdfirma Böskurz Arbeitslose einsetze, die sie vor dem Arbeitsamt in Mannheim aufgabelte. Man instruiere diese Leute nur notdürftig und schicke sie mehrere Male in die hochradioaktiven Räume. Dabei tausche man zwischen den Einsätzen die Dosimeter der Leute aus, die man an die staatliche Kontrollstelle GSF in Neuherberg schicken müsse. Natürlich zeigten die Dosimeter dann nur die zulässige Strahlenbelastung an, obwohl die Leute mehrere Male der Strahlung ausgesetzt gewesen seien. Beim nächsten Mal würden dann einfach neue Leute zum Reinigen angeheuert. Und man würde gerüchteweise hören, dass einer dieser Leute gestorben sei. Dies wäre auch der Grund, weshalb er überhaupt zum Gespräch bereit sei, wegen dieser unverantwortlichen Vorgänge.

Und kürzlich erst hatte man ihm von einem absurden Vorfall im Atomkraftwerk Bibisheim berichtet. In dessen Reaktorkern seien schwere Stahlmuttern durch Schwingungen abgerissen und dann durch die starke Strömung des Kühlwassers mitgerissen worden. Die Muttern hätten dann Brennelemente beschädigt, weil sie mit großer Wucht draufgeknallt wären. Es sei eine Revision durchgeführt worden, aber eine Mutter habe man nicht gefunden, sie sei im Kühlkreislauf verloren gegangen. Erst ein Tauchereinsatz im Reaktorbecken und im Kühlwasserkreislauf habe Erfolg gehabt.

Küppers konnte sich diesen Vorgang kaum vorstellen, sagte sich aber, dass man dafür für viel Geld immer einen Verrückten finden könne.

Seine Beziehung zu Anne Bergdorf hatte Küppers indessen sporadisch aufrechterhalten. Sie hatten sich mehrere Male besucht und öfter telefoniert. Dabei erzählten sie sich ihre neuesten Erlebnisse von der „Atomfront“, wie sie ihren Tätigkeitsbereich inzwischen kabarettistisch angehaucht nannten.

Über diese Beziehung hatte er einmal angelegentlich seinem Agenturchef berichtet, als sich dieser neugierig nach seinen anscheinend profunden Informationsquellen erkundigte. Der fand diesen Kontakt sehr nützlich und für weitere

Recherchen wohl auch profitabel. Deshalb schlug er vor, die Treffen mit Anne Bergdorf auf die Spesenrechnung zu setzen.

Küppers war davon überrascht, hatte aber keine Einwände. Das würde seinen Geldbeutel entlasten und beiden zu angenehmen kulinarischen Genüssen verhelfen, auf Kosten der ahnungslosen Auftraggeber.

Weil er ein wenig eitel war, sagte er Anne nichts darüber. Da sie zusammen immer schöne Erlebnisse bei Miles Davis hatten, es kam inzwischen auch John Coltrane hinzu, wollte er ihr seine Wertschätzung auch auf diesem Weg mitteilen, eben über die Bezahlung der manchmal ziemlich hohen Rechnungen der Spezialitätenrestaurants, wie etwa Demuths Fischrestaurant auf der Friesenheimer Insel.

In dieser Gaststätte gab es exzellente Zanderfilets in Rieslingsoße, und das beste war die intime Atmosphäre, die ein wenig an Agentenromane von John LeCarré erinnerte. Man konnte dort wirklich gut und ungestört plaudern. Und immer sprang für ihn irgendeine Information oder ein Gedanke heraus, der sich in seinen gerade entstehenden Artikeln unterbringen ließ.

Er hatte Anne Bergdorf darauf schon einmal angesprochen. „Du hilfst mir ganz ordentlich bei meiner Arbeit, hast Du eigentlich keine Probleme, wenn ich Deine Informationen mitverwende?"

Sie sei zu dem Schluss gekommen, dass es kein Schaden wäre, wenn einige dieser Dinge festgehalten würden. Er solle aber vermeiden, auf sie Bezug zu nehmen oder gar ihren Namen zu nennen. Schließlich würden die Artikel von ihrem Arbeitgeber eingesehen und ausgewertet. Die gewisse Schizophrenie des Vorgangs sei aber immerhin ganz reizvoll. Ihr Arbeitgeber lese dann Dinge, die er sowieso schon wisse. „Geradezu eine Berichterstattung aus der Höhle des Löwen für ihn selbst."

Direktor Ehrenfried von der KiloWattUnion sah sich im Kreis der Konsortiumsmitglieder im Sitzungssaal der Atomvereinigung um und suchte nach Anne Bergdorf, die normalerweise das Protokoll führte und für das Wohl der Herren sorgte. Ihre Abwesenheit veranlasste ihn, Dr. Pauser in einer Sitzungspause nach seiner Assistentin zu fragen.

Er hörte, dass sie in nächster Zeit nicht mehr anwesend sei. Es handle sich um eine Abordnung zu einem Sonderauftrag des Innenministeriums, genauer, um eine Untersuchung über Konfliktpotentiale, ähnlich, wie sie Frau Dr. Bergdorf schon einmal am Beispiel Wyhl durchgeführt habe, so die knappe Information Pausers.

„Macht das nicht schon das Battelliten-Institut", fragte Ehrenfried und erhielt zur Antwort, dass dessen Arbeitsergebnisse noch länger auf sich warten ließen und das Ministerium sofort Grundlagen für Entscheidungen brauche, damit der Bürgerdialog Kernenergie effizient gestartet werden könnte.

Am Abend rief Ehrenfried bei Anne Bergdorf an, um sich zu verabreden. Vom Telefonanrufbeantworter erfuhr er eine Nummer in Bonn, unter der sie während der Woche abends erreichbar sei.

Anne Bergdorf war gerade dabei sich für eine Verabredung zurechtzumachen, die sie mit Ramboch getroffen hatte. Es hatte sich in den letzten beiden Wochen ergeben, dass sie zweimal die Woche zusammen Essen gingen.

Anne Bergdorf hatte ein kleines Büro in einer Außenstelle des Innenministeriums zugewiesen bekommen, das einen schönen Blick auf ein kleines Parkgrundstück hatte. Dieses Parkgrundstück grenzte an eine ausländische Botschaft und war sehr gepflegt. Auffallend war, dass fast alle Gebäude in der Umgebung durch Videokameras überwacht wurden. Sie waren so platziert, dass sie gar nicht zu übersehen waren. Welche Abteilungen in der Außenstelle untergebracht waren, hatte sie noch nicht herausfinden können, bis auf einen Trakt von vielleicht zehn Zimmern, die von der Umweltschutzabteilung belegt waren. Ansonsten sagten ihr die Bezeichnungen nichts, die an den Zimmertüren angebracht waren. Es waren Abteilungen mit römischen Ziffern.

Bisher hatte sie in ihrem Büro eine Sammlung der verschiedensten Zeitungsausschnitte über Atomthemen geordnet, die täglich von einem damit beauftragten Serviceunternehmen eingeliefert wurden. Da Ramboch im weit entfernten Hauptgebäude residierte, trafen sie sich kaum und daraus hatten sich ihre Verabredungen zum Essen ergeben. Bei diesen Gelegenheiten erhielt sie von Ramboch Arbeitsaufträge. Bisher waren keine Probleme aufgetreten. Anne Bergdorf hatte jedoch erwartet, dass ihre Arbeit spannender und intensiver sein würde. Da sie jedoch aufgefordert war, sich Themen zu erarbeiten, über die sie mit ihrem früheren Freund diskutieren sollte, hielt sie die Beschäftigung für ausbaufähig.

Rolf Matt hatte ihr, nachdem sie ihn über ihre jetzige Aufgabe aufgeklärt hatte, seine Unterstützung zugesagt. Er wiederum versprach sich durch diese Kooperation Anregungen für die Buchfassung seiner Habilitationsarbeit, die gerade mit Expertengesprächen abgeschlossen war. Dazu erwartete er von Anne Bergdorf Insider-Informationen, mit denen er die sowieso schon hochinteressanten Ergebnisse seiner eigenen Gespräche würzen wollte. Überdies war er auf der Linie, sich in den immer mehr verstärkenden Bürgerinitiativen zu verankern, möglichst in Leitungsfunktionen, die auch berufliche Perspektiven bieten würden.

Direktor Ehrenfried war enttäuscht, dass Anne Bergdorf keine Zeit hatte. Auf seine Frage erfuhr er, dass sie mit einem Sonderprogramm namens EVA zu tun habe. Er drückte darüber sein Erstaunen aus, weil er sich erinnerte, dass er von seiner Tochter, die inzwischen wieder ab und zu Besuche bei der Familie machte, gefragt wurde, wie eigentlich ernsthaft Atomkraftwerke gegen militärische Angriffe geschützt würden. Es gebe doch eine Diskussion darüber, dass im Kriegsfalle Atomkraftwerke bevorzugte Ziele seien, mit denen die ganze Verteidigungskonzeption der Bundesrepublik unterlaufen werden könne.

Er erkundigte sich bei Anne Bergdorf, ob sie darüber mit seiner Tochter gesprochen habe, denn er wusste, dass sich die beiden jungen Frauen getroffen hatten.

Er hielt den Auftrag für Anne Bergdorf für falsch. Das sei Sache ganz anderer Profis, sagte er ihr, und er könne nicht verstehen, was sie damit zu tun haben sollte. Anne Bergdorf bedauerte, ihm darüber nicht mehr mitteilen zu können- sicher sei Dr. Pauser aber gerne bereit, ihm die Details zu erklären. Nach diesen unterkühlten Bemerkungen beendeten sie das Gespräch und Anne Bergdorf ging zu ihrer Verabredung.

Ramboch erteilte ihr den Auftrag, sich für die nächste Woche zu einer Aktionsbesprechung bereitzuhalten, die in einer Akademie in Bad Godesberg stattfinden würde. Es kämen alle Leute zusammen, die mit dem Sonderprogramm betraut wären. Sie solle darüber aber niemand etwas sagen, es handle sich um einen informellen Vorgang. Ihre Aufgabe sei, einen Kurzbericht über die bisherigen Inhaltsanalysen zu Medienberichten der letzten sechs Monate zu geben. Sie solle sich dabei auf zehn Minuten beschränken und nur das berichten, was Bezug zu Außengefährdungen der Atomkraftwerke habe.

Die Diskussion um die Gefahr eines Flugzeugabsturzes auf Atomkraftwerke könne sie dabei vergessen. Man sei vor allem daran interessiert, was jemand Außenstehender über Einwirkungsmöglichkeiten durch die Presse oder durch Insider erfahren könne. Natürlich solle sie dabei auch alle frei zugänglichen Fachzeitschriften berücksichtigen. Sie könne dazu ja auch einmal ihren früheren Freund zu seiner Meinung fragen.

Anne Bergdorf fühlte sich ziemlich mies.
Sie war nur noch Empfängerin von Aufträgen, Diskussionen darüber waren anscheinend nicht mehr angesagt, wie sie das

eigentlich bei ihrem ersten Gespräch mit Ramboch erwartet hatte. Ihre Rolle als Zahnrad in einem für sie nicht mehr überschaubaren Getriebe verschaffte ihr psychische Probleme, die sie auch durch Telefongespräche mit Küppers und ihrem Freund Matt nicht verdrängen konnte. Sie hatte im Gegenteil den Eindruck, dass die beiden eher zurückhaltend geworden waren, wenn sie nach ihren eigenen Angelegenheiten gefragt wurden. Dagegen zeigten sich beide immer sehr interessiert, von ihr Informationen zu bekommen. Vielleicht nehmen sie mich nicht mehr ernst, ging es ihr durch den Kopf, oder sie glauben, ich sei schon gekauft.

Sie beschloss, geradeheraus nachzufragen, um sich Klarheit zu verschaffen. Sie fühlte, dass sie Rückendeckung bräuchte, denn irgendwie entglitt ihr die Kontrolle über ihre Tätigkeit. Es kam ihr zum ersten Mal der Gedanke, dass sie als Joker in einem Spiel eingesetzt wurde, dessen Regeln ihr nicht bekannt waren. Sie bekam Angst davor, ausgeliefert zu sein, wenn sie sich jetzt nicht absicherte. Vielleicht könnten ihr die beiden Männer dabei helfen.

Die Aktionskonferenz fand unter Beachtung einer ziemlich hohen Sicherheitsstufe statt. Erst nach einer zweimaligen Kontrolle wurden die Teilnehmer in den Tagungsraum eingelassen.

Anne Bergdorf stellte fest, dass sich die meisten der Anwesenden gut kannten, einige der Anwesenden waren ihr auch selbst bekannt, darunter Klarstein, der Organisationsleiter des Deaktivierungs- und Wiederaufbereitungskuratoriums und der Regionalbeauftragte dieser Firma aus Gorleben, der ihr schon bei einer der ersten Besprechungen bei der Atomvereinigung ganz angenehm aufgefallen war.

Es war der Yuppie, der reichlich Roth-Händle rauchte und einen unkonventionellen Eindruck gemacht hatte.

Überrascht kam der Regionalbeauftragte auf Anne Bergdorf zu.

„Sie sind inzwischen auch in diesem illustren Kreis gelandet? Erstaunlich. Ich dachte, Sie seien Assistentin von Pauser und nun sehe ich Sie hier beim Sicherheitskommando. Welchen Dienstgrad haben Sie denn hier", witzelte er und zwinkerte ihr mit einem Auge zu, als sie die Einladung zu einem Abenddinner annahm.

Im Verlauf der Tagung dämmerte es Anne Bergdorf, dass es sich wirklich um die Aktionsbesprechung eines Sonderkommandos handelte, bei der alle Möglichkeiten diskutiert wurden, militante Atomgegner aufzuspüren und ‚aufzurollen', wie dies in den einzelnen Beiträgen öfter gekennzeichnet wurde. Sie merkte an den zustimmenden Reaktionen der Herren auf ihr Kurzreferat, dass sie eine unbefangene Entscheidung über Bleiben oder Aufgeben ihres Jobs nicht mehr treffen konnte. Sie war in eine verdeckte Operation eingeweiht worden, bei deren Verrat wohl mehr als arbeitsrechtliche Konsequenzen auf sie zukämen. Sie hatte bisher eine solche Ansammlung harter und abgebrühter Männer noch nicht erlebt und deren ungeschminkten Bemerkungen verdeutlichten ihr, dass ihnen die Klaviatur aller Aktionen bis zur totalen Ausschaltung von Personen nichts Besonderes, sondern eine Selbstverständlichkeit war.

Jedenfalls wurde darüber so gesprochen, als ob es ums Abnehmen der Schlossstraße im Monopoly-Spiel ginge.

Für diese Runde von Menschen war alles normal, was im allgemeinen sonst Schlagzeilen produziert, erkannte sie. Die intellektuelle Ebene, auf der solche Fragen besprochen wurden, faszinierte sie dennoch und vermittelte ihr nachdrücklich, dass es sich nicht um geistige Tiefflieger handelte. Es waren Leute, die nicht nur wussten was sie wollten, sondern auch, wie sie dies umsetzen konnten. Ramboch in seiner direkten und etwas einfachen Art fiel in ihren Augen dabei etwas ab.

Sie begriff nun auch den Sinn der einführenden Worte des Tagungsleiters, dass persönliche Protokolle nicht erwünscht wären, die Tagungsunterlagen bis auf die persönlichen Beiträge der Einzelnen wieder eingesammelt würden und weshalb sich ihr niemand mit dem Namen vorgestellt hatte.

Mit der Ankündigung, die Arbeitsergebnisse der Tagung durch einen speziellen Ausschuss zusammenfassen zu lassen, der diese den Teilnehmern zugänglich mache, beendete der Tagungsleiter das Treffen.

Anne Bergdorf war froh, mit dem Yuppie aus Gorleben die Tagung zu verlassen. Immerhin hatte er auf sie keinen so hartgesottenen Eindruck gemacht, wie die meisten anderen Personen.

Im Bayerischen Hof fragte Anne Bergdorf ihren Begleiter unverblümt nach seiner Meinung über die Tagung.

Er lächelte leicht und meinte, dass ihre Erfahrung noch etwas unterentwickelt sei. Er habe sich sowieso gewundert, sie bei dieser Gelegenheit wieder zu treffen und frage sich, warum sie eingeladen worden sei. Ihr Vortrag sei zwar exzellent gewesen, habe aber das eigentliche Thema doch etwas verfehlt.

„An sich handelt es sich um eine In-Group, bei der jeder jeden kennt, und es braucht schon einige Praxis im Sicherheitsbereich, um dort reinzukommen. Sie müssen ja eine ganz fantastische Sicherheitsüberprüfung hinter sich gebracht haben", markierte er die Qualifikation, die Anne Bergdorf offensichtlich auszeichnete.

Seine Verwunderung wurde noch größer, als er erfuhr, eine Sicherheitsüberprüfung hätte nur im Rahmen ihres Einstellungsverfahrens bei der Atomvereinigung stattgefunden. Er erkundigte sich nach dem Ablauf und den dabei verwendeten Formularen dieser Überprüfung und wusste gleich, dass es sich nur um eine marginale Überprüfung handeln konnte. Wie kommt die Frau zu diesem Job, fragte er sich. Ein gutes Gefühl hatte er bei dem Gedanken nicht, sagte aber nichts dazu.

„Zurück zur Tagung", stieß Anne Bergdorf nach.

„Es geht um die Vorbereitung und Absicherung einer größeren Aktion, die für die Sicherheit der Atomkraftwerke lebenswichtig ist. Sie haben ja die Szenarien gehört. Es ist kein Spaß. Wenn es Terroristen erst einmal fertig bringen, den Staat mit Angriffsdrohungen zu erpressen, ist das ganze Atomprogramm gestorben. Was das heißt, wissen Sie als Mitarbeiterin der Atomvereinigung gewiss. Und wahrscheinlich sind Sie ja zur Beobachtung hierher delegiert." Er erwähnte auch seine frühere Tätigkeit als Sicherheitsbeauftragter für das Endlager Asse, das er belustigt als Erprobungsbergwerk bezeichnete. Selbstverständlich sei es offiziell nur so bezeichnet worden, in Wirklichkeit habe es sich aber schon von Anfang an um die Einrichtung eines Endlagers für schwachen und mittelaktiven Atommüll gehandelt. Neben möglicher Widerstände aus der Bevölkerung habe man so auch ein kompliziertes Genehmigungsverfahren vermieden.

Auf Nachfrage von Anne Bergdorf deutete er zudem an, dass neben dem offiziell deklarierten Atommüll auch noch andere Materialien entsorgt werden. Darüber könne er aber nicht reden.

Anne Bergdorf überlegte, ob Sie ihrem Begleiter genaueres zu ihrer Beauftragung sagen sollte, unterließ dies aber, weil die allgemeine Geheimniskrämerei um die persönliche Einbindung in das EVA-Programm zum Stil der ganzen Aktion zu gehören schien.

„Sie sehen die Sachlage ja ganz klar. Es handelt sich um Spezialisten aus den unterschiedlichsten Bereichen, alles hochqualifizierte Leute mit Geschichten, die zum Teil Romane füllen würden. Ich bin da nur ein bescheidenes Licht. Meine Aufgabe haben Sie in meinem Bericht gehört. Wir gehen davon aus, dass sich aus dem harten Kern der Protestierer in Gorleben Kontakte zur Terrorszene ergeben. Erste Anhaltspunkte gibt es auch, dass Hamburger Zielpersonen schon in Gorleben eingestiegen sind. Hier halte ich sozusagen als Außenposten die Stellung in Gorleben."

Sie unterhielten sich noch beinahe bis zur Polizeistunde und Anne Bergdorf wartete darauf, dass sie eine Einladung zu einem Liebesabenteuer erhalten würde. Gemessen an der Erscheinung ihres Begleiters und den recht verwobenen, immerhin gemeinsamen Interessen, wie sich im Laufe des Abends herausgestellt hatte, war das ein wünschenswertes Ziel. Und so kam es auch.

Küppers hatte von Anne über das EVA-Programm erfahren und erkundigte sich danach bei Edgar Laimholz. Der konnte ihm aber nur sagen, dass solche Fragen bei der BadischenBauCompanie für Reaktoren von einer eigenen Abteilung bearbeitet würden. Er selbst hätte dazu überhaupt keinen Zugang und könne auch nicht probieren, etwas dazu herauszufinden. Er habe nämlich seit Anfang der Woche eine Kündigung zugestellt bekommen, weil er sich nach Ansicht der Geschäftsleitung betriebsschädigend verhalte.

Der Hauptgrund dafür sei, dass er zur anstehenden Betriebsratswahl ein Flugblatt verteilt habe. Verfasst sei das Flugblatt von ihm und anderen Kollegen. Die bisherige Schleimtour der Betriebsräte führe nur zu einem Aufblähen der Kosten des geplanten Reaktorprojektes, das auch sonst völlig unkritisch bearbeitet würde. Dafür hielte er ungern seinen Kopf hin.

„So jedenfalls kann eine zukunftsorientierte Entwicklung nicht aussehen. Wenn wir schon an der Reaktorentwicklung mitarbeiten, müssen wir unsere Konzepte auch in der Öffentlichkeit vertreten können, was sehr wohl möglich ist", meinte er. „Es hat doch keinen Sinn, wenn die Geschäftsleitung aus reiner Unfähigkeit das Unternehmen in Grund und Boden führt. Ich habe Dir ja schon von dem Reaktormodell erzählt, das nun schon fast das Modell zur behördlichen Genehmigung geworden ist."

Man strebe einen Betriebsrat an, der sich in die betrieblichen Probleme wirklich einschalte. Er selbst kandidiere auch dazu.

Weil es sich aber um eine Kandidatur außerhalb der offiziellen IG Metall-Liste drehe, habe der Betriebsrat in Verbindung mit der Ortsverwaltung Mannheim eine Kündigung erwirkt. Dagegen sei jedoch schon Widerspruch eingelegt. Man werde sehen. Nur könne er jetzt keinerlei Informationen aus dem Unternehmen besorgen. Sonst scheitere die Kündigungsschutzklage und eventuell auch eine Abfindung.

Küppers verarbeitete die Informationen zu einem längeren Artikel, der auf die Risikoanfälligkeit von Atomreaktoren einging, insbesondere auf die Schwierigkeiten, von menschlichem Versagen verursacht. Über das EVA-Programm verlor er keine Silbe, denn das hätte Anne Bergdorf sofort bloßgestellt. Sie hatte von ihrer Angst und ihren Skrupeln wegen ihres Jobs beim Innenministerium berichtet.

Andererseits entwickelte sich daraus aber vielleicht eine Geschichte, die später unbedingt veröffentlicht werden müsste, ähnlich wie es ein anderer Autor zuvor über die Arbeitsweise der Bild-Zeitungsredaktion gemacht hatte.

Sie vereinbarten sich oft abzusprechen, was für Anne ein beruhigender Gedanke war.

Wie ihr Ramboch empfohlen hatte, erzählte sie Rolf Matt von den Programmen, die derzeitig in Gang gesetzt würden und stieß auf größtes Interesse. Das könnte vielleicht der Knüller für die Veröffentlichung seiner Habilitationsarbeit sein, die ja einen Bereich der politischen Soziologie beträfe. Bei einem Treffen am folgenden Wochenende in Berlin könnten sie sich genauer darüber unterhalten, schlug er vor und kündigte an, ihr die Reisekosten zu ersetzen, falls sie gerade klamm sei.

Anne konnte ihn beruhigen, sie verdiene zur Zeit bestimmt das dreifache seines Assistenzprofessorengehalts, wenn man einmal alles einbeziehe. Vielleicht solle sie ihn einladen. Man könne sich ja in der Szenenkneipe zur „Dicken Wirtin“ am Olivaer Platz treffen und dann weitersehen. Übernachten würde sie gerne bei ihm, falls es recht wäre. Es war kein Problem.

Offene Beziehungen

Bei der „Dicken Wirtin“ handelte es sich um eine Kneipe, die während der Studentenbewegung eine gewisse Rolle als Treffpunkt der 68er gespielt hatte. Das Publikum war bunt und laut.

Als Anne Bergdorf eintraf, stand Matt am Tresen und war im Gespräch mit einer apart aussehenden großen Frau mit langen blonden Haaren. Sie hätte einem der Photos entstammen können, die ’68 von den Anti-Vietnamdemonstrationen oder von der „Schlacht am Tegeler Weg“ durch die Presse gingen. Ihre Kleidung passte allerdings nicht zu diesen Bildern, dazu war das Ensemble zu stark Ton in Ton und viel zu perfekt.

Anne Bergdorf begrüßte ihren Freund mit einem Kuss auf die Wange und bemerkte, dass sie sich sehr freute.

Seine Gesprächspartnerin sei Frau La Marsch-Radler, eine Publizistin, die sich mit dem Kampf gegen die Atomkraft intensiv beschäftige. Sie sei an Annes Arbeit interessiert und eine Kennerin der Anti-Atomkraftszene. Außerdem hielte sie Vorträge für die Bundeszentrale für Politische Bildung und vertrete dort eine sehr kritische Meinung zur Atomenergie. Sie kenne sich jedenfalls in der Szene gut aus.

Anne begrüßte die Publizistin zurückhaltend. Ihr impulsiver Eindruck von der Frau beruhte auf deren kalten Attributen, die durch dünne Lippen besonders unterstrichen wurden.

„Ich arbeite als Freie Feste Journalistin beim Sender Freies Berlin und schreibe auch für die Frankfurter Rundschau”, umriss Frau La Marsch-Radler ihren Wirkungskreis. Sie entpuppte sich als angenehme Gesprächspartnerin und Anne korrigierte ihren ersten Eindruck. Nach mehreren

Köpis beschlossen die drei, den „Zwiebelfisch“ aufzusuchen, der nur wenige Meter nebenan war.

An einem der kleinen runden Tische, die für das Ambiente des Lokals unvermeidlich waren, gerieten sie in eine angeregte Diskussion, wobei sie sich völlig ungestört fühlten. Sie übersahen deshalb einen Mann in einer schwarzen Lederjacke, deren Schulterklappen durch silberne Nieten gehalten wurden.

Er hatte sich kurz nach ihnen an ein Tischchen gesetzt, von dem das Lokal leicht zu überblicken war, lediglich durch ein anderes Tischchen von der Gesprächsrunde getrennt. Angelegentlich sah sich der Mann zwischen der Lektüre des Wochenmagazins TIP und verschiedener Tageszeitungen in seiner Umgebung um. Ein geschulter Beobachter hätte vielleicht das dünne Kabel bemerken können, das aus dem Wochenmagazin in seine Jackentasche führte.

Die Journalistin sprach von ihrem derzeitigen Arbeitsschwerpunkt, bei dem sie von Rolf Matt beraten würde. Es ging dabei um die gesellschaftlichen Risiken der Atomenergie und die damit verbundene Gefahr, in eine Atomdiktatur hineinzuschlittern. Die Selbstherrlichkeit und die Gewaltmaßnahmen, die vom Staat gegen die Gegner der Atomenergie eingesetzt würden, mache Überlegungen zur Gegenwehr notwendig. Sie recherchiere derzeitig über die staatlichen Pläne. Es seien aber auch Kontakte zustande gekommen, aus denen sie über militante Aktionen erfahren habe. Sie seien für das nächste Jahr geplant, weil sich in diesem Zeitraum die wichtigsten Entscheidungen ergeben würden. Es wäre eine Tragik, dass dabei Leute, die eine dramatische Fehlentwicklung verhindern wollten, sicherlich kriminalisiert würden. Dies könne die Entwicklung eigentlich nur verschlimmern und sie sehe eine Aufgabe darin, Aktionen, die dem Staat nur als Vorwand zum Dreinschlagen dienten, nach Möglichkeit zu verhindern. Vielleicht könnte Anne Bergdorf ihr dabei helfen. Sie wisse wohl, welche Risiken damit verbunden wären, aber die Verteidigung der Demokratie müsse es wert sein. Sie sehe ihre Aufgabe darin, soviel Öffentlichkeit herzustellen, damit weder die eine noch die andere Seite zuschlagen könne.

Matt machte dazu eine skeptische Miene.

„Du unterschätzt den Staatsapparat. Es geht nicht um einen irgendwie gelagerten Dialog. Die Durchsetzung der Atomprogramme ist das Ziel, komme was wolle. Es hängen Milliarden davon ab und Riesenprofite und außerdem die Staatsräson. Der Staat will zeigen, wo die Grenzen der Gegnerschaft zu seinen Absichten sind. Und diese Absichten decken sich mit der Mehrheit der Bevölkerung. Noch.

Schließlich glauben viele, dass davon die Arbeitsplätze abhängen, und es ist doch bequem, wenn der Strom unbeirrt aus der Steckdose kommt."

Nützlich wäre nur eine Kampagne, die auf wissenschaftlichen Erkenntnissen beruhe und mit der man nachweisen könne, welche Folgen die Atompläne für den größten Teil der Gesellschaft hätten. Das wäre auch die Grundüberlegung bei den Arbeiten für seine Habilitation, die im übrigen allein schon durch die Ergebnisse der Expertengespräche von Brisanz sei, bemerkte Matt etwas selbstgefällig.

„Es werden manche Leute aus der Atomlobby die Augen aufreißen, wenn sie lesen, was nun die Öffentlichkeit alles erfahren wird", setze er noch einen Punkt darauf. „Alle Interviews mit den Verantwortlichen sind abgeschlossen. Obwohl ich allen Stellen mitgeteilt habe, was ich vorhabe, sind sie überraschend offen gewesen, jedenfalls nach einer gewissen Anlaufzeit."

Anne Bergdorf besann sich auf die Aufforderung Rambochs, über ihre Arbeit zu erzählen, und legte los. Die beiden anderen waren nicht schlecht erstaunt darüber.

„Normalerweise ist das alles doch höchst vertraulich. Bei meinen Recherchen bin ich immer auf vermeintliche Unwissenheit oder auf Abwehr gestoßen", meinte die Journalistin.

Über die Aktionstagung bewahrte Anne allerdings Stillschweigen. Sie traute sich nicht zu, ihre Einladung dazu verständlich zu machen, ohne das Gesicht zu verlieren. Wieder beschlich sie ein ungutes Gefühl. Sie erinnerte sich an eine Regel, die Matt früher für sich selbst aufgestellt hatte, als er noch beim Battelliten-Institut tätig war. Sie hieß: Du kannst alles mitmachen, wenn Du darüber noch wahrheitsgemäß guten Freunden erzählen kannst, ohne ihre Freundschaft zu verlieren. Anne war klar, dass sie diesen Punkt überschritten hatte. Ihre beruflichen Perspektiven waren nicht von Freunden, sondern von Förderern abhängig, und danach hatte sie ihr Einsteigen in das EVA-Programm bestimmt.

Rolf Matt bemerkte, wie sie sich zurückzog.

„Da ist doch noch etwas, was Du nicht erzählt hast. Leute, die so knallhart sind, wie Du erzählst, lassen nach meiner Erfahrung nicht zu, dass etwas ausgeplaudert wird. Und Du bist sogar dazu aufgefordert worden. Es steckt etwas dahinter, was ich nicht kapiere", rückte er Anne mit einem großen Fragezeichen auf die Pelle.

„Mir ist auch noch vieles unklar", erwiderte sie, „aber lass' mich mal, ich werde es erzählen, wenn ich durchblicke."

Ihre Erfahrung mit dem Selbstlauf von Informationen, die von anderen weitergetragen werden, ließ sie Matt gegenüber vorsichtig werden. Ihre berufliche Perspektive würde sie allein beeinflussen, andere konnten dabei nur stören, war ihr wesentlicher Gedanke. Wenn sie sich dabei sicherer fühlte, stünden Veröffentlichungen nichts im Wege, erklärte sie.

Als sich Frau La Marsch-Radler verabschiedete und ging, sah ihr Anne beim Verlassen des Lokals nach. Ganz nebensächlich registrierte sie, dass der Typ, der ein Tischchen weiter saß, ebenfalls aufstand und ging.

Matt und Anne Bergdorf plauderten noch lange und erinnerten sich amüsiert verschiedener gemeinsamer Erlebnisse. Zuhause köpften sie noch eine Flasche Wein aus einem Pfälzer Weingut, das sie oft aufgesucht hatten. Dann gingen sie zu Bett. Anne schlief im Gästezimmer, das sie wie gewohnt, im Handumdrehen zu einer Kleiderkammer umfunktioniert hatte.

Wie kann man in einem so kleinen Koffer so viele Klamotten transportieren, fragte Matt am nächsten Morgen belustigt.

„Kein Problem", antwortete Anne, „es sind ja nur Kleinigkeiten." Ihre verschiedenen Dessous bezeichnete sie damit ganz richtig.

Das Frühstück nahmen sie im Cafe Einstein ein, in dem die befrackten Kellner absolute Larmoyanz zur Schau trugen – ein bisschen wie in Rick's Café im Film ‚Casablanca'.

„Es wird ein interessanter Tag werden", versprach Annes Freund.

Sie wollten ein paar Freunde besuchen, die gerade eine Kampagne zur Besetzung von leerstehenden Häusern gestartet hatten. Die meisten davon wären ‚Mittelbauern' von der FU. Diese wissenschaftlichen Mitarbeiter, wie Anne auf ihre Frage erfuhr, planten ein Aktionsforschungsprojekt mit Leuten aus der autonomen Szene, die sich gerade geeignete Objekte ausgucken würden. Ein heißes Eisen, sei das, erklärte ihr Matt, denn es gehe gerade um einen Streit bei den Autonomen, ob das nun Spitzel oder nützliche Idioten seien. Ein Thema, das sie bestimmt interessiere, nachdem, was sie von den Aktionsforschern im Wyhler Atomkraftwerkskonflikt berichtet habe.

Als Anne nach dem letzten Schluck Espresso einen Blick in die Runde warf, fiel ihr wieder der Typ mit der Nietenlederjacke auf.

Sie machte ihren früheren Freund auf den Mann aufmerksam und fragte, ob er ihn irgendwie kenne. Sie glaube, er sei am gestrigen Abend auch im ‚Zwiebelfisch' gewesen. Matt sah sie unsicher an. Nachdem er sich unauffällig umgesehen hatte, verneinte er Annes Frage. Es könne ein Zufall sein, oder auch nicht, gab er zu bedenken. In Berlin könne man schon manchmal eine Paranoia bekommen, wenn man sich politisch engagiere. Aber damit müsse man eben leben, in der Regel sei wohl nichts dran.

Anne erinnerte ihn daran, wie er über solche Beobachtungen früher geredet habe und musste lächeln: „Weißt Du noch, wie Du die unscheinbare Parkmarke des Battelliten-Instituts für die Windschutzscheibe bezeichnet hast? Für Dich war es damals ein Erkennungszeichen für Insider."

Anne blieb misstrauisch, denn die Nieten kamen ihr wie ein solches Erkennungszeichen vor. Sie war fast sicher, dass es sich um den gleichen Typ handelte.

Sollte ich von Ramboch und seinen Leuten überwacht werden, fragte sie sich und machte auch darüber eine Bemerkung, die Matt immerhin nachdenklich stimmte.

„Wir werden das prüfen", bemerkte er nur. Wie, sagte er nicht. Als sie das Cafe verließen, war der Mann nicht mehr zu sehen.

„Also Fehlanzeige", ließ Matt lakonisch fallen. Seine unbeirrbare Selbstsicherheit beeindruckte Anne noch immer, obwohl dieser Charakterzug einer der Hauptgründe für ihre Trennung von ihm gewesen war. Jetzt kam er ihr geradezu heilsam vor.

Sie verbrachten einen spannenden Nachmittag in einer Kreuzberger Wohnung, bei dem es nicht nur ums Thema ging.

Beim Abschied auf dem Flughafen Tegel verabredeten sie, engen Kontakt zu halten. Anne würde in nächster Zeit auch ein Manuskript der Habilitationsarbeit zur kritischen Durchsicht erhalten.

Heisse Kabel

Zurück in Bonn wurde Anne Bergdorf ein paar Tage später Zeugin eines Gesprächs zwischen Ramboch und einem graumelierten Herrn. Die beiden saßen einige Tische entfernt von ihr im Casino des Innenministeriums, das in einem hübschen Pavillon im Innenhof des weitläufigen Areals untergebracht war. Offensichtlich fühlten sie sich allein, denn sie gestikulierten und argumentierten ganz offen und viel zu laut.

Es ging um Schwierigkeiten mit der Atomindustrie, deren Vertreter Rambochs Gesprächspartner offenbar war. Er redete ziemlich heftig auf Ramboch ein und sein Tenor war, soweit Anne Bergdorf dies verfolgen konnte, man solle Publizität in der Auseinandersetzung um die geplanten Bauplätze und besonders um das Endlager Gorleben dringend vermeiden. Im letzteren Fall wendeten sich immer mehr Leute aus der Gegend gegen die Pläne und besonders der dortige Großgrundbesitzer wäre ein ungewöhnliches Hindernis. Einfach ein adliger Sturkopf. „Wir sollten in aller Ruhe die Genehmigungsverfahren betreiben, bei denen wir uns letzten Endes durchsetzen", schnappte Anne auf. Und: „Wir haben den längeren Atem. Ganz entscheidend ist dabei, dass die ganze Sache nach dem Bergrecht durchgesetzt wird und nicht nach dem Atomrecht. Denn das Atomrecht zwingt zur Öffentlichkeitsbeteiligung und das wollen wir unter allen Umständen vermeiden. Es wäre schlecht, wenn die Leute darauf kommen würden und auch merken, was es mit den Salzrechten auf sich hat. Das wäre sehr ungünstig."

Dann ging es um Sonderprogramme, welche einen Konflikt nur verschärfen könnten.

„Wir verlangen die Unterstützung des Staats, nicht aber auf Ihre Weise, Herr Ramboch", sagte der eine plötzlich erregt. Dann fielen die Worte ‚Arbeitsteilung' und ‚Profilierungssucht'.

Jetzt erst entdeckte Ramboch, dass Anne Bergdorf in ihrer Nähe saß. Es war ihm deutlich unangenehm. Er trat die Flucht nach vorne an und bat Anne zu ihrem Tisch. Während Rambochs Gesprächspartner sie abschätzend betrachtete, stellte sie sich ihm als abgeordnete Assistentin der Atomvereinigung vor. Und zu Ramboch gewandt erklärte sie, sie arbeite übrigens inzwischen an einem weiteren Bericht für das EVA-Programm. Sie war in ihrer Verstellung nicht besonders überzeugend.

Am Nachmittag führte Ramboch eine Reihe langer Telefongespräche. Das wichtigste begann mit der Frage, „wie geht es in Berlin voran?"

„Es läuft fast wie geplant. Sie haben alle so reagiert, wie wir es vorhergesehen haben. Es gab nur ein Problem, das wir aber lösen. Unsere Zielperson hat eine Journalistin eingeschaltet, die sich schon länger mit der Sache beschäftigt und sehr viel weiß. Sie treibt sich auf allen möglichen Hochzeiten bei den Atomkraftgegnern herum, hat offenbar aber auch Kontakt zu unseren Leuten. Wir werden das noch verfolgen. Es steht aber fest, dass sie für den SFB und die Frankfurter Rundschau arbeitet, und die Herrschaften dort sind uns nicht gut gesonnen, aber das brauche ich Ihnen ja nicht zu sagen. Ramboch, können Sie in dieser Richtung mal vorbauen? Ein Gespräch mit den verantwortlichen Leuten oder sonst eine Ihrer Methoden. Wir haben die Frau jedenfalls in unsere Operation einbezogen. Alles andere ist bestens unter Kontrolle."

„Gibt es denn irgendwelche konkreten Erkenntnisse, von denen ich meinen Leuten berichten kann?"

„Unsere Zielperson telefoniert überaus fleißig. Er steckt wohl in der gleichen Zwickmühle wie wir. Noch weiß Matt nicht, wem er die Informationen ihrer Dr. Bergdorf mitteilen soll. Klar ist aber, dass er online ist."

„Können Sie denn ein bisschen Druck machen, auf den Typ meine ich", drängte Ramboch.

„Wir werden Schwachstellen prüfen", war die Antwort aus Berlin.

Kurz darauf bat Ramboch Anne Bergdorf zu sich.

„Sie machen Ihre Arbeit ausgezeichnet“, begann er das Gespräch. „Wenn mich nicht alles täuscht, macht sie Ihnen Spaß. Ihnen ist aber auch klar, dass von nun an alle weiteren Informationen, die nach außen gehen, mit mir im einzelnen abgesprochen sein müssen. Nur in Ihrem eigenen Interesse. Sie wissen viel über unsere Operation, die im Interesse des demokratischen Rechtsstaats ist. Gegen Terror gibt es kein anderes Mittel, als Aufräumen. Mit allen Mitteln. Sie müssen sich nun hüten, unbedacht zu sein. Die intensive Verbindung zu Ihrem Freund, der Kontakte zum terroristischen Lager hat, könnte falsch ausgelegt werden. Sie kennen den Paragraphen 116a, zu deutsch: Unterstützung einer terroristischen Vereinigung. Davor können wir Sie nur schützen, wenn Sie unsere Linie genau einhalten."

Scheiße, dachte Anne Bergdorf. Jetzt hat er Matt und mich am Wickel.

„Herr Ramboch, sie gehen zu weit." Ihre Stimme bekam eine überzogene Färbung.

„Ich bin von Ihnen angefordert worden und soll eine wissenschaftliche Tätigkeit ausüben, die mit Terrorismus nicht das geringste zu tun hat. Ich bin bereit, einen Beitrag zur Entspannung der Lage zu leisten, lasse mich aber nicht verheizen."

„Das meinen vielleicht Sie, liebe Frau Doktor, die Bundesstaatsanwaltschaft könnte aber etwas ganz anderes glauben. Wir wollen aber nicht so weit gehen. Sie haben alle Chancen auf Ihrer Seite, beruflich gehörig weiter zu kommen. Es kommt nur auf Sie selbst an."

Ramboch fixierte sie kalt und ungerührt. „Ich sage Ihnen, was Sie tun werden."

Erstmals stand die Drohung handgreiflich im Raum. Anne Bergdorf war seinen strategischen Absichten gänzlich ausgeliefert, da gab es kein Vertun mehr. Und dahinter standen mächtige Regierungsmitglieder und die äußerst einflussreiche Atomfront. Natürlich auch wichtige Mitglieder der politischen Elite, oder solche, die sich gerne dazu zählten.

„Unter diesen Umständen möchte ich eigentlich nicht weiter mit Ihnen zusammenarbeiten", setzte sie die letztmögliche Karte.

„Das sollten Sie sich genau überlegen. Als Politologin wissen Sie, was brisante Informationen sind und was sie bewirken können. Geraten sie erst einmal in die Öffentlichkeit, dann …."

Er unterbrach sich und bemühte sich wieder um einen jovialeren Tonfall. „Verstehen Sie das nicht falsch. Es sind Ihnen bestimmt Fälle bekannt, in denen solche Querschüsse verhindert worden sind. Gehen Sie immer davon aus, das ist hier kein Kindergarten."

Keine Frage, es war etwas im Gange, in das sie aus Gründen hineingezogen worden war, auf die sie keinerlei Einfluss ausüben konnte. Alle Alarmsignale leuchteten auf einmal. Der Versuch sich mit Unkenntnis zu rechtfertigen, würde die Geschichte nicht besser machen. Sie war sich zwar sicher, dass die Offenheit, mit der sie sich gegenüber Küppers und ihrem Freund geäußert hatte, das Problem nicht lösen würde, eine gewisse Absicherung sah sie dennoch darin. Und wenn das alles zu einem Plan gehört, der von den Sicherheitsexperten ausgetüftelt worden ist, wenn ich als Lockvogel fungiere, was dann?, schoss es ihr durch den Kopf.

Küppers schreckte mitten in der Nacht auf, als das Telefon klingelte.

Anne machte ihn mit ihrer Angst und Aufregung gleich hellwach. Sie habe sich entschlossen, so schnell als möglich Schluss mit ihrer Tätigkeit zu machen, die ihr über den Kopf wachse. Sie wisse nicht, welche Strategien ausgeknobelt worden seien, um einen schweren Schlag gegen die Atomkraftgegner zu führen. Irgendwie passe aber alles zusammen, und eigentlich habe ihr Ramboch ja auch die Pläne erläutert. Wie die Operation aber praktisch aufgezogen sei, wisse sie nicht. Hartmut Küppers sei wahrscheinlich ebenfalls ein Rädchen, Rolf Matt sei ebenso wie sie hineingezogen. Sie glaube, dass ihr Gefahr drohe. Soweit habe sie wirklich nicht gedacht. Es sei ihr schließlich um ihre Karriere gegangen, nicht um eine Art Krieg.

Küppers hatte Mühe, ihren Redefluss zu stoppen. „Nu' mal langsam", fiel er ihr ins Wort. „Ok, ok, es läuft tatsächlich etwas Merkwürdiges. Ich werde für einen Job bezahlt, der gar nicht verwertet wird. Jedenfalls merke ich davon nichts. Ich werde dafür belobigt und kenne meine Auftraggeber nicht einmal persönlich. Die Atomvereinigung lässt etliche Mäuse für mich springen und weiß, dass Du die gleiche Arbeit machen könntest. Dich delegieren sie aber nach Bonn und fordern Dich sogar auf, über Deine Arbeit mit bestimmten Leuten zu reden, mit mir zum Beispiel, und dann erfahren sie von mir wieder, was Du machst", fasste er die Geschichte wie zur eigenen Absicherung zusammen.

„Vielleicht habe ich die Rolle eines Kontrolleurs, der überprüfen soll, wie zuverlässig Du bist", überlegte er laut. „Andererseits haben wir uns zufällig kennengelernt und an unseren persönlichen Absprachen haben sie doch nichts drehen können. Oder funktionieren wir so normal, dass wir für Spezialisten kalkulierbar sind. Dann wären wir Akteure auf ihrem Spielbrett, Figuren, die man nur ein wenig verschieben und beobachten muss und schon ist man auf der richtigen Spur ..."

Einen Augenblick lang war es still in der Leitung.

„Das wäre doch Wahnsinn!", seufzte Küppers, der selbst nicht glauben mochte, was er da gesagt hatte.

„Es ist Wahnsinn", setzte Anne hinzu. „Ich bin mir jetzt sicher. Ich werde mich schnellstmöglich irgendwo anders bewerben."

„Sieh zu, dass Deine Typen keinen Wind davon kriegen", sagte Küppers beunruhigt.

Anne Bergdorf wirkte verstört, als sie etwas später Rolf Matt ihre Eröffnungen machte.

War es denn denkbar, dass er den Staatsschutz zu Aktivisten der Atomkraftgegner führen könnte, unwissentlich natürlich. Er habe doch sicher inzwischen mit anderen Leuten über ihre Arbeit geredet. Kenne er denn solche Leute? Müssten sie nicht gewarnt werden, weil sie nur als Vorwand für staatliche Aktionen benutzt würden? Könnte es sein, dass sein Telefon überwacht würde, auch jetzt bei diesem Gespräch? Und was mache Frau La Marsch-Radler wirklich?

„Ich habe mir schon überlegt, was an Deiner Geschichte dran sein kann. Sie ist ziemlich unlogisch und mindestens ungewöhnlich. Denn wie ich den Staatsschutz einschätze, arbeitet man dort anders, viel verdeckter. Aber vielleicht ist das eine neue Strategie. Wenn man davon ausgeht, dass alle Atomkraftgegner potentielle Aktivisten sind, macht das schon Sinn. Es geht gar nicht darum, einzelne Terroristen zu stellen, sondern darum, alle zu möglichen Terroristen zu stempeln. Das liegt ja dann in der Logik von Robert Jung, wenn er vom ‚Atomstaat' spricht, in dem alles überwacht werden muss, was dem Staat irgendwie gefährlich werden könnte. Eine Zuspitzung von George Orwells ‚1984'."

Matt redete sich immer mehr in diese Idee hinein und vor ihren Augen entstand ein raffiniertes Bild. Die Atomfront weiß genau, was sie tut und mit welchen Risiken dies verbunden ist. Es sind nicht nur technische Risiken, sondern auch organisatorische und erst recht politische Risiken. Was passiert, wenn sich die Bevölkerung von den Atomplänen abwendet und eine Mehrheit auf die Seite der Gegner überläuft? Plötzlich fallen Wahlergebnisse anders als vorhersehbar aus und die Leute, die das Machtmonopol haben, stehen plötzlich mit leeren Händen da und werden womöglich sogar noch zur Verantwortung gezogen. War nicht die Verquickung von politischer und ökonomischer Macht eine starke Triebkraft für alle möglichen Exzesse, bis hin zu Kriegen? Ist Rücksichtslosigkeit nicht ein vorteilhaftes Mittel in einer Gesellschaft, die permissiv alles mit sich machen lässt? Wenn die Gesellschaft aufwacht und sich wehrt, was passiert dann in den Machtetagen? Wahrscheinlich denken die dort sitzenden Herren und Damen durchaus an solche Entwicklungen und tun alles um sie zu vermeiden. Und wenn sie nicht zu vermeiden sind, sollte es möglich sein, sich gut mit neuen Verhältnissen zu arrangieren. Deutsche Eliten haben damit ja Erfahrung, so die blitzschnellen Assoziationen von Anne Bergdorf auf das, was Matt sagte.

„Das passt für die Gespräche mit Ramboch. Bauplatzbesetzungen und andere Aktionen der Atomgegner lassen sich durch die Polizei und den Bundesgrenzschutz bekämpfen. Anders ist das mit der politischen Legitimation. Wenn immer mehr Parlamentarier umfallen, läuft auch das Atomprogramm nicht."

Matt übernahm den Entwurf: „Man will vielleicht die Bevölkerung spalten. Dann gibt es die guten Energieverbraucher und die bösen Terroristen, die den Staat kaputtmachen wollen und dazu die Atomkraftwerke sozusagen als Geiseln nehmen. Das ist ein so einfaches Strickmuster, dass es funktionieren kann. Ähnlich waren ja auch die Legenden zu den Selbstmorden von Stammheim aufgebaut. Diese Logik kapiert jeder brave Bürger. In meiner Habilitation kommen ähnliche Szenarien vor, wenn man von den Gesprächen ausgeht, die ich mit der Atomlobby und Bundestagsabgeordneten geführt habe. Wenn sich herausstellt, dass Deine Befürchtungen stimmen, dann werde ich die Arbeit bald veröffentlichen. Wenn ein solches Komplott geplant ist, kann man unmöglich zusehen, das läuft ja auf Staatsterrorismus hinaus. Ich möchte nur wissen, wer so etwas einfädelt. Wir leben doch noch nicht in einer Bananenrepublik, obwohl man darüber geteilter Meinung sein kann."

„Immerhin weiß ich, wer so was einfädelt", fügte Anne fast kokett an und ihre Stimmung wechselte allmählich von Angst zu Wut. „Denke doch mal an das Celler Loch und den Privatagenten Mauss, der sich alles erlauben kann und vom Staat geschützt wird, so ähnlich könnte das Szenario doch entstanden sein. Der ist doch Experte für solche Aktionen. Ich werde Ramboch morgen darauf ansprechen und dann kündigen", sagte sie entschlossen.

Sie verabredeten, nun möglichst täglich miteinander zu telefonieren, bis Klarheit in die Sache gekommen sei.

Garde III

Beim Frühstück erzählte Küppers seinem Wohnungsgenossen Laimholz von Anne Bergdorfs Geschichte. Seltsamerweise löste er damit keine Überraschung aus. Laimholz lachte nur sardonisch.

„Wenn Du wüsstest, wie die Atomwirtschaft rotiert, weil sie sich vom Staat alleingelassen fühlt, so spricht man jedenfalls in den Vorstandsetagen, könntest Du Dir sehr wohl vorstellen, dass irgendein wildgewordener Staatssekretär solche Pläne schmieden lässt. Ich kann mir auch vorstellen, dass so was nur von ganz oben kommen kann. Natürlich nicht als Dienstanweisung oder so was, das bleibt auf der Ebene von Anregungen oder Bitten, bei denen dann aber jeder weiß, was gemeint ist. Und nachher hat niemand die Verantwortung, wenn etwas auffliegt. Das geht in unserem Betrieb genauso. Ich habe nächste Woche meine Verhandlung vor dem Arbeitsgericht und mir werden schon seit längerer Zeit subtile Angebote gemacht, doch darauf zu verzichten und mich mit einer schönen Abfindung endlich davonzumachen. Schriftlich gibt es da gar nichts und Zeugen findest Du auch nicht. Ich kann nur raten, dass sich Deine Freundin handfeste Dokumente verschafft, um etwas in der Hand zu haben."

Diese Botschaft wollte Hartmut Küppers gerne weitergeben, vielleicht würde dabei auch noch eine publikumswirksame Story herausspringen.

Hickhack

An einem der nächsten Tage erhielt Anne Bergdorf einen Telefonanruf von Direktor Ehrenfried, der sie auf einen Abend zu sich nach Frankfurt bat. In der KiloWattUnion sei ein Arbeitsstab eingerichtet worden, der sich mit den EVA- und EVI-Problemen beschäftigen solle. Er selbst habe damit nichts zu tun. Man höre aber, dass es sich um eine geheime Operation handle, mit der die Atomindustrie wieder in die Offensive katapultiert würde. Er wisse doch, dass sie auch irgendwie daran mitwirke, und er würde sich gerne mit ihr darüber unterhalten. Eigentlich sei das ja nichts für sie. Merkwürdigerweise sei er von seiner Tochter schon zum zweiten Mal auf solche Dinge angesprochen worden. Er befürchte, dass sie in einer Gruppe von Leuten mitarbeite, denen die Programme gälten. Er habe Angst um sie und vermute, dass Anne Bergdorf etwas tun solle, was damit in Verbindung stehe. Er habe ein sehr schlechtes Gefühl. Er sei Maschinenbauer und nicht Staatsschützer. Außerdem empfinde er auch ein gewisses Verantwortungsbewusstsein für seine Tochter. Er habe sie für diesen Abend eingeladen, um ein Gespräch zwischen den beiden Frauen zustande zu bringen. Er bitte Anne, seiner Tochter die Tragweite ihrer Einstellung vor Augen zu führen. Mehr könne er im Augenblick nicht tun. Es gehe aber auch um seine Position bei der KiloWattUnion, wie sie sich denken könne. Ob sie käme? Anne Bergdorf sagte zu.

Ramboch ging erregt vor Anne Bergdorf in seinem Zimmer auf und ab. Er hatte sie zu sich zitiert, um die weiteren Einzelheiten ihrer Arbeit abzusprechen. Diese Einzelheiten entpuppten sich rasch als scharfe Kritik an ihrem Verhalten.

„Wir wissen, dass Sie Zweifel an unserer Operation bekommen haben. Das wäre mit mir zu besprechen gewesen und nicht mit ihrem Freund in Berlin. Ich halte Ihr Vorgehen für verantwortungslos. Sie torpedieren damit die Sicherheit der Atomkraftwerke und letztlich auch die Zukunft unserer Gesellschaft."

Ob das nicht etwas weit hergeholt und übertrieben wäre, entgegnete Anne Bergdorf unerwartet kühl. Woher ihm dies bekannt sei, wollte sie wissen.

„Ich sagte Ihnen schon, dass wir umfassend arbeiten. Sie können sich ausdenken, was Sie wollen. Wir wissen jedenfalls, dass Sie Risiken eingehen wollen, die für Sie nicht kalkulierbar sind. Ich möchte, dass Sie weiterkommen und habe mich dafür eingesetzt. Ich empfinde ihre Herangehensweise auch als Vertrauensbruch mir gegenüber. Ich bitte Sie nochmals, genau so zu verfahren, wie wir es abgemacht haben. Für anderes übernehme ich keine Verantwortung. Sind Sie so scharf auf Schwierigkeiten?", setzte er eindringlich hinzu.

„Sie produzieren mir Schwierigkeiten, nicht umgekehrt. Ich kann mich nirgendwo mehr blicken lassen, wenn ich ihren Anweisungen folge. Ihr Spiel macht mich krank und ich glaube auch nicht, dass Sie mir eine Zukunft garantieren werden. Ich habe vor, den Job aufzukündigen", ging Anne Bergdorf aggressiv darauf ein.

Im Hause Ehrenfried herrschte rege Betriebsamkeit. Anne Bergdorf hatte sich vom Frankfurter Hauptbahnhof mit dem Taxi nach Taunusstein fahren lassen und kam gerade an, als ein lautstarker Disput auf der Terrasse zwischen Vater und Tochter stattfand.

Imme Ehrenfried beschuldigte ihn gerade, ein Kapitalagent zu sein, dem es nur auf seine Interessen ankäme. Sie vermisse jegliches Gespür für gesellschaftliche Verantwortung und frage sich, wie lange ihr Vater eigentlich noch so weitermachen wolle. Es gäbe schließlich gesellschaftliche Widersprüche, und entscheidend sei, auf welche Seite man sich stelle. Er jedenfalls stehe auf der Seite der Unterdrückung und des Unrechts, sie wolle dagegen für Freiheit und Demokratie eintreten und gegen den Imperialismus der Metropolen kämpfen. Als Direktor sei er mitverantwortlich, dass die KiloWattUnion gerade mit Diktaturen die besten Geschäfte mache, wenn man an Iran und Brasilien denke. Für ihn seien Profite wichtiger als Menschen und darüber könne es zwischen ihnen keine Verständigung geben.

Anne Bergdorf war die Argumentation wohlvertraut. So waren auch die Auseinandersetzungen mit ihrer Familie verlaufen, als sie noch keinen Universitätsabschluss hatte. Eine stehende Redewendung ihres Vaters war immer gewesen, dass er sie nicht finanziere, um Politik zu machen. Damit war die Drohung ausgesprochen, den monatlichen Scheck zu stornieren. Ähnlich verhielt es sich wohl auch bei Ehrenfrieds.

Die beiden Frauen unterhielten sich sehr lange, nachdem sie sich von anderen Gästen in ein kleines Frühstückszimmer abgesetzt hatten. Zuerst lag spürbares Misstrauen in der Luft, als die Tochter des Direktors Anne heftig vorwarf, die schändlichen Geschäfte ihres Vaters zu unterstützen.

Anne Bergdorf hatte Lust, der jungen Frau heftig zu widersprechen. Weil sie aber aus eigener Erfahrung wusste, wie wenig sinnvoll solche Auseinandersetzungen waren, versuchte sie gar nicht zu streiten. Sie dachte an die Bitte des Direktors, das Gespräch mit der Tochter zu suchen, um den Bruch zwischen beiden zu verhindern. Welche Position sollte sie beziehen, war die Frage und sie sagte: „Gut, das Atomenergieprogramm ist ein Verbrechen. Immerhin habe ich jetzt schon einige Zeit mitbekommen, wie dabei vorgegangen wird. Es ist aber kein persönliches Verbrechen, weil Leute, wie Ihr Vater, davon ausgehen, dass etwas Nützliches geschaffen wird. Sie sind so stark verstrickt, dass sie kritische Meinungen dazu als Feindschaft begreifen und in diese Richtung läuft jetzt auch alles. Es gibt einfach Feindschaft und danach wird gehandelt."

Imme Ehrenfried war überrascht – war dies eine Verbündete oder nur eine Opportunistin, die ihrem Vater nützlich sein wollte. Sie fragte geradeaus danach und brachte Anne damit in Verlegenheit.

Als Anne am späten Abend mit dem Taxi in die Stadt zurückfuhr, hatte sie sich entschieden. Sie war endgültig entschlossen, den Job aufzugeben und schrieb am gleichen Abend noch ihre Kündigung. Sie hatte Angst vor der Reaktion ihres Vorgesetzten und der anderen Leute, die ihr bisher bei der Arbeit für die Atomvereinigung begegnet waren. Kurz ging ihr auch durch den Sinn, was Ramboch dazu sagen würde und wie groß seine Verärgerung wäre.

Damenaustausch

Rambochs Stimme war etwas schrill, als er Anne fragte, ob ihre Kündigung ernst gemeint sei. Sie wolle wohl zur Atomvereinigung zurück, weil seine Gangart zu hart gewesen sei, war seine Vermutung.

Seit seiner Umschulung von der GSG9 hatte er immer öfter erlebt, was den Unterschied zwischen einer eingeschworenen Truppe von Männern und dem trägen Zivilistenleben ausmacht. Auf Zivilisten war einfach kein Verlass, mit wenigen Ausnahmen. Der Agent Mauss war eine solche Ausnahme, wusste er. Konsultation sei in diesem Fall angemessen, war seine spontane Entscheidung.

Im Laufe des Gesprächs war Anne Bergdorf immer störrischer geworden, die Lobhudeleien, die sich mit offenen Drohungen abwechselten, hatten sie zornig und ängstlich gemacht. Sie reagierte wie Ramboch: Sofortige Konsultation meines alten Freundes erforderlich, war ihre ad hoc-Überlegung.

Ramboch fuhr Anne hart an. Wenn sie jemandem Informationen über das EVA- und EVI-Programm gäbe, bräuchte sie sich keine Sorgen mehr zu machen. Es hätte keinen Sinn, weil seine Institution in der Lage wäre, sie kalt zu stellen. Man hätte sie überwacht und wisse, dass wichtige Unterlagen oder Papiere nicht in ihrem Besitz seien. Also müsse sie nur den Mund halten, sonst könnten ihre Verbindungen zur Anti-Atomszene, die sie doch in einem gewissen Haus in Taunusstein geknüpft habe, leicht als Unterstützung einer terroristischen Vereinigung missverstanden werden. Dabei lächelte er süffisant, sie wisse doch, was das heiße, weil sie ihn kenne.

Freilich könnte sie auch ihre Freunde oder bestimmte Presseorgane informieren – gewiss bliebe ihm das nicht verborgen und was gezielte Information bewirke, wisse sie, das sei ja ihr Job. Sie könne als Freundin oder als Feindin nach Hannover zurückgehen, ganz ihre Wahl. Er bevorzuge das erstere und ihr Schaden sei es auch nicht. Vielleicht wäre statt der weiteren Arbeit in der Atomvereinigung eine Stelle bei einem ausländischen Goethe-Institut für sie besser geeignet. Darauf könne man ja vielleicht Einfluss nehmen. Anne Bergdorf verstand die subtile Andeutung, sie solle so bald als möglich von der Bildfläche verschwinden. Dafür gebe es eine Belohnung. Andernfalls müsse sie mit Schlimmem rechnen. Er erwarte jedoch, dass sie heute noch das Innenministerium verlasse, die Formalitäten seien schon erledigt.

Ramboch wirkte ungewöhnlich panisch.

Bis zum Verlassen des Gebäudes war Anne nun nicht mehr allein. Ein junger Bundesgrenzschützer wartete vor der Türe und begleitete sie zu ihrem Zimmer. Er habe den Auftrag, beim Aufräumen und Wegschaffen ihrer Papiere und Utensilien zu helfen, wofür er einen Rollwagen aus Stahl bereitgestellt hatte. Anne wollte einige Sachen in ihrer Aktentasche verstauen und war überrascht, dass sie ihr von dem jungen Mann etwas linkisch abgenommen wurden. Ihm sei aufgetragen worden, alles in ihrem Beisein im Rollwagen zu verstauen, damit es ihr nachgeschickt werden könne. Anne wusste augenblicklich, dass dies der Anfang vom Ende war. Das Netz hatte sich um sie zugezogen.

Sie erinnerte sich an die Ausführungen Rambochs, das Problem sei nicht der Widerstand gegen die Atompläne, damit würde man fertig werden, wozu gäbe es Polizei und Gerichte – das Problem läge vielmehr darin, Irritationen bei Politikern zu vermeiden, die zwangsläufig wären, wenn bestimmte Informationen in die Öffentlichkeit gelangen. Vor ihrem Auge lief blitzschnell ab, welche Informationen gemeint waren: Vorbereitung eines speziellen Sicherheitsapparates zur Verhinderung von äußeren und inneren Angriffen auf die Atomkraftwerke, Ausbau eines Informationsapparates in den Reihen der Atomkraftgegner und in allen anderen Gruppierungen, die heute oder morgen kritisch dazu stehen könnten – und nicht zuletzt die Pläne, mit Hilfe von agents provocateurs Gründe zu schaffen, um Gesetzesänderungen durchzusetzen. Es fielen ihr dazu Stichworte ein wie Vorbeugehaft, Erleichterungen bei der Telefonüberwachung, Lauschangriffe auf Privatpersonen. Da sie darüber mehr oder weniger im Laufe ihrer Arbeit gehört hatte, wusste Anne, dass sie nach dem Verlassen des Innenministeriums als Sicherheitsrisiko betrachtet würde. Ihr wurde schlecht und ihr Hals meldete sich, wie so oft in den letzten Wochen.

Ramboch berichtete seinem Abteilungsleiter über die entstandene Lage. Der Chef war äußerst unzufrieden, weil in letzter Zeit einiges aus dem Ruder gelaufen war. Seine Truppe hatte so viele Ungeschicklichkeiten produziert, dass sogar der Minister zurücktreten musste. Und einige dieser Vorfälle waren in seinem Verantwortungsbereich, nämlich der Sicherheit im Atomsektor geschehen. Er hatte Glück gehabt, gerade noch seinen Job zu behalten, denn wegen eines Einbruchs seiner Leute bei einem bekannten Atommanager, der durch öffentlich geäußerte Zweifel an der Legitimation der Atompolitik plötzlich zu einer Kultfigur der Atomkraftgegner geworden war, musste sein Minister zurücktreten. Ihm war natürlich bewusst, dass er damit selbst auf die Abschussliste gesetzt worden war, nur hatte man noch Rücksicht darauf zu nehmen, dass er selbst über fast alle Informationen und Kenntnisse verfügte, die seit der Installierung des Atomprogramms durch den Atomminister immer wieder in manchen Presseorganen aufgegriffen worden waren. Um damit gegen die Regierung zu stänkern. Eine weitere Panne konnte er sich nicht leisten. Das teilte er Ramboch auch mit, und es war so gut wie ein Befehl.

Ramboch entwickelte ihm seinen Plan, wie Anne Bergdorf stillgelegt werden konnte. Er folgte dem bewährten Muster, das sie oft mit verdeckt operierenden Agenten durchexerziert hatten, die sie aus der Halb- und Unterwelt herausgebrochen und für ihre Dienste rekrutiert hatten. Erste Stufe Einschüchterung, zweite Stufe Drohung, danach die Aussicht darauf, in Ruhe gelassen zu werden und sogar beruflich und finanziell aufzusteigen und wenn das alles nichts tauge, eine finale Operation durchzuziehen, wie man das lehrbuchmäßig in einem Berliner Wald mit einem der eigenen Spitzeln in der Autonomenszene gemacht hatte.

Dafür hätte er natürlich schon alle Maßnahmen für eine Totalüberwachung der Bergdorf veranlasst. Man würde im Zweifelsfall dann auf den Agenten Mauss zurückkommen, der solche Fälle bisher immer zufriedenstellend gelöst habe. Er glaube aber, sagte Ramboch, dass sich das Problem gütlich lösen lasse, er wolle aber nichts dem Zufall überlassen. Vielleicht hätten die eingeleiteten Maßnahmen ja noch den zusätzlichen Effekt, dass sie die Bergdorf zu weiteren Terroristennestern führe. Die bisherigen Erkenntnisse über ihren Freund gäben da Anlass zu gewissen Hoffnungen. Und zweifellos würde sie Matt als ersten kontaktieren.

Anne Bergdorf setzte sich mit Rolf Matt und Frau La Marsch-Radler im Zwiebelfisch in die gleiche Ecke, in der sie einige Wochen vorher über ihre Tätigkeit bei der Atomvereinigung diskutiert hatten. Diesmal war die Stimmung aber merklich gedrückter, denn Anne hatte telefonisch schon angedeutet, was inzwischen geschehen war. Sie wollten darüber sprechen, wie Anne am ehesten aus ihrer bedrohlichen Lage herauskommen könnte, aber auch, was mit den Informationen anzufangen wäre.

Frau La Marsch-Radler erzählte, sie habe schon mit einem Hamburger Wochenmagazin gesprochen, dem sie als freie Mitarbeiterin eine Enthüllungsstory anbieten wollte. Rolf Matt war einer solchen Informationsverwertung gegenüber ziemlich skeptisch.

Die Atommafia würde dementieren, zu beweisen wäre nichts und Anne wäre immer noch bedroht, meinte er. Sie stellten verschiedene Überlegungen an und kamen letztlich zu dem Schluss, dass Anne am besten gar nicht mehr zur Atomvereinigung zurückkehren solle – es wäre wohl am vorteilhaftesten, wenn sie dies schriftlich mitteilen würde und eine längere Reise nach Frankreich antrete, wo Matt ein kleines Haus besaß.

Frau La Marsch-Radler steuerte einen weiteren Vorschlag bei – sie habe eine Freundin bei einer großen internationalen Organisation, die öfter Leute für Entwicklungsaufgaben in der Dritten Welt suchte – sie wolle dort umgehend nachfragen.

Sie einigten sich darauf, dass Anne vorerst ein paar Tage in Berlin bleiben solle. Sie wollten abwarten, welche Aussichten sich in nächster Zeit für Anne ergeben würden. Frau La Marsch-Radler würde mit dem Magazin sprechen, eine Geschichte könne man auch noch in ein paar Wochen platzieren. Jedenfalls solle Anne sofort damit beginnen, ihre Kenntnisse und Informationen zu Papier zu bringen, damit man sie verwerten könne.

Anne stimmte notgedrungen zu. Es wäre ihr lieber gewesen, ohne weiteres Aufhebens aus der Sache herauszukommen. Letztlich ließ sie sich aber davon überzeugen, dass solche Aufzeichnungen auch eine Art Lebensversicherung darstellten, wenn ihr etwas passieren sollte. Sie hatte aber das Gefühl, dass Rolf Matt die Sache zu übertrieben einschätzte, wenngleich sie das Würgegefühl im Hals jetzt nicht mehr recht verlassen wollte.

Als sie nach zwei Karaffen Montepulciano zahlen wollten, bemerkte Anne am Nebentisch wieder den Mann in der schwarzen Lederjacke mit den auffälligen Silbernieten.

„Der Typ taucht immer auf, wenn wir uns in einer Kneipe treffen", sagte sie zu den beiden anderen und machte sie auf ihn aufmerksam. Der Mann schaute sie an, reagierte aber nicht, sondern blätterte gelassen in der Zeitschrift weiter, die vor ihm lag.

Erst in der Wohnung von Rolf Matt setzte sich das Bild dieses Mannes und ihre Unterhaltung mit Matt bei der letzten Begegnung wieder zusammen. Sie versuchte zu hoffen, dass es sich nur um einen Stammgast handle, der viel Zeit in der Kneipe verbrachte. Beim Einschlafen dachte sie noch, das letzte Mal habe der Ledermann auffallend schnell nach ihnen das Lokal verlassen. Das sei diesmal anders gewesen – sie sei wahrscheinlich bereits ein bisschen paranoid und sehe schon überall Gespenster.

Am nächsten Morgen rief Frau La Marsch-Radler an. Anne war gerade dabei gewesen, ihrer schwarzen Strumpfhose den richtigen Sitz zu verpassen, indem sie einige Male mit kleinen lustigen Sprüngen vom Boden abhob und mit ihren Beinen wackelte. Sie wusste, dass diese kleine Morgenallegorie auf ihren Körper ihren Freund früher entzückt hatte, und stellte fest, dass dies noch immer so wirkte.

Frau La Marsch-Radler hatte mit einer Reihe von Bekannten telefoniert und war auf eine Ausschreibung gestoßen, mit der eine internationale Entwicklungsagentur eine Frau für ein Familienplanungsprogramm in Nepal suchte. Zufälligerweise kannte sie auch jemanden, der bei der Personalstelle dieser Organisation arbeitete und hatte es fertig gebracht, dass für Anne ein Vorstellungstermin reserviert wurde.

„Es ist ein Job, der sofort anzutreten ist", sagte sie und dämpfte damit das Interesse Anne Bergdorfs merklich, „Du musst morgen nach Genf fliegen, das Flugticket wird per Telex bei einem Schalter der Lufthansa in Tegel hinterlegt."

Anne äußerte Bedenken. Sie habe keine Erfahrungen mit solchen Jobs und deshalb vermutlich auch keine Chance.

„Wenn Du es nicht versuchst, wirst Du's nie wissen", war der trockene Kommentar, „denke mal an unser Gespräch von gestern Abend."

Als Anne das Haus verließ, um beim Bäcker am Nollendorfplatz Frühstücksbrötchen zu holen, sah sie den Ledermann vom vergangenen Abend wieder. Er stand neben dem Hauseingang eines besetzten Hauses am Winterfeldtplatz. Von dort konnte er den Hauseingang beobachten, aus dem sie gerade gekommen war. Wieder kam ihr das Würgegefühl in den Hals. Im Augenblick war sie entschlossen, alles zu tun, um aus dieser Angstkiste herauszukommen. Sie versuchte mutig zu sein und ging an dem Typ vorbei. Auf ihren direkten Blick grinste er ein bisschen, und sie hatte nicht den Eindruck, als ob es sich um ein Versteckspiel handelte. Eher wie ein Katz- und Mausspiel, dachte sie und rannte mit Panik um die Ecke. Sie wurde nicht verfolgt.

Als sie mit der Brötchentüte zurückkam und sich etwas beruhigt hatte, war der Ledermann verschwunden. Zurück in der Wohnung berichtete sie hastig von dem Ereignis, was Matt sofort in Bewegung versetzte. Er sprang auf und rannte auf die Straße. Aber da war niemand mehr.

„Das ist kein Zufall", entschied er, „entweder stehen wir unter einer wenig professionellen Observation oder es handelt sich um ein Einschüchterungsmanöver. Beides läuft auf das gleiche hinaus. Offensichtlich ist ein Wespennest angestochen worden und beginnt anzugreifen. Mich verwundert das nicht besonders, weil ich seit meinen Gesprächen bei der Atommafia und Deinen Telefonanrufen so etwas befürchtet habe. Eigentlich habe ich es sogar erwartet."

Sie blieben den ganzen Tag zuhause. Das Telefon klingelte mehrere Male und sie nahmen den Hörer nicht ab, weil sie sich seit einigen Jahren zum ersten Mal wieder intensiv miteinander beschäftigten. Es kam ihnen ein wenig absurd vor, aber in Krisen verhalten sich Menschen anders als sonst, wussten sie als Gesellschaftswissenschaftler.

Am nächsten Tag flog Anne von Tegel nach Frankfurt und anschließend nach Genf, ohne dass sie noch etwas von einer Observation bemerkte. Annes Vorstellung war erfolgreich. Sie sollte ihre Arbeit in Nepal schon bald antreten. Der Job sollte erst einmal drei Jahre dauern. Sie war erstaunt, dass alles so reibungslos über die Bühne ging.

Ramboch nahm den Telefonhörer ab und fragte den Mann am anderen Ende der Leitung, wie die Dinge in Berlin stünden.

„Unser Vögelchen hat planmäßig die Flatter gemacht", hörte er und lachte entspannt.

„Dann ist sie ja erst einmal drei Jahre von der Bildfläche verschwunden und ich habe sie nicht einmal angelogen", griente er. „Meinst Du, sie haben geschnallt, was abläuft", fragte er. „Wenn nicht jetzt, dann bald", erwiderte sein Gesprächspartner. „Ich werde mir jetzt den Herrn Habilitanten vornehmen. Den packen wir jetzt."

Anne Bergdorf war vor ihrer Abreise noch in Mannheim gewesen, um Hartmut Küppers in seiner neuen Wohnung bei Edgar Laimholz zu besuchen. Hartmut Küppers erzählte ihr, wie sich in der Zwischenzeit seine Arbeit gestaltet hatte. Er war immer stärker mit Aufträgen eingedeckt worden, Hintergrundberichte über die Bürgerinitiativen zu schreiben, die das Atomkraftwerk in Kirschgartshausen und den geplanten dritten Block C in Bibisheim bekämpften. Besonders interessiert waren seine Auftraggeber daran, wie sich die unterschiedlichen Auffassungen und Absichten innerhalb der Bürgerinitiativen entwickelten. Es war nämlich nicht unbemerkt geblieben, dass sich bei Demonstrationen immer stärker unterschiedliche Blöcke bildeten, die zwar in einer Demonstration gemeinsam auftraten, jedoch ganz unterschiedliche Aufrufe und Flugblätter verteilten. Auch die Farben der Fahnen und Transparente hatten sich verändert, weil das Rot immer mehr von Weiß abgelöst wurde.

Sie erwähnte ihre wieder aufgenommenen Kontakte zu Rolf Matt und dass dieser bald mit seiner Arbeit zur Atomenergiepolitik fertig wäre. Küppers äußerte Interesse an einer Begegnung mit Matt.

Er hatte begonnen, aktiv in der Mannheimer Bürgerinitiative für Umweltschutz mitzuarbeiten. Dort traf er Sabine wieder, das Mädchen, das ihm in Wyhl am Kaiserstuhl im Rundhaus der Bürgerinitiativen begegnet war und nun in Mannheim Psychologie studierte. Unausweichlich hatten sie sich entdeckt und wohnten nun zusammen. Er hatte ihr nach zwei Wochen von seiner Tätigkeit erzählt und zuerst großes Misstrauen geerntet. Sie führten einige lange Gespräche und kamen überein, darüber in der Bürgerinitiative zu sprechen. Dort wurde beschlossen, einen Redaktionsrat einzurichten, der Hartmut Küppers bei der Abfassung seiner Berichte beraten sollte. Weil seine Freundin als Hilfskraft in einem Sonderforschungsbereich der Mannheimer Universität mitarbeitete, in dem die Frage der Akzeptanz der Bürger bei Planungsmaßnahmen untersucht wurde, akzeptierte die Gruppe dieses Verfahren. Denn Sabine konnte erklären, dass auch auf dieser Ebene politischer Widerstand entwickelt werden könne. Man käme auf diese Art an umfangreiche Informationen heran, was die Gegenseite vorhabe. Dagegen hätten die Auftraggeber wohl eher wenig Durchblick. Die Haltung der Bürgerinitiative war skeptisch, sie wurden aber nicht hinausgeworfen.

Einige Tage vor Annes Abreise traf sie sich mit Matt, der weiter intensiv recherchiert hatte. Er hatte sich an eine Konferenz in Genf erinnert, bei der amerikanische Marketingspezialisten über das Thema ‚Durchsetzungsstrategie für die Atompolitik' referiert hatten. Er war als Vertreter des Battelliten-Instituts dabei gewesen und der Anlass für die Berichte war das kurz zuvor knapp gescheiterte Moratorium gegen den Betrieb der Atomkraftwerke in Amerika. Es war damals ausgelöst worden durch den Fast-GAU in Harrisburg. Die amerikanischen Kollegen vermittelten ihren europäischen die dabei angewandte Strategie und operative Einzelheiten. Im Mittelpunkt stand dabei die Drohung mit dem Energiemangel, der den ganzen amerikanischen Lebensstil umpflügen werde, die Notwendigkeit der Identifizierung mit dem American Way of Life, den die unschlagbare US-Technikentwicklung möglich gemacht habe und den Willen der gesamten Nation, ihre Errungenschaften strikt zu verteidigen. Am Ende der Diskussion machte einer der amerikanischen Experten eine Bemerkung, die Matt wesentlich vorkam und an die er sich genau erinnerte: „Wenn alle derartigen Argumente nicht mehr weiter helfen, zieht auf jeden Fall das Argument ‚Klimaschutz'. Ein Atomkraftwerk emittiert keine Abgase, also auch kein Kohlendioxid, das maßgeblich für die Klimaerwärmung und die damit verbundenen Veränderungen verantwortlich gemacht wird." Er spielte damit auf Erkenntnisse des Meadow-Berichtes zu den ‚Grenzen des Wachstums' an, der gerade veröffentlicht worden war.

Und nun wurde genau dieses Argument in die Auseinandersetzung um die Atompolitik eingeführt. Darauf konzentrierten sich die letzten Recherchen von Matt, vor allem auf die Dirigenten dieser Kampagnen. Er erfuhr, dass die Kampagne als Teil des ‚Bürgerdialogs' des Forschungsministeriums angelegt war, eingebracht von der Bundeszentrale für Politische Bildung. Anne Bergdorf machte ihn darauf aufmerksam, dass diese Institution Auftraggeber für einen Bekannten sei, der in Mannheim journalistisch in der Szene der Atomgegner arbeite. Hartmut Küppers habe sie vor kurzer Zeit gebeten, ihn mit Matt bekannt zu machen, nachdem sie das Thema dessen Habilitationsarbeit erwähnt hatte.

Am vorletzten Abreisetag hatte sie sich mit Küppers noch einmal im Vesuvio verabredet. Inzwischen war die Speisekarte um ein vorzügliches Ravioligericht ergänzt worden, worauf Edgar Laimholz aufmerksam gemacht hatte. Er stieß zu ihnen und erfuhr, dass auch ein Freund von Anne noch kommen würde, der sich für die Küpper'sche Arbeit interessiere.

Laimholz erzählte, wie seine Auseinandersetzung mit der BadischenBauCompanie für Reaktoren geendet hatte.

Er war entlassen worden, hatte eine ganz anständige Abfindung erhalten und sich verpflichten müssen, zwei Jahre lang zu keinem Konkurrenzunternehmen zu gehen und das Maul zu halten. Er arbeitete nun als Organisationsspezialist in einer Großbank und konnte sein Einkommen verdoppeln.

„Witzig ist natürlich, dass das Unternehmen inzwischen 15 Millionen Verlust eingefahren hat, wozu wahrscheinlich noch einiges hinzukommt. Es läuft nicht wie geplant mit dem Hochtemperaturreaktor. Vermutlich wird der Laden auf ganz wenige Leute abgemagert, die nur noch das Firmenschild hochhalten. Dann kann man nämlich den ganzen Verlust steuerlich abschreiben und letztlich hat doch die Muttergesellschaft noch einen Gewinn", berichtete er über die Unternehmensstrategie.

Gerade vor dem Küchenschluss kam Matt hinzu und wurde den beiden vorgestellt. Es entwickelte sich ein angeregtes Gespräch. Besonders spannend war die Geschichte über die Auftraggeber, die im Prinzip identisch waren. Die Vier waren sich schnell einig, dass hinter dem Ganzen ein Masterplan stehen müsse, der aber keineswegs unter der Rubrik ‚Verschwörungstheorie' zu betrachten sei. Für Machtinteressen und Geldbedürfnisse brauche man keine ‚Verschwörungstheorie'. Eine solche brauche man auch zur Beurteilung der Mafia nicht.

Das Gespräch berührte auch die Erfahrungen, die alle mit dem Atomthema bisher gemacht hatten. Dabei erwähnte Küppers auch die Mannheimer Reinigungsfirma Böskurz, die in der Wiederaufbereitungsanlage Karlsruhe tätig geworden war und dass es dabei nicht mit rechten Dingen zuging. Gerüchteweise sei sogar herumgegangen, dass einer der Arbeiter durch Radioaktivität getötet wurde. Falls das stimme, müsse man recherchieren, wo dieser Mensch bestattet worden sei.

Annes Erzählung über die Observationen in Berlin und ihren Abgang aus dem Innenministerium brachte Hartmut Küppers in Verlegenheit. „Ich verstehe das powergame nicht ganz und kann mir keinen richtigen Reim darauf machen, aber ganz offensichtlich wird hier ein Rad gedreht, das man aufdecken sollte", meinte er. Er wolle in seiner Agentur offensiver auftreten und von seinem Chef Informationen über die Aufträge verlangen. Ein gutes Gefühl hatte er dabei nicht. Denn immerhin riskierte er, die immer besser honorierte Tätigkeit zu verlieren, was sich zweifellos auf seinen Lebensstil auswirken würde.

Küppers und Matt verabredeten einen Informationsaustausch.

Zehn Wochen später traf in Berlin ein Brief aus Kathmandu ein, in dem Anne ihrem früheren Freund erste Eindrücke aus ihrer Tätigkeit schilderte. Sie hatten zuvor noch mehrere Male miteinander telefoniert, vermieden aber dabei, über die Atomangelegenheiten offen zu reden. Es war aber klar, dass sich Anne sogar ganz offiziell von der Atomvereinigung verabschiedet hatte, auch ihre Utensilien aus Bonn waren vollständig an ihre Heimatadresse geschickt worden und sie hatte sogar ein recht positives Arbeitszeugnis erhalten. Sie brauchte dazu gar nicht mehr nach Hannover zu fahren, hatte ihr Dr. Pauser mitteilen lassen.

Anne Bergdorf schrieb, dass ihr größtes Problem augenblicklich ein Streit sei, wer über den projekteigenen Toyota Landcruiser verfügen könne, sie oder der einheimische Projektleiter, mit dem sie nicht klarkäme. Allerdings habe sie sich inzwischen auch mit einem ausländischen Diplomaten angefreundet, sei sogar seine Konkubine geworden, so dass die Ernährungsfrage befriedigend gelöst sei. Auch der gute Kontakt zu einigen Piloten der Indian Airlines würde dafür sorgen, dass ab und zu eine Flasche Wein ankäme.

In der Wohnung am Winterfeldplatz in Berlin klingelte das Telefon ziemlich lange. Der angehende Privatdozent

Matt, dessen Habilitation nun endlich soweit fertig war, dass mit einem baldigen Abschluss gerechnet werden konnte, hob ab und abrupt nachdem er seinen Namen gesagt hatte, fragte eine ihm unbekannte Stimme, wie weit die Arbeit gediehen sei, in der die Gespräche mit den Atomenergiefunktionären verarbeitet wären.

Der Mann erklärte, dass er von der Atomvereinigung beauftragt sei, sich darüber zu erkundigen, wie diese an sich vertraulichen Gespräche nun veröffentlicht würden.

Matt war baff und kam deshalb nicht zum Zug, dem Mann nur annähernd Paroli zu bieten.

Einige Informationen seien inzwischen gegenstandslos und überholt, weil sich ja mittlerweile viel verändert hätte, drängelte die Stimme. Es existiere nun ein Ministerium für Umweltschutz und Reaktorsicherheit, woran schon deutlich würde, dass man sich viele Gedanken gemacht habe. Vor allem würde auch der Bürgerdialog über die Kernenergie laufen und man sei der Auffassung, dass sich einige Fragen wesentlich entspannter diskutieren ließen. Gegen die Bürger habe man sowieso niemals etwas durchsetzen wollen, auch wenn manchmal ein solcher Eindruck entstanden wäre. Wie man heute darüber denke, wäre sicher ein Gespräch wert, das er hiermit anbiete. Wenn Matt nach Bonn kommen wolle, wären die Reisekosten kein Problem. Man denke sogar daran, die Drucklegung seines Werkes finanziell zu unterstützen, wozu aber noch einige Abstimmungen erforderlich seien.

„Können Sie denn das Manuskript schicken?”, fragte der Anrufer, ohne eine Antwort auf seine vorangegangenen Auslassungen abzuwarten.

Der angehende Privatdozent schüttelte den Kopf. Hatte der Anrufer keine Ahnung von den akademischen Gepflogenheiten, nach denen eine Herausgabe des Habilitationsmanuskriptes erst nach der Absegnung durch eine Kommission erfolgen kann oder war dies ein Versuch, Einfluss auf seine Arbeit zu nehmen? Jedenfalls schien der Anrufer davon zu wissen, was in der Arbeit erscheinen würde. Er entschloss sich, das herauszufinden. Ein Gespräch könnte jederzeit in Berlin stattfinden, antwortete er und schlug als Treffpunkt sein Lieblingscafé Einstein in der Kurfürstenstraße vor.

Das Gespräch verlief ziemlich frostig, obwohl sich Mickel, wie er sich vorgestellt hatte, äußerst freundlich verhielt. Matt war sehr misstrauisch und zeigte es auch. Eigentlich kam ihm sein Verhalten etwas kindisch vor, denn er hatte Frau La Marsch-Radler gebeten, die Besprechung von einem anderen Tisch aus zu beobachten und nun fühlte er sich gezwungen, sein Misstrauen auch deutlich zu präsentieren. Sie hatten beschlossen, dieses Gespräch selbst als Gegenstand der Studie zu betrachten und darüber für die Veröffentlichung ein kleines Kapitel zu schreiben. Das würde eine gute Schlussbetrachtung abgeben und dies sei eine Methode der Aktionsforschung, hatten sie sich überlegt.

Außerdem wäre ein Zeuge über den Ablauf des Gesprächs sehr nützlich, falls es sich als Versuch erweisen würde, Druck auszuüben oder den Autor zu korrumpieren. Gerne hätten sie davon ein Photo gemacht, aber mangels geeigneten Geräts hatten sie passen müssen.

Matt hatte sich daran erinnert, wie bei einem früheren Genossen in Heidelberg ein Anwerbungsversuch für den Verfassungsschutz abgelaufen war, über den viel gelacht wurde, weil der Verfassungsschützer in dem Lokal mit einem Glas Bier getauft wurde. Das Foto davon erregte Heiterkeit.

Mickel, ein drahtiger Enddreißiger in salopper Armani-Kleidung, wiederholte das Angebot, das er schon am Telefon gemacht hatte. Seine Auftraggeber legten großen Wert darauf, dass Schnee von gestern nicht veröffentlicht werden sollte, weil dies dem augenblicklich erreichten Status quo keinesfalls mehr entspreche.

Man sei auf Kooperation aus und suche Leute, die sich kritisch, aber korrekt mit der Atomenergie auseinandersetzen. Deshalb würde eine Zusammenarbeit angestrebt, die beiden Seiten nütze. Dem angehenden Privatdozenten, der sich auf aktuellste Fakten stützen könne, was der Arbeit und ihrem erfolgreichen Abschluss bestens diene und ihnen, weil sie endlich einen Schlussstrich unter frühere Ungeschicklichkeiten ziehen könnten. Zur Lösung der Atomenergiefrage würde das sicher beitragen, im übrigen seien in nächster Zeit keine Atomkraftwerke geplant, weil auch bei den Energieunternehmen ein Umdenken eingesetzt hätte. Allerdings müsse man nun sehen, dass der bisherige Betrieb aller Atomkraftwerke bewiesen habe, dass die Technologie beherrscht würde. Nun käme es darauf an, den Brennstoffkreislauf zu schließen, also die fachgerechte Entsorgung sicherzustellen.

Falls eine Veröffentlichung der Habilitation Wirbel erzeugen würde, wovon allerdings nicht auszugehen sei, würden die Bemühungen der Atomindustrie um einen Bürgerkonsens erschwert. Das wolle man vermeiden, und es liege auch im Interesse des zukünftigen Privatdozenten. Er sei doch sicher auch der Meinung, dass der nun einmal eingeschlagene Weg auch zu einem sicheren Ende gebracht werden müsse. Man habe keine Angst vor einer Dokumentation der Vorgänge, wünsche sich aber, dass dabei alle Aspekte berücksichtigt würden – und diese könne ein Außenstehender trotz des wissenschaftlichen Mühens nun wirklich nicht vollständig kennen. Auch der Privatdozent nicht. „Es gibt die Atomkraftwerke, sie sind die sichersten der Welt und sie produzieren viel Energie, die der ganzen Gesellschaft zugute kommt. Es fehlt zwar noch die sichere Entsorgung des Atommülls, aber da ist die Weiche in Gorleben schon längst gestellt." Matt fühlte sich durch diese Aussagen beleidigt. Das einzig Richtige daran war die Tatsache, dass Atomkraftwerke tatsächlich existieren, sonst war alles nur das bekannte Geschwätz.

Für eine korrekte Darstellung, die sehr erwünscht sei, könne man nicht nur die Druckkosten übernehmen. Ein Honorar von zwanzig Riesen sei jedenfalls auch drin.

Matt war aufgefallen, dass Mickel einige Male zu Frau La Marsch-Radler hinübersah. Als er dem Blick folgte, konnte er jedoch bei seiner Bekannten keine Reaktion bemerken. Dennoch fragte er sich, ob Mickel die Observation des Gesprächs mitbekommen hatte. Eigentlich war dies unmöglich, wenn Mickel die Frau nicht kannte, aber immerhin machte ihn das Verhalten seines Gesprächspartners stutzig.

„Tja, umsonst ist nichts", flachste Mickel, und Matt dachte, der gleiche Satz hätte ihm selbst gerade auch gut gestanden.

Er erklärte, dass eine Veränderung der Arbeit seinerseits nicht vorgesehen und auch nicht möglich sei, denn sie liege schon beim zuständigen Habilitationsausschuss. Außerdem stehe er für seine Arbeit ein und meine, dass die erarbeiteten Darstellungen für die Diskussion in der Anti-Atomkraftszene befruchtend wirken würden. Er sei keinesfalls ein Mann der Atomkraft.

„Allerdings nehme ich dieses Gespräch zum Gegenstand des Schlusswortes in meinem Buch", reagierte Matt etwas überheblich, was sein Gegenüber zu einer drastischen Geste veranlasste. Der Stinkefinger passte irgendwie nicht zum Armani-Anzug – oder vielleicht doch gerade.

„Das sollten Sie sich noch einmal reiflich überlegen. Unser Angebot ist fair und nützt beiden Parteien. Wenn Sie aber Streit suchen, haben wir damit keine Probleme. Ich will offen sagen, was dann passiert. Alle Interviews werden dementiert, denn Sie haben dafür keine Beweise. Dann werden wir einige Sachverständige auf die Arbeit ansetzen und Sie wissen, was ein Gegengutachten bewirkt. Sie müssen dann zwei weitere Gutachter aufbieten und dabei werden wir mitspielen. Bestimmt nicht auf Ihrer Seite. Es gibt auch noch das Battelliten-Institut, das etwas über Ihre wissenschaftliche Qualifikation sagen kann. Sie wissen ja aus eigener Erfahrung, wie das geht. Sie werden auf jeden Fall den Kürzeren ziehen, mein Guter", beugte sich Mickel gönnerhaft über seine Stuhllehne.

„Das wollen wir sehen", entgegnete Matt, drehte sich mit einer barschen Bewegung aus Mickels nun schon körperlich gewordener Umklammerung und steuerte auf den Ausgang des Cafés zu.

Frau La Marsch-Radler meinte, deutlich noch das Wort „Arschloch" gehört zu haben.

Im Zimmer des Abteilungsleiters in Bonn berichtete Ramboch von seinem Gespräch in Berlin. Man müsse ernstlich damit rechnen, dass die Arbeit veröffentlicht würde, wahrscheinlich sogar mit den Informationen, die Anne Bergdorf dazu beigesteuert habe.

„Verhindern Sie das auf alle Fälle", war die knappe Anweisung des Vorgesetzten. „Sie haben freie Hand und wir operieren nach den Regeln des EVA-Programms. Wenn es nicht anders geht, decken wir auch eine Sonderbehandlung. Sagen Sie mir aber noch eines. Sind Sie verdeckt und ohne Namen aufgetreten? Jetzt kennt Sie der Delinquent. Kann das zu uns zurückverfolgt werden?", kamen die Fragen als Stakkato. Ramboch reagierte beleidigt, teilte aber immerhin ganz formell mit, dass er seinen dienstlichen Decknamen benutzt habe. Ein merkwürdiges Verhalten seines Vorgesetzten.

Zurück in seinem Zimmer, rief Ramboch den Agenten Mauss an und rief ihn zu sich.

„Wir müssen den Soziologenarsch klein kriegen", lautete die Anweisung an Mauss, „dazu hast Du freie Hand. Die Atompinscher haben alle weiche Köpfe. Sie meinen, dass man einen solchen Kerl einkaufen kann und versorgen ihn sogar noch mit Informationen. Ich habe das jetzt in Berlin getestet. Der Kerl muss weg. Sonst kaufen ihn die Atomidioten wirklich noch ein. Es wird immer schlimmer, weil sie sich von dem bisschen Geschrei von Bürgerinitiativen einschüchtern lassen. Wir müssen ihnen zeigen, dass nur Nägel mit Köpfen etwas halten. Du musst aber aufpassen, dass Du nicht zwischen die Räder kommst. Honorarrechnung wie üblich. Mach es nicht zu billig, wir haben dafür einen Reptilienfonds. Wenn etwas schief geht, Du kennst das Verfahren. Berufe Dich nicht auf uns. Telefon ab jetzt nur noch, wenn es unbedingt nötig ist, Sondernummer."

Mauss schmunzelte über den militärischen Ton und die übertriebene Gestik seines Auftraggebers. Der hatte es wohl augenblicklich nötig.

„Gute Kohle für gute Arbeit, wie immer. Wie ist Eure Zeitvorstellung?", beließ er es dabei.

„Es sollte alles möglichst schon gestern gelaufen sein. Jedenfalls muss es so schnell gehen, dass die Atombubis nicht noch einmal einen Fehler machen und den Kerl womöglich noch bestechen. Nachher können sie das dann in der Zeitung lesen. Unglaublich, wie die sich anstellen."

Er beendete das Gespräch mit einer Anekdote.

Hatte doch der TÜV-Bayern in seinem Wahn, Atomkraftgegner mit Argumenten überzeugen zu wollen, seine Sicherheitsingenieure einer Schulung unterzogen, wie sie sich als neutrale Gutachter bei einem Erörterungstermin für die Genehmigung des Atomkraftwerks UHO publikumswirksam verhalten sollten. Und einer dieser Hammel habe glatt alle Instruktionen mitgeschrieben und genau diese Aufzeichnungen dann am Ende der Erörterung im Saal vergessen.

„Ein hübscher Wirbel war das, kannst Du Dir ja vorstellen. So kann man nämlich selbst beweisen, wie neutral man ist – und dabei reden die Burschen immer von Akzeptanzbeschaffung. Also, keine Aufzeichnungen, mein Freund", lachte Ramboch etwas gekünstelt.

„Du hältst mich wohl inzwischen für einen Idioten", entgegnete Mauss nur und ging.

Zwei Wochen später läutete Freitagabends das Telefon in Berlin. Matt nahm den Hörer ab und war äußerst erstaunt. Der Anruf kam vom Atomkraftwerk Bibisheim. Wegen der Dringlichkeit wurde er gebeten, gleich nach dem Wochenende zu einem Gespräch zu kommen – man habe ihm ein Angebot zu unterbreiten, das sein Interesse finden würde.

Es gehe nicht in erster Linie um die Frage der Atomkraft, sondern um Einstellungen der Bevölkerung zum Energieverbrauch. Man habe eine Untersuchung vor, die Möglichkeiten der Energieeinsparung beleuchten solle. Man habe vor, ein least-cost-planning-Vorhaben zu starten.

„Was heißt das", fragte Matt und wurde aufgeklärt, dass es wahrscheinlich profitabler sei, auf den weiteren Bau von Atomkraftwerken zu verzichten, wenn weniger Energie verbraucht würde – allein die Zinsen und die Kosten für die Planung seien so hoch, dass man nun beginne, anders zu rechnen.

Unglaublich, was unternommen wird, um mich von meinem bescheidenen Werk abzubringen, dachte Matt und sagte zu. Vielleicht denkt die Atomindustrie aber auch wirklich an einen Ausstieg. Eigentlich war er dabei aber nicht unsicher.

Der Parkplatz vor dem Atomkraftwerk Bibisheim, das mit den riesigen Kühltürmen und den Reaktorkuppeln markant in der Rheinebene platziert war, erinnerte Matt an die großen Demonstrationen, die hier einige Jahre zuvor stattfanden. Heute war er gut zugeparkt mit Autos der gehobenen Mittelklasse, neben denen sich sein Mietwagen etwas mickrig ausnahm.

Er konnte sich eines merkwürdigen Gefühls nicht erwehren, als er zum Haupteingang ging und dabei den Wassergraben überquerte, in dem damals heftige Rangeleien zwischen den Demonstranten und der Polizei stattgefunden hatten und nun friedlich Enten schwammen. Das Atomkraftwerk war gut befestigt. Statt dem Nato-Stacheldraht von damals war nun ein mit Kies ausgestreuter Sicherheitsstreifen angelegt, der durch gut sichtbare Geräte zur Bewegungsmeldung überwacht wurde. Wären noch Hundelaufeinrichtungen vorhanden gewesen, hätte man an die Grenzbefestigungen zur DDR denken können. Nur war eben alles viel ästhetischer und gepflegter.

Er ging in das Eingangsgebäude und teilte der Dame am Empfang mit, er werde erwartet. Sie schickte ihn zum Schalter E, vorbei an anderen, speziellen Schaltern mit der Aufschrift Strahlenschutz oder Personalempfang. Im Schalter E saßen, in einem mit Elektronik vollgestopften Cockpit, zwei Männer in gepflegten Werkschutzuniformen mit umgeschnallten Colts. Am Holster war außerdem ein Reizgassprühgerät befestigt.

Überaus freundlich baten sie Matt, einen Besuchsschein auszufüllen und zu unterschreiben. Neben dem Namen waren weitere persönliche Daten und die Nummer der Personalpapiere gefragt. Auf einem hervorstehenden Streifen wurde mitgeteilt, dass alle Angaben nach den Regeln des Datenschutzes gespeichert würden.

Nach einem prüfenden Vergleich zwischen dem Ausweisbild und dem Besucher wurde der Besucherausweis und eine Identifizierungskarte aus Plastik im Übergabeschacht durchgeschoben.

Jetzt bist du wieder einmal im Datensatz der Überwachungsfreunde, dachte Matt, als er in einen kleinen Raum gebeten wurde, wo ihn ein weiterer Werkschützer bat, alle Metallgegenstände auf einen Tisch zu legen. Dann erfolgte die Überprüfung mit dem Metalldetektor. Nach dieser Prozedur wurde er auf der Innenseite einer Drehtüre, die nur den Durchgang einer Person erlaubte, von einer Werkschützerin empfangen. Zuvor musste er seine Besucherkarte in ein Abtastgerät stecken, das dann den Zutritt freigab.

Er befand sich nun erst im äußeren Bereich der Sicherheitszone. Auf dem Weg zum Verwaltungsgebäude, wo man ihn erwartete, versuchte er ein Gespräch mit der Werkschützerin, die eine adrette Uniform trug und sowohl hübsch als auch robust aussah, zu beginnen. Die Antworten fielen sehr einsilbig aus.

Der Direktor, mit dem er verabredet war, erwartete ihn zusammen mit einem Assistenten der Betriebsleitung in einem Sitzungszimmer in der zweiten Etage, das einen guten

Blick auf die Werksanlagen erlaubte. Zwischen dem Verwaltungsgebäude und den Atomreaktoren war ein aufwendig angelegtes, parkähnliches Gelände mit einem kleinen Teich und Sitzbänken. Es sah hübsch aus und vermittelte einen friedlichen Eindruck. Von hier aus wirkten auch die Reaktorkuppeln ganz friedlich, was unterstützt wurde durch kleine Dampffahnen, die aus den Turbinenhallen austraten. Der Assistent kam sofort zur Sache. Es war wohl ausgemacht, dass er das Gespräch führen sollte. Währenddessen schenkte der Direktor Kaffee ein und bot Kekse an.

„Wir möchten Ihnen ein Angebot machen. Wir bemühen uns schon seit langem um die Akzeptanzförderung der Kernenergie", begann er. „Nun haben wir gehört, dass Sie eine wissenschaftliche Arbeit angefertigt haben, von der wir vermuten, dass sie etwas einseitig ausgefallen ist. Wir bieten Ihnen jede Unterstützung an, Ihre Informationen auf den aktuellsten Stand zu bringen. Wir haben große Anstrengungen gemacht, die Kernkraftwerke noch sicherer zu machen. Eigentlich kann man sagen, dass die Sicherheitsmaßnahmen schon fast übertrieben sind. Und es besteht kein Zweifel, dass die Versorgung unseres Landes mit elektrischer Energie absolut abhängig von der Kernkraft ist. Letztlich sind die Politiker verantwortlich, dass wir unseren Beitrag zur Prosperität unseres Landes liefern können. Nun sehen wir unsere Bemühungen um Akzeptanz in der Bevölkerung durch Ihre Arbeit gefährdet. Und wir sind nun soweit, dass die Politiker nach einer Krisenzeit wieder ihre Verantwortung begreifen. Wir brauchen dazu auch wissenschaftliche Beratung und deshalb bieten wir Ihnen an, bei uns mitzuarbeiten und ihre Erfahrung bei uns einzubringen."

Er wurde vom Direktor unterbrochen. „Es geht natürlich darum, zuvörderst in der Bevölkerung ein Energiesparprogramm durchzusetzen. Wenn das gelingt, liefern wir den Rest der noch benötigten Energie. Das verstehen wir als entscheidenden Beitrag zum Umweltschutz. Und dieses Konzept sollen Sie mit groß angelegten Untersuchungen des

Energieverhaltens der Bevölkerung untermauern und dann auf den politischen Ebenen vertreten."

Es war nicht verwunderlich, dass für diese Tätigkeit mehr als das Doppelte eines Professorengehalts geboten wurde.

„Natürlich sollten Sie Ihre Arbeit noch einmal gründlich überarbeiten. Wir möchten nicht, dass Widersprüche zu Ihrer zukünftigen Tätigkeit auftauchen, die dann den Wert Ihrer wissenschaftlichen Arbeit bei uns schmälern. Wir sind sicher, es befinden sich einige, sagen wir, heikle Stellen und auch für Sie peinliche Auslassungen darin. Ohne eine solche Überarbeitung möchten wir Ihnen dringend raten, auf eine Buchveröffentlichung zu verzichten. Selbstverständlich können Sie Ihre wissenschaftliche Forschung weiterbetreiben. Wir werden dies auch unterstützen, indem wir uns für Sie um eine außerplanmäßige Professorenstelle an einer uns nahestehenden Technischen Universität bemühen. Sie ist nicht weit von Bibisheim entfernt."

Ein dezentes Fiepen des Teleport-Empfängers machte den Direktor darauf aufmerksam, dass er bei seinem Sekretariat anrufen solle. Er lauschte kurz in den Telefonhörer und verabschiedete sich dann ziemlich abrupt von Matt und dem Assistenten.

Sie hatten zuvor verabredet, nach dem Gespräch noch das Kraftwerk zu besichtigen. Der Assistent ging in Begleitung Matts zurück zum Werkseingang, weil zum Besuch der inneren Sicherheitszone eine besondere Maßnahme erforderlich war. Zunächst wurde vom Werkschutz ein weiteres Dokument ausgestellt und die Plastikkarte offensichtlich umprogrammiert. Dann musste sich der Besucher vor einen Spiegel stellen, hinter dem eine Kamera sein Gesicht elektronisch aufnahm und speicherte.

Das zeige ihm, wie hoch die Sicherheit im Kurs stehe, bemerkte der Assistent, der neben ihm stand. Sein Gesicht sei nun im Scanner und das würde sozusagen die fälschungssichere Eintrittskarte zum Reaktor.

Der innere Bereich öffnete sich ihnen, nachdem sie verschiedene Drehkreuze passiert hatten, zu deren Öffnung immer der Plastikausweis und die Identifizierung des Gesichts notwendig war. Zusätzlich waren an vielen Stellen Videoüberwachungskameras angebracht, die von Matt aufmerksam registriert wurden.

Leider könne er seinen Besucher nicht in das Containment führen, das sei prinzipiell für alle Personen ausgeschlossen, die darin nicht zu arbeiten hätten. Aber die Schaltwarte könne er besichtigen, erläuterte der Assistent das Ziel ihrer Schritte.

Zwei Personen waren momentan in der futuristisch anmutenden Steuerzentrale anwesend, stellte Matt nach einem prüfenden Blick in die Runde fest, nachdem sie eingetreten waren. Er wunderte sich, dass keiner von beiden besondere Kenntnis von ihnen nahm. Alles ging sehr gelassen zu. Die Situation ähnelte ein wenig einem Science-Fiction-Film, überall Monitore, Schaltpulte und Lichtsignale.

Ganz gedämpft war ein leichtes Brummen zu hören.
Ein mit vielen Aktenordnern gefülltes Regal in der Mitte des Raumes mutete anachronistisch an. Dies sei das Betriebshandbuch, wurde Matt mitgeteilt. Die ganze Atmosphäre strahlte Ruhe, Kompetenz und Sicherheit aus.

Der Assistent begleitete den Besucher zurück zum Haupttor und verließ mit ihm den Sicherheitsbereich. Nachdem Matt seine Plastikkarte bei den bewaffneten Wächtern abgegeben hatte, händigte auch der Assistent seine Karte dem Wachmann aus und ließ sie neu programmieren. Kein Eintritt ohne Programmierung, dachte Matt und lachte, das gehörte wohl auch zum EVI-Programm, die ständige Kontrolle des Personals. Auf diese Art kann niemand seine Karte jemand Fremden ausleihen, dachte er und kommentierte dies gegenüber dem Assistenten. „Ist wohl alles unter bester Kontrolle." Dieser sah ihn gequält an. „Glücklicherweise ist das so."

Der Direktor des Atomkraftwerks hatte den Anruf mit einiger Verwunderung zur Kenntnis genommen. Am anderen Ende hatte sich ein Vertreter des Innenministeriums gemeldet, der sich Ramboch nannte. Der Name sagte dem Direktor nichts, wohl aber die Dienstbezeichnung der Abteilung, aus der der Anruf kam.

Ramboch hatte den Direktor erregt gewarnt, Matt, den Soziologen aus Berlin, einzustellen. Ob er so verrückt sei, sich eine Natter an die Brust zu holen, ging er den Direktor frontal an, der sich kühl diesen Ton verbat. Schließlich wäre Matt von der Atomvereinigung empfohlen worden, die sich auf einen Tip des Innenministeriums berufen habe, und in dem gerade beendeten Gespräch habe er einen recht guten Eindruck gewonnen.

Irritiert, aber mit Erleichterung hörte Ramboch, dass es sich zunächst erst um ein Informationsgespräch gehandelt habe – allerdings bestünde die Absicht, Matt fest einzubinden, sofern dieser bestimmte Auflagen erfülle. Das sei alles auf höherer Ebene abgesprochen, versuchte der Direktor Ramboch in die Schranken zu verweisen.

Ramboch hatte kurz zuvor vom Agenten Mauss erfahren, dass Matt nach Bibisheim eingeladen worden war, und, Ramboch fiel fast vom Stuhl, als er dies hörte. Die Information hatte ihn zu seinem sofortigen Eingreifen veranlasst. Nun hörte er, dass seine eigene Abteilung ohne seine Mitwirkung aktiv geworden war. Er rief deshalb bei Mauss zurück und wollte ihn zur Rede stellen.

Er hörte in gelassenem Ton, die Aktion sei auf Veranlassung von Mauss erfolgt, der in Absprache mit Rambochs Abteilungschef den Dr. Pauser gebeten habe, Matt in Bibisheim zu empfehlen. So sei nun die heutige Verabredung zustande gekommen.

Er habe doch von Ramboch freie Hand für die Operation gegen Matt erhalten, und dazu gehöre, dass der Kerl auf Trab gehalten würde, war Mauss's kurz angebundene Botschaft, bevor er auflegte.

Undenkbar, dass Mauss gegen ihn arbeite, überlegte Ramboch. Aber warum war er erst informiert worden, als es schon fast zu spät war?

Er hatte sofort in Bibisheim angerufen, um das Schlimmste zu verhindern. Er verstand nicht, weshalb Matt ausgerechnet in ein Atomkraftwerk eingeladen wurde.

Alarmiert bat er sofort um einen Termin bei seinem Vorgesetzten. Er hatte das dringende Bedürfnis nach einer Krisenbesprechung und war deshalb um so mehr überrascht, Mauss bei seinem Abteilungsleiter anzutreffen. Er hatte das Gefühl, und seine Erfahrung damit trog ihn niemals, dass ihm einiges an Kontrolle aus der Hand geglitten war.

Mauss und sein Chef beruhigten ihn. Anscheinend habe er nicht mitbekommen, dass von hohen Regierungskreisen eine andere Strategie gegen die zunehmende Ablehnung von Atomkraftwerken in der Öffentlichkeit beschlossen worden sei.

Ramboch fand dies fadenscheinig.

Ausgelöst habe dies Klarstein vom Deaktivierungs- und Wiederaufbereitungskonsortium, der in Gorleben für die Durchsetzung der Endlagerung verantwortlich wäre. Mit Gewalt ginge das letztlich nicht, wäre das Ergebnis einer Analyse gewesen, die vom Battelliten-Institut nun endlich vorgelegt worden war und einige Politiker sehr beeindruckt habe.

„Sie wollen doch die sanfte Tour versuchen und haben beschlossen, akzeptanzfördernde Maßnahmen zu ergreifen. Das kann nur schiefgehen und stört alles, was wir bisher unternommen haben. Das wissen Sie ja am besten, Ramboch. Wir sind nun aber zu der Auffassung gekommen, dass Sie sich dabei zurückhalten sollten. Viel zu viele Leute ahnen schon bereits etwas, und das ist ihre Schuld. Die Sache mit der Bergdorf hätte nie so laufen dürfen. Wieso haben Sie diese Frau denn bei der Kommando-Besprechung in Bad Godesberg teilnehmen lassen?"

Ramboch war es sehr ungemütlich geworden, weil ihm dieser Fehler schon länger bewusst war – und so versuchte er auch gar nicht etwas zu erklären. Es machte ihm sofort klar, weshalb die Operation in letzter Zeit offensichtlich an ihm vorbeilief. Er war auch gar nicht mehr erstaunt darüber, dass ihm nun vorgeworfen wurde, mit seinem Anruf in Bibisheim noch mehr Personen in die geplante Operation einbezogen zu haben. Ein unverzeihlicher Konspirationsfehler. Denn, gleichgültig wie sich die Regierung nun weiter entscheiden würde, müsse Matt verschwinden. Fahre man den Akzeptanzkurs, könnte seine Veröffentlichung nur schweren Schaden anrichten. Gehe man massiv gegen die Gegner vor, müsse man mit dem gleichen Effekt rechnen.

Wie solle denn die Gesamtoperation getarnt werden, wenn der Gang der Dinge erst einmal unter die Leute käme. Wahrscheinlich würden dann noch mehr Politiker umfallen und sich vom Atomprogramm distanzieren. Ob er nicht begriffen habe, dass gerade der Widerstand gegen dieses Programm ein Hebel sei, an die radikalen Terrorgruppen heranzukommen? Matts Veröffentlichung würde doch an Gewicht gewinnen, wenn die Operation aufgedeckt sei – das habe man doch bei den Folgen der Celler Mauersprengung gelernt. Was nütze es denn, wenn Operationen fachmännisch ausgeführt würden und später ein Untersuchungsausschuss harte Informationen erarbeiten könne.

Mauss nickte dazu versonnen. „Tja, Ramboch, tss, tss", gab er von sich. Ramboch wusste, was er damit meinte – Schadenfreude war es jedenfalls bei diesem Profi nicht.

„Ramboch, ab jetzt gilt die Cosmic-Stufe, wie bei der NATO, und Du mischt Dich vorerst nicht mehr ein. Die Aktion mit Matt ist in spätestens drei Tagen abgeschlossen. Von oben abgesichert, nur vier Leute außer uns wissen Bescheid, ein Zusammenhang zwischen uns und der Aktion kann nicht hergestellt werden", lautete die kurze Instruktion im Befehlston. Sie kam von Mauss.

Sie wollen mich ausbooten, dachte Ramboch zornig, als sich seine Verwirrung gelegt hatte. Er wusste, dass dagegen nichts zu machen war. Immerhin hatte er jedoch umsichtig alle Vorbereitungen getroffen, damit das Finale auch wirklich erfolgreich verwirklicht werden konnte. Wie dieses aussehen sollte, erfuhr er nicht.

Eigentlich gönnte er Mauss und seinem Vorgesetzten den Erfolg nicht, es läuft eben immer gleich, erinnerte er sich an sein entgangenes Bundesverdienstkreuz für die Mogadischu-Aktion.

Er hörte schon fast nicht mehr zu, als sein Abteilungschef ergänzte: „Wenn sich die Atommanager schon nicht selbst schützen können, werden wir ihnen das abnehmen. Die Regierung steht dahinter. Ganz oben will man unter allen Umständen vermeiden, dass wieder Unruhe in der Öffentlichkeit entsteht und das nützen wir aus."

Man plane ganz oben eine neue Propagandaoffensive für die Atomindustrie, und er habe sicher gelesen, dass jetzt das Ozonloch und die Klimaerwärmung mit Atomkraftwerken bekämpft werden solle.

„Nicht schlecht der Gedanke", belustigte sich der Vorgesetzte und Ramboch rang sich dazu ein zustimmendes Lächeln ab.

Er würde sich vorsehen und für alle Fälle einige Dokumente außerhalb des Innenministeriums deponieren, war Rambochs spontane Reaktion auf die letzte Viertelstunde.

Beim Wegfahren aus Bibisheim fasste Matt seine Eindrücke zusammen. Die Atomleute waren sich ihrer Sache vollständig sicher. Erstaunlich war die Diskrepanz zwischen dem, wie sie in ihrer Festung dachten und handelten gegenüber ihrer Unsicherheit nach außen.

Er verstand nun genau, was man von ihm wollte. Als Soziologe hatte er etwas gelernt, was den Atomleuten abging, nämlich Sensibilität für Angst. Es war klar, wenn man in einem Atomkraftwerk arbeitet, darf man keine Angst haben. Niemand geht morgens zur Arbeit in das Werk und fürchtet sich. Eine Spirale von Verdrängung, beschloss er seine Überlegung. Die Leute machen keine Sicherheitspropaganda, sie fühlen sich sicher, solange sie in ihrer Festung sind.

Er erinnerte sich an ein Gespräch mit dem Vertreter des Deaktivierungs- und Wiederaufbereitungskonsortiums, in dem dieser von der Urangst uninformierter Menschen gesprochen hatte und von der Sicherheit, die gerade die Großtechnologie produziere. Und es passte auch zusammen, dass der Direktor des Atomkraftwerks Bibisheim davon gesprochen hatte, die Sicherheitseinrichtungen seien absolut überzogen, wenn man einmal den Nutzen und die Kosten zueinander ins Verhältnis bringe.

Er konnte nun besser einschätzen, wie wichtig es den Atompromotern sein musste, seine Arbeit möglichst in der Versenkung verschwinden zu lassen. Obwohl sie doch nicht so bedeutend war, das Atomprogramm irgendwie nachhaltig zu stören. Sie wollten verhindern, dass seine Aufzeichnungen der Gespräche mit den Insidern an die Öffentlichkeit kämen. Angst lähmt. Wenn die Öffentlichkeit die Auffassung der Atommanager und des ganzen Unterbaus an Politikern erfährt, wie sie mir mitgeteilt worden ist, kann Angst vor einem Energiemangel auch in Wut umschlagen. Und davor fürchten sie sich, war seine Interpretation. Und das EVA- und EVI-Programm sind der Beweis dafür.

Es ging also gar nicht in erster Linie um seine Arbeit, sondern darum, dass die Arbeit einen Beweis für die Unsicherheit der Atomexperten enthielt. Sie trauen niemandem, weder drinnen noch draußen. Ihrer Fähigkeit, die Technik zu beherrschen, trauen sie alles zu, den Menschen, die davon betroffen sind, trauen sie nicht, war seine Schlussfolgerung.

Das strahlende Wetter, das Matt auf der Fahrt nach Heidelberg begleitete, nahm viel von der Beklommenheit, die sich bei ihm im Atomkraftwerk entwickelt hatte. Im Radio spielte Miles Davis das Stück ‚Tutu', es passte zu seiner Stimmung. In Heidelberg gab er das Auto der Vermietungsgesellschaft in der Bergheimerstraße zurück und ging zu Fuß zum Schlossberg, wo er von seinem Freund Ulf Mixas erwartet wurde.

Er hatte vor, einige Tage zu bleiben, einiges an Literatur in der Universitätsbibliothek zu lesen und alte Freundinnen und Freunde zu besuchen. Besonders freute er sich auf seine frühere Stammkneipe „Weinloch“ in der Unteren Straße und den anschließenden Gang zum „Drugstore”, wenn im Weinloch die Wirtin Inge „Feierabend, Sense“ gesagt hatte. Vielleicht würde er nach dem Drugstore in das Prinz Friedrich gehen, um den Abend abzurunden.

Den Motorradfahrer, der ihm von Bibisheim bis zum Schlossberg gefolgt war, hatte er nicht bemerkt.

Küppers wollte ihn unbedingt sprechen, wurde von Mixas ausgerichtet. Sie trafen sich im Mannheimer Hauptbahnhof. Küppers war in den Besitz einer Dokumentation gekommen, die sich mit dem Atommüllendlager Gorleben befasste. Sie war angefertigt worden zur Absicherung der politischen Entscheidungen der niedersächsischen Landesregierung, insbesondere zum Zweck der Entlastung des Ministerpräsidenten Almuth.

Epilog II

Das Gutachten beruhte auf einer historisch angelegten Sichtung von Dokumenten und auf Gesprächen mit Verantwortlichen für die Standortsuche und -bestimmung des Atommüllendlagers. Es war ausgerichtet auf das frühzeitige Ausräumen von Vermutungen, dass die Entscheidungen von anderen Gesichtspunkten und Interessen abhängig waren als von naturwissenschaftlichen Erkenntnissen. Damit wurde die Schimäre aufgebaut, dass alle Entscheidungen streng an den gegebenen rechtlichen Rahmenbedingungen orientiert waren.

Küppers hatte herausgefunden, dass dies keineswegs zuträfe, wie ihm damit befasste Politiker und Wissenschaftler bestätigt hätten.

Er spulte die Geschichte der Legitimität der Atomkraftwerksgenehmigungen am nicht vorhandenen Entsorgungsnachweis auf. Matt hatte daran keinen Zweifel, denn in seiner Arbeit hatte er diesem Thema etliche Seiten gewidmet. Einiges war ihm jedoch neu.

Es war ein ganz einfaches Spiel. Man schließt mit einer französischen Firma, hier COGEMA in La Hague oder mit der United Kingdom Energy Authority in Sellafield/Windscale einen Vertrag ab, nach dem die abgebrannten Atombrennstäbe dorthin zur Wiederaufbereitung geliefert werden. Dann sind diese entsorgt. Dass der daraus entstandene Atommüll wieder zurück nach Deutschland kommt, darüber spricht man nicht, denn das sind die vertraulichen Abmachungen der Verträge. Dass in Deutschland und sonst auch nirgendwo in der Welt ein ordentlich geeignetes Endlager existiert, ist für diesen Deal zunächst egal. Wenn nun Atommüll zurück kommt und nicht endgelagert werden kann, wird das Material nach Russland transportiert, in eine Anlage, die der Extraktion von Uran und Plutonium dienen soll. Dazu verwandelt sich auf geheimnisvolle Weise der Atommüll in einen Wertstoff, es gibt also gar keinen Atommüll mehr, nur noch Wertstoff. Dass in der russischen Anlage gar nichts passiert, sondern der sogenannte Wertstoff in Containern im Freien deponiert wird, interessiert niemanden mehr. Denn jetzt ist das Problem privatisiert. Die staatlichen Genehmigungsbehörden haben ihre Entsorgungsgenehmigung erteilt, der hochradioaktive Abfall ist entsorgt und alles ist in Butter. Dies war die Schilderung von Küppers.

Matt trug noch weitere Details dazu bei, denn es ging den Verantwortlichen keineswegs darum, den Atommüll ordentlich zu entsorgen mit einer Sicherheitszeit von hunderttausend Jahren, sondern nur um das Prinzip, ‚aus dem Auge aus dem Sinn'. Das war so bei der Einlagerung in das Salzbergwerk Asse und nun geht es genauso weiter mit Gorleben, ergänzte Küppers, der sich kongenial zu den Kenntnissen Matts zu fühlen begann.

In dem Gutachten gehe klar hervor, dass es eine Interessenkoinzidenz zwischen Bundesregierung, Landesregierung und den Atomkraftprotagonisten gebe, denn alle müssen von der Durchsetzung des Entsorgungsnachweises ausgehen, ohne den eine Fortführung und Stabilisierung des Atomprogramms nicht möglich ist, fügte Küppers hinzu.

Der Ministerpräsident Almuth hat der Bundesregierung den Ausweis eines niedersächsischen Endlagerstandorts versprochen und merkt nun, dass eine Erkundung nur unter großem Polizeischutz durchgeführt werden kann. Und dieser sei nicht zu gewährleisten, brachte Matt weitere Kenntnisse ein und folgerte daraus, dass „die geophysikalische Qualität des Standortes absolut zweitrangiges Kriterium war, die politische Durchsetzbar aber das entscheidende."

Küppers zitierte dazu Namen der Beteiligten, die im Gutachten erwähnt wurden. Es war die erlauchte Crème der Atomprominenz.

Leipzig-Kietz als Drehscheibe für die finanziellen Deals zwischen Industrie und Politik.

Almuth, der niedersächsische Ministerpräsident.

Matthäuser, der Bundesminister für Forschung und Technologie.

Smith-Shore, Abteilungsleiter für Energie, Rohstoffe und Umwelt im selbigen Ministerium.

Zopp, Verantwortlicher im gleichen Ministerium für Kernbrennstoffkreislauf und Reaktorsicherheit sowie dann anschließend Vorstand der Wiederaufbereitungsanlage Karlsruhe, ausgestattet mit einem Bundesverdienstkreuz Erster Klasse

Mantelle, Vorstand des Präsidiums der Atomvereinigung, verantwortlich für den Bau des Atomkraftwerks Bibisheim und Vorstandsmitglied der ReibachWerkeEssen.

Keuten, Vorstandsvorsitzender des Deaktivierungs- und WiederaufbereitungsKonsortiums.

Und nicht zuletzt der Bundeskanzler höchstpersönlich.

Das Gutachten komme zu dem Schluss, dass vieles nicht nachvollziehbar sei, dennoch würden aber die Rechtsförmigkeit und Gültigkeit aller Vorgänge bestätigt werden, so abschließend Küppers.

Himmelsleuchten

Er wollte bis Montag bleiben, denn für den Sonntag hatte er eine Fahrt nach Ramstein geplant, wo ein militärischer Flugtag stattfinden sollte. Die Bemerkung seines Freundes Mixas, er wolle sich dort wohl für seine eigenen Himmelspirouetten inspirieren lassen und aeronautische Studien übers schnelle Abschmieren anstellen, hatte er mit diebischem Grinsen über sich ergehen lassen und nicht ohne Anerkennung dafür, wie nahe Mixas mit den „aeronautischen Studien" an die Realität heranreichte. Wenn er auf solchen Flugtagen überhaupt eine Inspiration erwartete, dann die Erkenntnis über den ungebrochenen technologischen Wahnsinn vermeintlicher Überflieger. Und der interessierte ihn nun mal, zugegeben.

Es wurden gute Tage in Heidelberg, so gut, dass er fast gar nicht an die Atomgeschichte dachte. Mit seinem Freund hatte er darüber gesprochen, der meinte, er solle den Job annehmen. Aufhören könnte er doch jederzeit. Und wenn er das nicht mache, wisse er nicht, was sich die Atommafia alles ausgedacht hätte.

Sonntagmorgen holte er sein altes Motorrad Honda Enduro 250 bei Mixas ab. Es war bestes Wetter und warm. Motorradkleidung war unnötig und es freute ihn, durch den Wind zu fahren.

Über Bad Dürkheim und Eisenberg trödelte er gemächlich auf der Landstraße dahin und genoss die Fahrt in vollen Zügen. Es war schon einige Zeit her, dass er mit dem Motorrad über Land gefahren war. Der Verkehr in Richtung

Kaiserslautern war gering, so dass besondere Aufmerksamkeit nicht nötig war. Kurz hinter Ramsen, wo links der Waldsee Eiswoog lag, zu dem er mit Anne Bergdorf öfter zum Baden gefahren war, bemerkte er im Rückspiegel zwei Autos.

Ihm fiel auf, dass es sich um zwei BMW handelte, von denen einer dunkelblau und der andere silbern war. Da die Straße in einigen scharfen Kurven anstieg, konnten sie ihn nicht überholen. Er überlegte, ob er langsamer fahren sollte, ließ es aber bleiben. Er erinnerte sich daran, dass kurz nach dem Waldstück die Straße wieder geradeaus verlief und dann Enkenbach-Alsenborn erreichte.

Die beiden Autos schlossen dicht auf. Er dachte, es handle sich um Fahrer, die Sonntagmorgens ihre Privatrally zelebrierten, als der erste Wagen zum Überholen ansetzte. Er setzte sich vor ihn und er erwartete, dass nun der andere Wagen auch überholen würde. Doch blieb dieser hinter ihm, als wolle man ihn in einen Konvoi zwingen. Nach einigen hundert Metern erreichten sie so die letzte scharfe Kurve. Plötzlich verlangsamte der vordere Wagen das Tempo. Sollte er ebenfalls bremsen und den hinteren Wagen vorbeilassen oder überholen? Er entschloss sich zum Überholen, scherte aus und fuhr an dem blauen BMW vorbei. Im Rückspiegel bemerkte er, dass ihm der silberne Wagen nachsetzte und scheinbar ebenfalls seinen Vordermann überholen wollte. Deshalb lenkte er das Motorrad rasch wieder auf die rechte Straßenseite und befand sich nun vor dem blauen BMW. Jetzt aber hielt sich der silberne BMW links neben ihm auf gleicher Höhe, machte erstaunlicherweise keine Anstalten, den Überholvorgang zu Ende zu bringen, sondern kam ihm immer näher an die Seite. Derart eingekesselt blieb ihm nichts anderes übrig, als auf den Randstreifen zu fahren, scharf abzubremsen und in den Wald hineinzurauschen. Glücklicherweise gab es keine Böschung. Gerade noch an einigen Bäumen vorbei, gelang es ihm nach etwa dreißig Metern anzuhalten.

„Arschlöcher", schrie er im ersten Schreck und merkte, wie langsam seine Knie zu zittern begannen. Er schob das Motorrad auf die Straße zurück und setzte sich erst einmal ins Gras, um eine Zigarette zu rauchen. Es handelte sich um zwei Autos aus Frankfurt, hatte er noch wahrgenommen. Die Fahrer waren sicherlich Leute, die ebenfalls nach Ramstein fuhren und bis dahin noch einmal die Sau herauslassen wollten, dachte er und war froh, dass nichts weiter passiert war.

Als er immer noch etwas zittrig auf der Air Base ankam, hatte der Flugbetrieb schon begonnen. Er legte einige hundert Meter zu Fuß zurück, kam am Kontrollturm vorbei und versuchte, durch die Menschenmassen nach vorne zur Absperrung des Flugfeldes zu gelangen. Er hörte durch den Lautsprecher, dass nun gerade der Commander der Black Knights mit einer F1 zum Start rollte, um ein sensationelles Flugmanöver vorzuführen. Es sollte sich um einen extremen Langsamflug, dicht vorbei an den Zuschauern handeln.

Als Pilot war er früher öfter über die Kontrollzone des Flugplatzes geflogen, weshalb er sich gut orientieren konnte. Er befand sich wirklich im Mittelpunkt der Flugvorführungen, die nun in kurzen Abständen folgten. Zum Abschluss sollten die italienischen Kunstflieger der Staffel Frecce Tricolori nun ihr Programm vorführen, wozu sie elegant zum Start rollten und rasch abhoben.

Da sie zunächst eine weite Kurve fliegen mussten, um sich in einer engen Formation zu sammeln, passierte eine Weile nichts.

Interessiert schaute er sich unter den Zuschauern um. Er bemerkte einen Mann, vielleicht zwanzig Meter neben sich, der ihm bekannt vorkam. Deshalb schaute er ihn genauer an. Der Mann trug eine schwarze Lederjacke mit auffallenden Silberknöpfen auf den Schulterklappen.

Nein, das war eigentlich unmöglich … Im Bruchteil einer Sekunde fügten sich ihm Mosaiksteinchen vor den Augen zusammen. Der Beinahe-Unfall auf der Herfahrt war kein

Zufall. Ebenso wenig die Anwesenheit dieses Kerls. Das konnte nur heißen, dass die Leute, die Anne verfolgt und mit ihm Kontakt aufgenommen hatten, weiter auf seiner Spur waren und ernst machen wollten.

Er dachte daran, wie Anne ihm von dem würgenden Gefühl erzählt hatte, das ihr der Ledermann verursacht hatte. Das gleiche Gefühl ergriff ihn jetzt auch und gebannt sah er den Mann an, der aber keine Notiz von ihm nahm. Er versuchte sich zu fassen, konnte sich jedoch nicht mehr recht auf die Kunstflugstaffel am Himmel konzentrieren.

Wie in einem Film, der um einige Szenen gekürzt worden ist, nahm er die Flieger erst wieder wahr, als sie gerade zu ihrer letzten Figur ansetzten, einem Loop. „Dies ist eine sensationelle Flugfigur, genannt ‚Durchstoßenes Herz'", kam aus den Lautsprechern. Im Steigflug teilten sich die Maschinen in zwei Gruppen und einen Solopiloten auf. Sie stießen zur Markierung ihres Flugweges unterschiedlich farbigen Rauch aus und kamen dann aus verschiedenen Richtungen aufeinander zu. Doch Matts Blick schweifte zu dem Mann in der Lederjacke ab. Plötzlich ging ein einziger Schreckensschrei durch die Menschenmenge. Matt sah nicht was passiert war, sah nur noch einen Feuerschein, der auf ihn wie eine Walze zukam. Er schrie, als er zu brennen begann. Alles um ihn herum brannte.

Epilog III

Anne Bergdorf hatte von ihrer Mutter die Nachricht vom Tode ihres früheren Freundes Rolf Matt erhalten. Als sie beim morgendlichen Abhören der Nachrichten im BBC London, was zu einem täglichen Ritual für sie geworden war, seit sie sich in der Dritten Welt befand, von dem Unfall in Ramstein gehört hatte, waren ihr spontan die Fluglerinnerungen mit ihm eingefallen. Sie war auch einmal dabei gewesen, als er für die Zulassung als Kunstflugpilot geübt hatte und erinnerte sich an seine Gedanken zu den Risiken und Sicherheitsproblemen, mit denen sich die Menschen auseinander zu setzen haben.

Die Kommentare, die Matt zu ihrer letzten Episode in Deutschland gegeben hatte, wurden vor ihrem Auge wieder lebendig. Sie dachte daran, wie er aus seiner Wohnung in Berlin geeilt war, um den Ledermann zu stellen. Und wie sie sich vor ihrem Abflug verabschiedet hatten.

Hatte Matt nicht über seine Angst vor der Veröffentlichung seiner Habilitationsarbeit gesprochen? War sie ihm zu sehr auf die Pelle gerückt, als sie ihn mit ihrer Situation konfrontierte? Warum war Matt auf dem Flugtag in Ramstein, zu dem er doch eigens aus Berlin anreisen musste? Oder war er mit Freunden schon in die Pfalz umgezogen, wie er es vor einiger Zeit in einem Brief angedeutet hatte, also vor die Tore von Ramstein?

Kurz entschlossen rief sie von ihrem Projektbüro in der Hauptstadt bei Frau La Marsch-Radler in Berlin an. Die Telefonnummer hatte sie sich vor ihrer Abreise notiert, wie sie es immer handhabte bei Leuten, deren Bekanntschaft Annehmlichkeiten oder Nutzen versprechen konnte.

Frau La Marsch-Radler meldete sich nach einiger Zeit und drückte ihre Überraschung aus, nach geraumem Abstand wieder etwas von Anne Bergdorf zu hören. Es gehe ihr sicherlich besser als ihrem Freund Rolf Matt, der ja nun tot sei, stellte sie sarkastisch fest. Anne Bergdorf schluckte und erkundigte sich nach Einzelheiten. Sie erfuhr, dass die Verwicklung ihres früheren Freundes in die Geschichte der Atomlobby keineswegs beendet war, als sie wegfuhr. Im Gegenteil sei ihm ziemlich hart zugesetzt worden, natürlich nicht gewalttätig, aber mit einigen verlockenden Angeboten zur Zusammenarbeit. Zu einem Treffen mit Vertretern der Atomindustrie sei er auch etwas widerwillig nach Bibisheim gefahren, von wo er vermutlich nach Ramstein weitergereist sei. So sei eben alles gekommen, stellte Frau La Marsch-Radler lakonisch fest. Sie habe sich schon überlegt, daraus eine Geschichte zu machen. Abstand hätte sie davon genommen, als sie sich alles noch einmal durch den Kopf habe gehen lassen. Es seien zu viele Vermutungen und Spekulationen im Spiel, sagte sie und betonte noch einmal, dass es wohl so habe kommen müssen. Anne Bergdorf solle froh sein, dass sie aus der Sache ausgeschieden und weit weg sei.

Ein kurzer Bericht über die Beerdigung von Rolf Matt beendete das Gespräch, was auch Anne Bergdorfs Überlegungen überflüssig machte, nach Deutschland zu reisen.

Nachdem Frau La Marsch-Radler den Telefonhörer aufgelegt hatte, überlegte sie kurz, bevor sie eine neue Nummer anwählte. Am anderen Ende meldete sich Ramboch vom Innenministerium.

„Was gibt es, will die Bergdorf zurückkommen und Ärger machen", fragte er kurz angebunden, als er hörte um was es ging.

„Nein, sie bleibt wohl, wo sie ist", erwiderte Frau La Marsch-Radler.

„Ich denke, die Affaire ist abgeschlossen und wir hatten ausgemacht, dass Sie sich zukünftig heraushalten sollten. Reicht Ihnen die feste Stelle bei der Zentrale für politische Bildung denn nicht?"

Er knallte den Hörer auf die Gabel. Schließlich war er nicht mehr zuständig für die Sicherheitsjobs im Atombereich. Als Koordinator der wichtigsten verdeckten Aktionen der verschiedenen deutschen Geheimdienste mochte er sich für diesen Spezialfall nur noch am Rande interessieren. Gleichwohl hatte er darauf zu achten, dass über seine bisherigen Fälle nichts bekannt würde. Also würde er sich um die Person La Marsch-Radler noch kümmern müssen, hielt er in seinem Terminbuch fest, vermerkte aber geringe Dringlichkeit, denn die Dame wusste, was für sie auf dem Spiel stand.

Seine neue Position war wohl eher eine Degradierung mit höheren Bezügen, hatte er sich nach dem Fall Matt klargemacht. Sie beruhte wohl auf den Interventionen des Agenten Mauss, der mit der Bearbeitung des Falles nicht zufrieden war und ihn auch nicht für abgeschlossen hielt. Es gab dabei viel zu viele Leute, die etwas darüber wussten, war ihm von Mauss vorgeworfen worden. Außerdem sei auch einer seiner besten Assistenten dabei fast draufgegangen, jedenfalls sehe man ihm nun die Spuren der Aktion lebenslang an. Als Agent sei er sozusagen verbrannt.

Ramboch war darüber wütend geworden. Er fand, dass die Aktion sehr smart und erfolgreich gelaufen sei. Und es störte ihn, dass Mauss offenbar großen Einfluss auf seine Vorgesetzten beim Innenministerium hatte. Unerträglich viel Einfluss, fand er. Das schlimmste aber war für ihn, dass er dagegen nichts tun konnte. Vielleicht konnte man jedoch einige Informationen streuen, was er zu seinen Spezialitäten zählte. Beispielsweise gab es da eine Aktion von Mauss in einem Genfer Hotel, die fast schiefgelaufen wäre, wobei ein Staatsskandal gerade noch von den höchsten Stellen vermieden werden konnte. Darüber rankten sich viele Gerüchte, die Mauss vielleicht einmal den Hals brechen würden. Denn immerhin habe ein Ministerpräsident aus dem nördlichsten

Bundesland daran glauben müssen, buchstäblich und mausetot.

Anne Bergdorf hatte schlechte Gefühle nach dem Telefongespräch mit Frau La Marsch-Radler. Sie hatte schon öfter über diese ganzen Zusammenhänge nachgedacht. Sie vermutete, dass sie als Lockvogel eingesetzt worden war. Sie hätte jedoch nichts ändern oder verhindern können, tröstete sie sich, bekam aber auch langsam eine Ahnung über ihre Verwicklung in die Sache. Sie beschloss, bei ihrem nächsten Heimaturlaub mit Frau La Marsch-Radler darüber zu sprechen, sonst fiel ihr niemand ein, den sie ins Vertrauen ziehen wollte, außer Hartmut Küppers, zu dem sie aber keine Verbindung mehr hatte.

Mittlerweile hatte sie im Hotel in der Hauptstadt Katmandu so viele Männer mit dubiosen Tätigkeiten kennen gelernt, dass sie sich alle möglichen Geschichten vorstellen konnte. Sie fragte sich, ob das die Emanzipation sei, die sie angestrebt hatte.

Hartmut Küppers hatte sein Jurastudium wiederaufgenommen. Sabine aus dem Kaiserstuhl hatte sich vor einiger Zeit von ihm getrennt. Es war ihr unbegreiflich geworden, welcher journalistischer Tätigkeit er immer noch nachging, und sie hatte Angst bekommen, mit ihm und anderen darüber zu sprechen. Sie hatte ihm gesagt, dass er wohl seinen sozialen Kontext ändern müsse, wenn er so weitermache. Niemand wolle mit ihm und ihr gleichzeitig zu tun haben und so mache sie nun den Anfang, sich von ihm abzusetzen.

Sein Agenturchef hatte ihn gebeten, weiter am Ball zu bleiben. Die eigentliche Kampagne, an der das Büro publizistisch maßgeblich mitwirken würde, beginne erst. Es sei doch keineswegs ehrenrührig, sich für eine Verbesserung der Umwelt einzusetzen und die Leute zu motivieren, sich daran zu beteiligen und beispielsweise weniger Energie zu verbrauchen. Das läge doch im Interesse der ganzen Gesellschaft und die Kohlendioxid-Emissionen der normalen Kraftwerke würden doch wirklich zur Verschlechterung des

Klimas beitragen. Das sei doch keine falsche Botschaft, und Atomkraftwerke würden nun einmal solche Umweltverschmutzungen vermeiden. Also nur folgerichtig, dass die Atomindustrie darauf aufmerksam mache.

Hartmut Küppers hatte die weitere Zusammenarbeit abgelehnt und verdiente nun das zum Leben notwendige beim Taxifahren in Mannheim. Interessiert verfolgte er die Pressekampagne der Atomindustrie und legte sich ein Archiv zu. Vielleicht könne man darauf irgendwann einmal zurückgreifen, hoffte er. Und das nächste Tschernobyl kommt bestimmt. Er hatte auch einen Artikel im Fachblatt der Atomindustrie gelesen, der mit dem Satz endete: „Die allerbeste Werbung für das Ansehen der Kernenergie liegt aber schlussendlich darin, in den kommenden fünf Jahren keinen größeren Unfall mehr zu verursachen." Er dachte, dass der Verfasser ein frommer Mensch sein müsse.

Anne Bergdorf hatte ihm geschrieben, dass ihr früherer Freund Matt, von dessen Kenntnissen sie ihm damals häufig berichtet hatte, in Ramstein umgekommen wäre. Sie schloss ihren Brief mit der Vermutung, dass es so vermutlich habe kommen müssen. Leider würde nun die Habilitationsarbeit nicht die Öffentlichkeit finden, die sie verdiene.

Ob er dafür nicht etwas tun könne?

Küppers dachte nach. Er erkannte, dass das Thema noch viele Baustellen offen habe.

Das Salzbergwerk Asse, die unsichere Endlagerung in Gorleben, die Tricksereien der Atomkonzerne mit den Ausstiegsforderungen aus dem politischen Raum, der Ausstieg aus dem Ausstieg durch die nun in der Regierung repräsentierten Parteien und die Umfragen in der Bevölkerung, die den Atomausstieg mehrheitlich präferieren.

Im Salzbergwerk Asse ist inzwischen Wasser eingedrungen, zehntausend Liter pro Tag, das radioaktiv kontaminiert ist. Es wird abgepumpt und oben im Bergwerksgelände in großen Tanks gelagert. Niemand weiß, wohin damit. Außerdem besteht im Bergwerk Einsturzgefahr, und es sind über hundertdreißigtausend Fässer mit gefährlichen Stoffen gelagert, darunter mindestens achtundzwanzig Kilo Plutonium. Niemand weiß, in welchen der verbuddelten Fässer dieses giftigste Element enthalten ist. Eine hinreichende Dokumentation existiert absichtsvoll nicht. Es ist auch organisches Material entsorgt worden, darunter Tierkadaver und auch Menschen, so die Saga. Es gibt drei Möglichkeiten:

Vollständiger Verschluss des Bergwerks und Belassen des gesamten Inventars in den Salzkavernen. Dies birgt das Risiko, dass das Grundwasser radioaktiv und unkontrollierbar kontaminiert wird. Diese Möglichkeit ist kurzfristig verhältnismäßig billig, langfristig unabschätzbar teuer. Sie hat aber den Vorteil, dass niemals herauskommt, was drin ist.

Totalsanierung des Bergwerks und ordnungsgemäße Beherbergung der Atommüllfässer mit der Option der späteren Rückholbarkeit. Diese Möglichkeit ist äußerst teuer, wenn sie technisch überhaupt realisierbar ist. Alle Fässer müssen geöffnet und ihr Inhalt muss analysiert und dokumentiert werden. Dies hat den Nachteil, dass herauskommt, was drin ist.

Völlige Evakuierung des Bergwerks, Analyse der Fassinhalte, deren Dokumentation und Auslagerung in ein anderes Endlager, das noch nicht existiert – oder in das Endlager des Eisenerzbergwerks Schacht Konrad, das aber als Ersatz für das Salzbergwerk Asse dienen soll und begrenzte Aufnahmekapazitäten hat.

Das Salzbergwerk Asse ist ohne Genehmigung als Endlager betrieben worden. Im wesentlichen kam der Atommüll aus dem Kernforschungszentrum Karlsruhe, insbesondere aus der Wiederaufbereitungsanlage. Die Verantwortlichen sind bekannt. Einige von ihnen haben schon 1972 Überlegungen angestellt, schwach- und mittelaktive flüssige Atomabfälle direkt in Salzkavernen einzuleiten, darunter auch tritiumhaltige Abwässer. Dieses Konzept weist darauf hin, dass es damals nur darum ging, sich des Abfalls auf möglichst einfache Art zu entledigen. Erst später kommt eine Diskussion über ein verbessertes Entsorgungskonzept in Gang, die der Fachöffentlichkeit durch Smith-Shore zur Kenntnis gebracht wird. Dieser Ministeriumsvertreter zog zwei Jahre später einen weiteren Abteilungsleiter hinzu, Zopp. Keuten und Mantelle flankierten dieses Vorgehen, das im übrigen durch die politischen Repräsentanten in den Personen Minister Matthäuser und seinem Mitarbeiter Knauf legitimiert war. Die gemeinsame Interessenkoinzidenz ergab sich nicht nur aus der persönlichen Bekanntschaft dieser Gruppe untereinander, sondern auch durch die gesetzliche Anforderung an einen Entsorgungsnachweis, ohne den das Atomprogramm zu Ende hätte gehen müssen. Hilfsweise wurde dieser konstruiert durch die Ablieferung der abgebrannten Uranbrennstäbe zur COGEMA nach Frankreich. Es wurde Zeit gewonnen. Recht und Verantwortung spielten keine Rolle. Es ging einzig und allein um die Obsession für das Atomprogramm.

Durch den Zwang zur Rücknahme des hochaktiven Atommülls aus Frankreich stand die Ausweisung eines Endlagers für dieses Material unaufschiebbar auf der Tagesordnung. Der Salzstock in Gorleben war zunächst nicht im Gespräch. Vielmehr wurden an verschiedenen anderen Standorten Erkundungen vorbereitet, wobei zunächst geo-physikalische Kriterien zugrunde gelegt wurden. Da sich aber an allen in Aussicht genommenen Standorten Widerstand in der Bevölkerung rührte, wurde auf eine tatsächliche geophysikalische Überprüfung durch Bohrungen verzichtet. „Soviel Polizei könnte gar nicht eingesetzt werden, um die Bohrstellen abzusichern", war ein Argument aus der niedersächsischen Staatskanzlei, denn dort ging man vom Einsatz von mindestens achttausendvierhundert ständig bereitgestellter Polizisten aus und von geschätzten Kosten von minimal 20 Millionen DM.

Die geo-physikalische Qualität des Standortes war für die Politik bestenfalls zweitrangig. Denn Ministerpräsident Almuth hatte die Ausweisung eines Endlagerstandortes den

Repräsentanten der Atomgruppe versprochen und bei seiner Wiederwahl kam es auf einige ‚Dissidenten' anderer Parteien an, um weiter amtieren zu können. Es ist zu vermuten, dass in Folge des für Almuth positiven Wahlergebnisses Ende 1976 ein Gespräch zwischen Almuth, dem Bundeskanzler, dem Bundesminister Matthäuser und dem Wirtschaftsminister Leipzig-Kietz große Bedeutung für die Standortwahl in Gorleben hatte. Leipzig-Kietz war gleichzeitig Partei-Schatzmeister. Almuth setzte eine interministerielle Arbeitsgruppe ein, bestehend aus dem Wirtschafts- und Sozialministerium, womit ab sofort die Verantwortung hin- und hergeschoben wurde. Damit kann man von einem Interessenkonsortium sprechen, das zwar Interessen vorwärts bringen sollte, eine genaue Zuordnung von Verantwortung aber nicht möglich war. Die ist unter anderem ein Kennzeichen mafiöser Organisationsstrukturen. Alle wussten alles, alle Aktivitäten beruhten auf Gegenseitigkeit, Ausscheren gab es nicht.

Lediglich Almuth hatte ein Legitimationsproblem, denn er hatte aus politischen Gründen Gorleben ins Spiel gebracht und merkte nun, dass die politische Prämisse von duldsamen und obrigkeitshörigen Bürgern nicht zutraf. Die Atomlobby reagierte darauf mit der Absicht, dass nun „die Entscheidungsebene auf den Stand unseres Wissens gebracht werden muss". Almuth reagierte darauf mit der Feststellung, dass „der Standort geeignet, aber politisch nicht durchsetzbar sei."

Trotz vielerlei Problemen und Störfällen bei der Wiederaufbereitungsanlage in Karlsruhe, die 1991 zur Einstellung des Betriebs führten, hatte die baldmöglichste Lösung der Endlagerung höchste Priorität bei der Atomlobby und beim politisch-administrativem System. Der „scientific community" war dies bis auf die geheimeren strategischen Planungen durchaus bekannt. Öffentlich problematisiert hat dies fast niemand aus diesem Kreise.

Den politischen Akteuren war zumindest seit den Auseinandersetzungen in Wyhl klar, dass sich ihr Atomprojekt nicht ohne Widerstand realisieren lässt. Deshalb erging ein Forschungsauftrag an das Battelliten-Institut mit der Überschrift ‚Bürgerinitiativen im Bereich von Kernkraftwerken', dessen Ziel die Entwicklung von Strategien zur Verhinderung wirksamen Widerstands gegen das Atomprogramm war.

Um möglichst ‚intime' Sachverhalte über die Aktivisten der Atomgegner zu erfahren, bestellte Minister Matthäuser zwei Mitarbeiter des Forschungsauftrags zu sich ein. „Wenn Sie mich über alle, auch tieferen Details dieser Leute informieren, stelle ich weitere zehntausend Mark für jeden zur Verfügung. Wenn Sie das weiter tratschen, auch intern, erleben Sie mich als Boxmeister", war das charmante Angebot.

Es gibt einen wichtigen Hinweis auf das strategische Vorgehen der niedersächsischen Landesregierung. Er verweist auf das große politisch-operative Problembewusstsein. Gutachterlich müssen die Landesinstitutionen für die Genehmigungsbehörden tätig werden, denn bei ihnen sitzt der Sachverstand, der dann in die Entscheidungen einfließen soll. So ist es etwa ausgeschlossen, dass die geo-physikalischen Gutachten etwa vom niedersächsischen Amt für Bodenforschung selbst erstellt werden, denn dieses Amt soll darüber urteilen, ob die Gutachten zutreffend oder kritisch zu bewerten sind. Führende Mitarbeiter erstellten die Gutachten deshalb auf privater Basis um zu verdecken, dass das Amt, tätig für den Antragsteller Landesregierung, offensichtlich auch gleichzeitig Gutachter für die Genehmigungsbehörde, also wiederum für die Landesregierung tätig war. Damit sollte verhindert werden, dass jemand merkt: Die Genehmigungsbehörde begutachtet sich selbst und schreibt deshalb das Gutachten der Einfachheit selber.

Die Bundesregierung erkennt, dass sich der Widerstand gegen das Atomprogramm in Bevölkerungsschichten hinein entwickelt, die überhaupt nicht auf Widerstand gegen die Regierung ‚programmiert' sind. Wie sie sich dazu positionierten, kommt in einem Gespräch zwischen Leipzig-Kietz und Matthäuser zum Ausdruck, in dem vereinbart wird, die Probebohrungen an den in Aussicht genommenen Standorten aufzuschieben, wegen der bevorstehenden Bundestagswahl.

Bis zur faktischen Entscheidung, einen bestimmten Salzstock zu erkunden durch die Niederbringung eines Bergwerks, wurde der Standort Gorleben als ‚unverbrauchte' Alternative vorgehalten, über die nichts in die Öffentlichkeit kam. Dies geschah erst, als eine Geheimhaltung wegen der erforderlichen Genehmigungsverfahren und der geo-physikalischen Erkundungsmaßnahmen nicht mehr möglich war.

Almuth traf eine ‚vorläufige' Standortentscheidung: Gorleben, weil dort der geringste Widerstand erwartet wurde. Ein Irrtum.

Es wurde so getan, als ob die Standortwahl sachlich gerechtfertigt und verwaltungsbezogen rechtsförmig korrekt sei.

Dies war niemals der Fall.

Aus einem Erkundungsbergwerk mutierte plötzlich ein Endlager, denn alle Erkundungsmaßnahmen sind so angelegt worden, dass nahtlos eine Endlagerung erfolgen könnte. Falls sich die Regierung und die Atomlobby durchsetzen.

Küppers hatte diese Kenntnisse durch viele Gespräche und Dokumentenanalysen erworben und war entsetzt. „Wer trägt für alle diese Unwägbarkeiten die Verantwortung?", schrieb er nach langer Zeit an Anne Bergdorf.

Eine Antwort erhielt er nicht.

Das Atomprogramm wird weiter knallhart umgesetzt, die Bevölkerung kann dazu meinen, was sie will, sie weiß auch nicht viel über die Umstände dieser Politik, erzählte er später Freunden.

Das sollte sich ändern und deshalb nahm sich Hartmut Küppers vor, darüber ein Buch zu schreiben. Das sei jedenfalls viel besser als journalistische Auftragsarbeiten für die Atommafia zu übernehmen.

Er schrieb das Buch, ohne darüber nachzudenken, ob es auch gelesen würde. Er fand es aber dem toten Rolf Matt gegenüber geschuldet und auch gegenüber der in der Asse eingelagerten Leiche des Reinigungsarbeiters.

Im letzten Satz seines Buches schreibt er: „Ich bin gespannt, was diese Offenlegungen bewirken. Ich habe noch weit mehr Informationen. Sie sind bei einem Notar hinterlegt. Für den Fall eines Falles, bei dem mir etwas zustoßen könnte.“